中国现代文学馆展览丛书

国家社会科学基金重大项目

10&ZD099资助课题

《中国现代文学馆藏珍品的的发掘、整理、研究与出版》

主编 陈建功

副主编 吴义勤

执行主编 唐文一

执行副主编 计蕾 沐定胜

文字编撰 唐文一 计蕾 胡嘉 王雪

图片编辑整理 沐定胜 黄莉 田珂 满运飞

歌唱祖国

新中国60年文学成就展

文化藝術出版社
Culture and Art Publishing House

目录

前言

今年是新中国成立60周年，也是中国作家协会成立60周年。

60年来，中国广大作家始终与祖国同呼吸、共命运，始终牢记自己的使命和责任，勇敢地面对了前进道路上的各种困难与挑战。在中国共产党的亲切关怀和坚强领导下，中国特色社会主义文学为新中国的历史书写了独特的篇章。

60年来，我们的文学队伍不断发展壮大，老、中、青一代代作家薪火相传，文学的天空星光灿烂。

60年来，我们的文学园地百花齐放，精品力作层出不穷，文学的体裁、题材、风格、形式日趋多样化，中国当代文学的境界和品格得到了极大的提升。

60年来，我们的文学理论、文学观念日益深化，文学思潮迭起，文学思想解放，百家争鸣的文学氛围不断得到营构和呵护。

60年来，我们的对外文学交流日益活跃和深入，“请进来”与“走出去”的开放政策，使得中国文学对世界文学的吸收、理解以及世界文学对中国文学的认同都在不断加快。

……

由中国作家协会主办、中国现代文学馆承办的“新中国文学60年成就展”，力求全面回顾新中国文学所走过的60年不平凡历史、全面展示60年文学的辉煌成就、系统总结60年文学的成功经验，并希望从一个独特侧面展现新中国60年的伟大成就，为中华人民共和国60周年国庆献礼。

2009年10月1日

第一部分

文学走进新时代

1949
|
1977

1949年10月1日，毛泽东主席在北京天安门城楼上向世界庄严宣告中华人民共和国成立了，从此中国社会进入到一个崭新的历史时期。在完成社会主义改造后，全国人民在中国共产党的带领下，积极投入到建设社会主义的热潮中。广大文学工作者也在党的“文艺为工农兵服务，为人民大众服务”方针指引下，以饱满的激情歌颂新生的祖国，赞美新时代新生活，文学创作的各个领域呈现出一派春意盎然的景象，社会主义文学蓬勃发展。

［壹］

鼓舞与鞭策

新中国成立后，我们党十分注重社会主义新文学的建设，不仅制定了社会主义文学发展的方向与方针路线，并且关心作家，与作家进行交流。同时还以自己的文学创作实践表明了对发展社会主义文学事业的支持，给予作家们极大的鼓舞。

1949年7月2日，在新中国成立前夕，第一次中华全国文学艺术工作者代表大会在北平召开，800多名代表出席了会议。毛泽东、朱德、周恩来亲自到会讲话并致辞，大会奠定了文艺为工农兵、为广大人民服务、为无产阶级政治服务的方向，并正式成立了中华全国文学艺术界联合会和中华全国文学工作者协会，标志着文艺创作进入了一个新时代。这是毛泽东、周扬、茅盾、郭沫若在第一次文代会上。

1949年9月21日，中国人民政治协商会议第一届全体会议在北平（今之北京）召开，文艺界的代表们同与会的各界人士一起为建设美好的未来共商国计。这是出席第一届政协会议的文艺组代表，前排右起：柯仲平、蔡楚生、马思聪、赵树理；后排右起：巴金、胡风、丁玲、周扬、艾青、田汉、史东山、程砚秋。

1956年5月2日，毛泽东在最高国务会议上正式提出了“百花齐放、百家争鸣”的“双百方针”，长期以来一直是中国社会主义文化和科学事业发展的总方针。

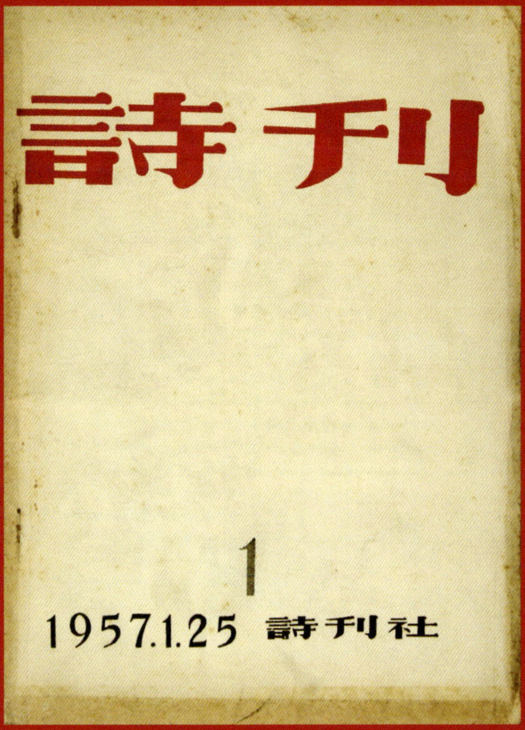

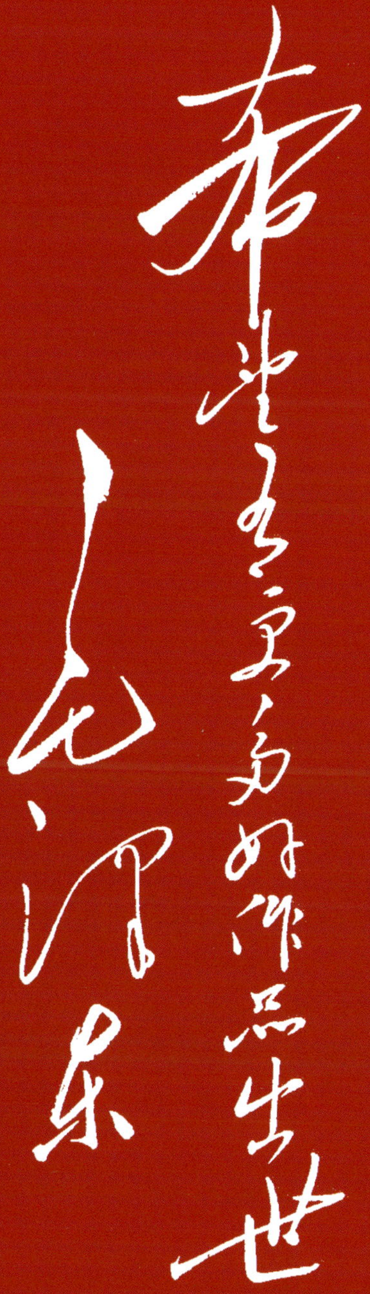

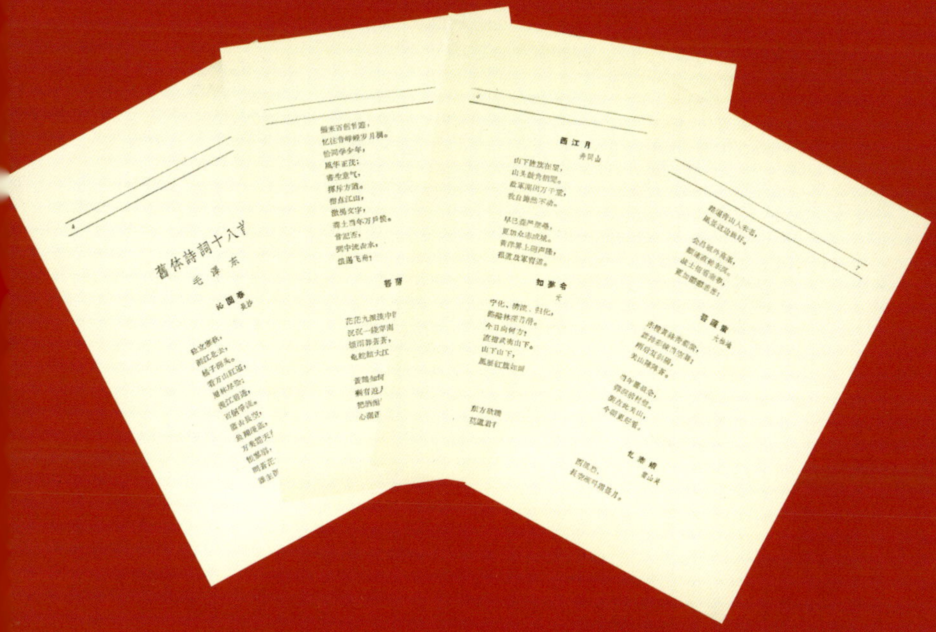

新中国成立初始，毛泽东主席一直关心着文学的发展，1949年他为《人民文学》创刊号题词“希望有更多好作品出世”；1957年他又将自己创作的18首旧体诗发表在《诗刊》创刊号上。

1956年3月，毛泽东、刘少奇、周恩来等党和国家领导人会见中国作协第一届理事会扩大会议的全体成员。

1958年10月，刘少奇在上海与文化界人士亲切交谈。

1959年，周恩来（二排左四）、李先念（二排左三）、邓颖超（二排右二）到北京人民艺术剧院观看老舍创作的话剧《女店员》，并与全体演员合影。

1959年4月，在《诗刊》举办的诗歌座谈会上，陈毅（右）与臧克家（左）等讨论诗歌创作问题。

1960年7月，第三次文代会期间，毛泽东会见与会代表并与他们亲切握手。右起：老舍、梅兰芳、田汉。

1962年4月，朱德（前左一）参加诗刊社组织的诗歌座谈会，与臧克家（前右一）、刘白羽（前右二）一起论诗。

1962年，周恩来总理在出国归来的飞机上与冰心亲切交谈。

1964年10月，毛泽东、朱德、周恩来等国家领导人观看空政歌剧团演出的歌剧《江姐》并与演员合影。

党和国家领导人出版的部分诗集。

[贰]

红色经典小说

新中国时期的小说创作呈现出空前繁荣的景象，从1949年到1966年的十多年间，仅出版的长篇小说就有320部，超过了1919年“五四”后三十年的数量。这时期的小说创作出现了许多视野开阔、构思波澜宏大的精品佳作，充满了革命现实主义和革命浪漫主义相结合的风格。

1

革命历史题材的经典

来自解放区的作家们以自己丰厚的生活积累，创作了许多反映革命历史题材的佳作，热情歌颂了中国人民在中国共产党领导下为驱逐侵略者，推翻腐朽政权，建立新中国前赴后继，战斗不息的英雄业绩，并告诉人们，今天的幸福生活是无数革命先烈用热血换来的，我们必须要加以珍惜，为建设社会主义新中国而努力奋斗。

丁 玲

欧阳山

孙 犁

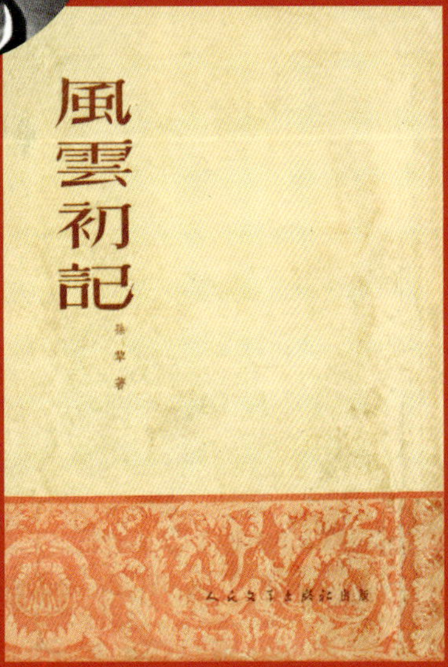

梁 斌

李英儒

徐光耀

杜鹏程

杨沫

刘知侠

吴 强

曲 波

陆 地

马 加

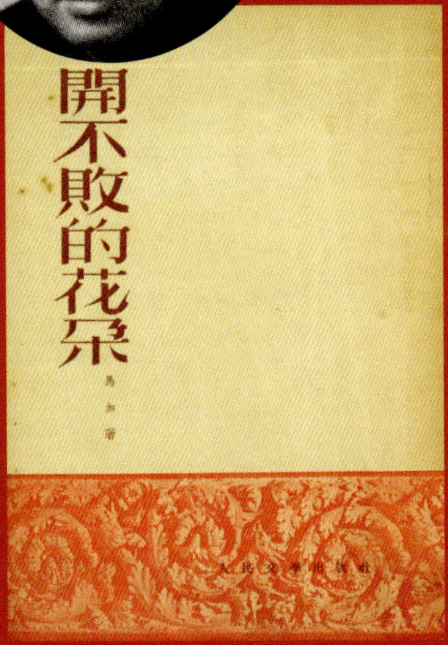

陈学昭

王愿坚

韶华

管桦

峻青

冯德英

冯志

刘流

李乔（彝族）

李六如

杨益言（左）、刘德彬（中）、罗广斌（右）

玛拉沁夫（蒙古族）

乌兰巴干（蒙古族）

马识途

石 言

高云览

高玉宝

茹志鹃

2

抒写新时代的篇章

随着新中国的诞生，土地改革，抗美援朝，社会主义改造，工农业战线一派生机勃勃的景象，使作家们开阔了新的视角，他们为此而感到振奋，把最美好的心声献给了这个新的时代。

巴 金

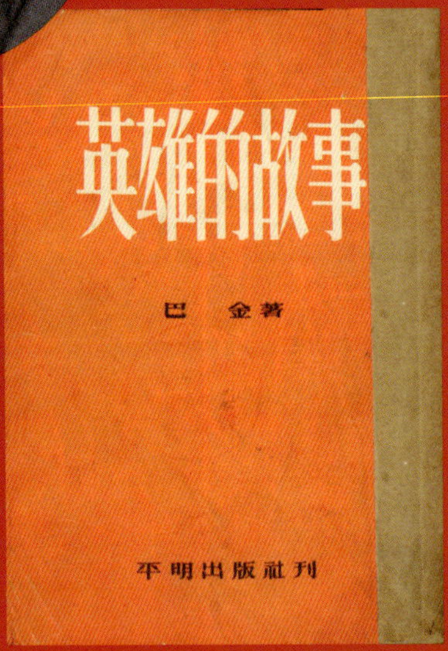

赵树理

马 烽

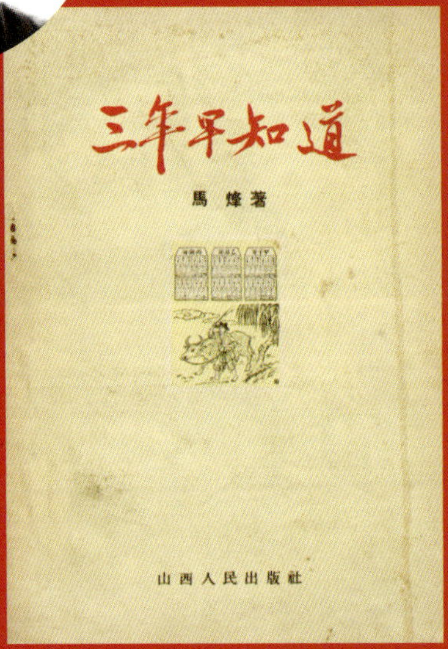

柳 青

周立波

雷 加

艾 芜

陈登科

草 明

舒 群

骆宾基

王汶石

萧也牧

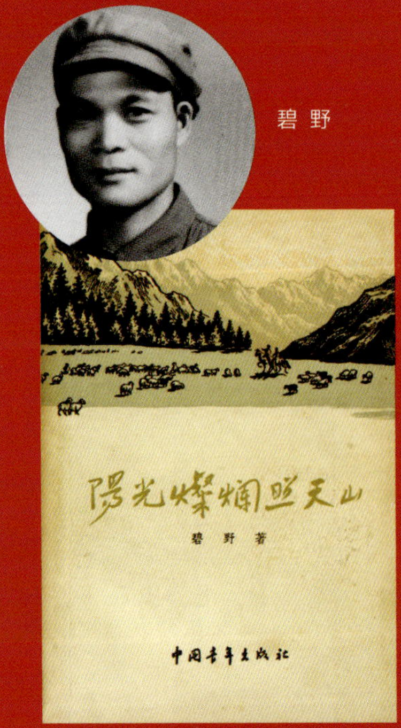

碧 野

周而复

萧 军

刘绍棠

胡万春

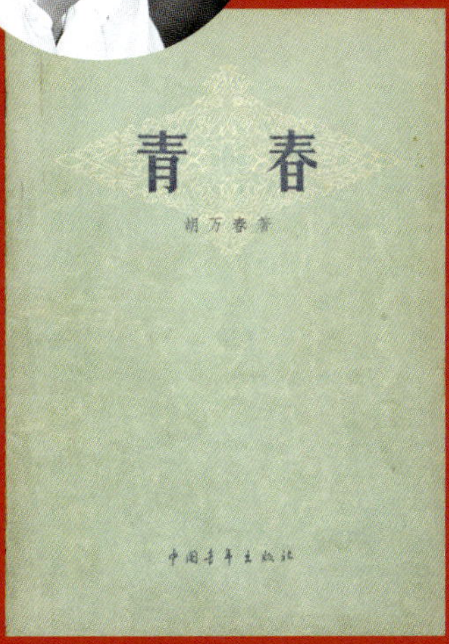

李 准（蒙古族）

韦君宜

王 蒙

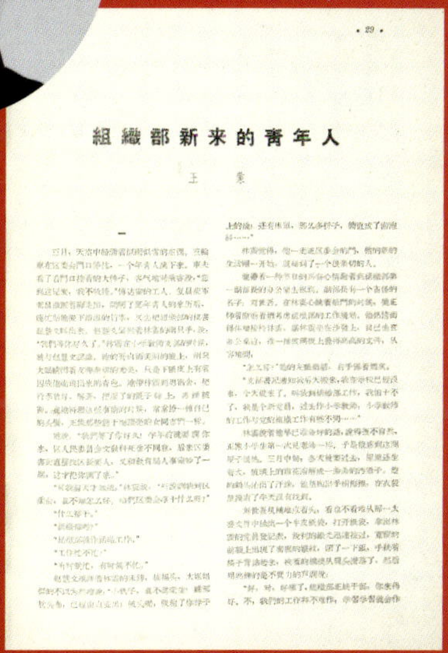
組織部新来的青年人

王蒙

宗 璞

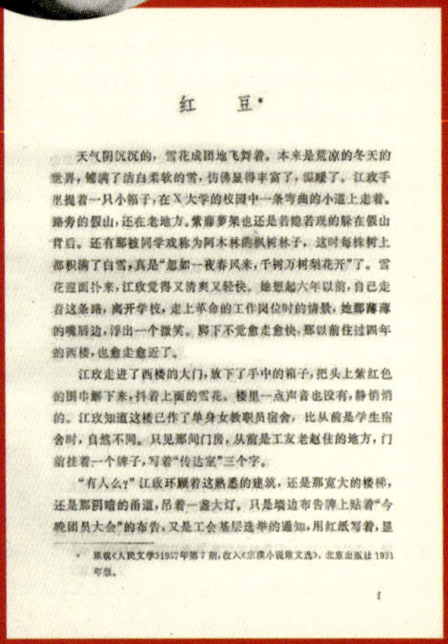

红 豆*

天气阴沉沉的，雪花成团地飞舞着。本来是荒凉的冬天的世界，铺满了洁白柔软的雪，仿佛显得丰富了，温暖了。江玫手里提着一只小箱子，在X大学的校园中一条弯曲的小道上走着。路旁的假山，还在老地方。紫藤萝架也还是若隐若现的躲在假山背后。还有那被同学戏称为阿木林的枫树林子，这时每株树上都积满了白雪，真是"忽如一夜春风来，千树万树梨花开"了。雪花迎面扑来，江玫觉得又清爽又轻快。她想起六年以前，自己走着这条路，离开学校，走上革命的工作岗位时的情景，她那薄薄的嘴唇边，浮出一个微笑。脚下不觉愈走愈快，那以前住过四年的西楼，也愈走愈近了。

江玫走进了西楼的大门，放下了手中的箱子，把头上紫红色的围巾解下来，抖着上面的雪花。楼里一点声音也没有，静悄悄的。江玫知道这楼已作了单身女教职员宿舍，比从前是学生宿舍时，自然不同。只见那间门房，从前是工友老赵住的地方，门前挂着一个牌子，写着"传达室"三个字。

"有人么？"江玫环顾着这熟悉的建筑，还是那宽大的楼梯，还是那阴暗的甬道，吊着一盏大灯。只是墙边布告牌上贴着"今晚团员大会"的布告，又是工会基层选举的通知，用红纸写着，显

* 原载《人民文学》1957年第7期，收入《宗璞小说散文选》，北京出版社1981年版。

1

刘澍德

黎汝清

彭荆风

徐怀中

高缨

电影文学剧本
达吉和
她的父亲
国电影出版社

浩然

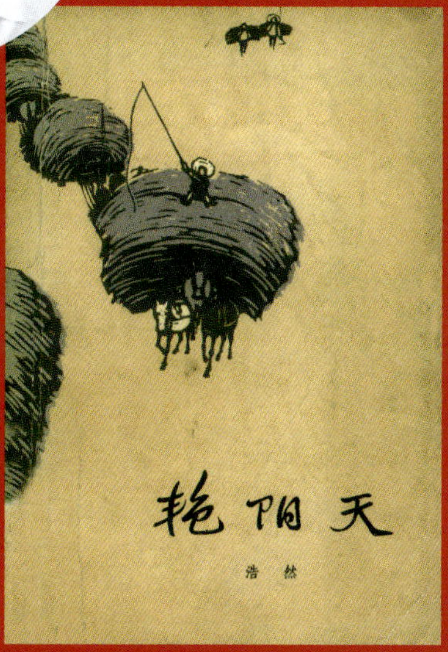
艳阳天
浩然

金敬迈

金敬迈
欧阳海之歌

陆柱国

解放軍文藝叢書
上甘嶺
陸柱國著
人民文學出版社

3

经典小说改编的电影

20世纪五六十年代，大量红色经典小说被改编成电影搬上银幕，那一个个生动感人的形象，一幕幕拨动心弦的情节，至今让人难以忘怀，记忆犹新。

《我们夫妇之间》剧照
上海昆仑影片公司
1951年

《中华女儿》剧照
根据颜一烟同名电影剧本拍摄

《铁道游击队》剧照
上海电影制片厂
1956年

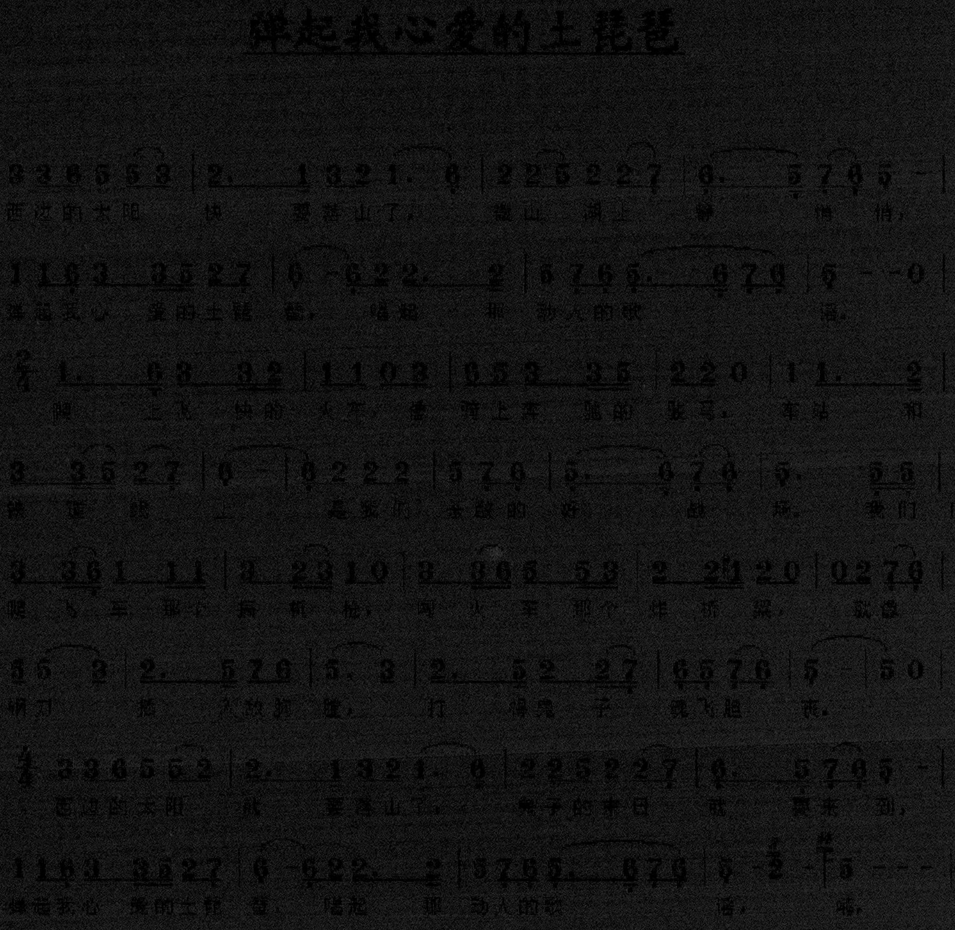

《芦笙恋歌》剧照

根据彭荆风小说《当芦笙吹响的时候》改编

长春电影制片厂

1957年

《柳堡的故事》剧照

八一电影制片厂

1958年

（下图）
《青春之歌》剧照
北京电影制片厂
1959年

（上图）
《老兵新传》剧照
上海海燕电影制片厂
1959年

《我们村里的年轻人》剧照
马烽编剧
长春电影制片厂
1959年

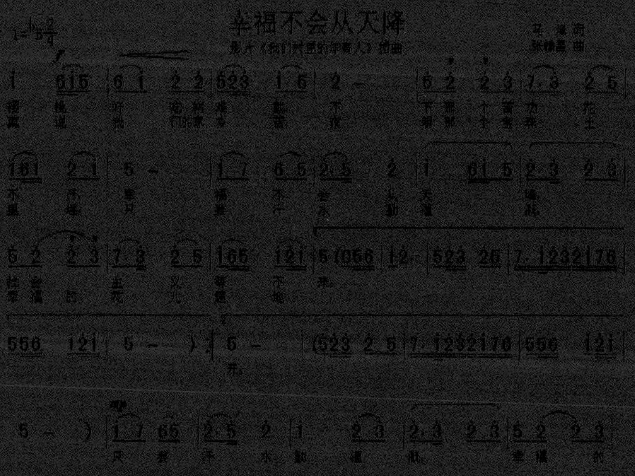

《战火中的青春》剧照
长春电影制片厂
1959年

《红旗谱》剧照
北京电影制片厂
1960年

《暴风骤雨》剧照
北京电影制片厂
1961年

《林海雪原》剧照
八一电影制片厂
1960年

《达吉和她的父亲》剧照
峨嵋电影制片厂、长春电影制片厂
1961年

《红日》剧照
上海天马电影制片厂
1963年

《李双双》剧照
上海海燕电影制片厂
1963年

《两家人》剧照
根据刘澍德小说《桥》改编
长春电影制片厂
1963年

《野火春风斗古城》剧照
八一电影制片厂
1964年

《英雄儿女》剧照
根据巴金小说《团圆》改编
长春电影制片厂
1964年

《在烈火中永生》剧照
根据罗广斌、杨益言小说《红岩》改编
北京电影制片厂
1965年

《董存瑞》剧照
长春电影制片厂
1954年

《海霞》剧照
根据黎汝清小说《海岛女民兵》改编
北京电影制片厂
1975年

《苦菜花》剧照

八一电影制片厂

1965年

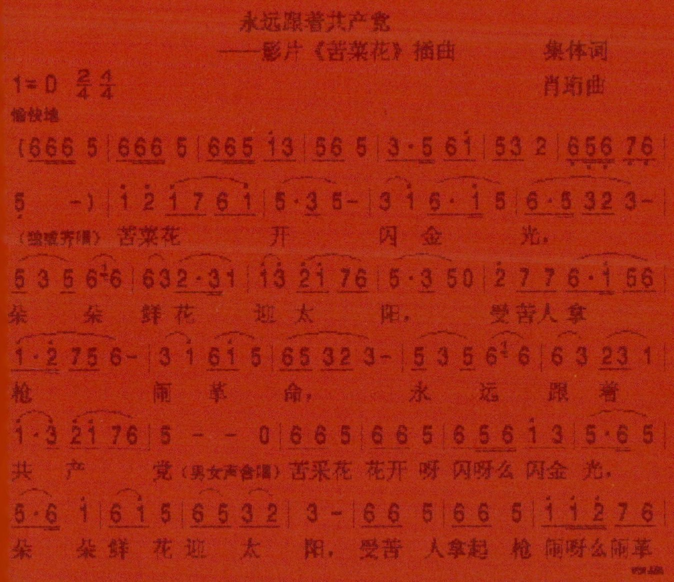

［叁］

活跃的戏剧舞台

新中国成立后，戏剧界开始了轰轰烈烈的改革运动。在毛泽东“百花齐放，推陈出新”戏改方针的指引下，戏剧工作者们挖掘传统剧目推陈出新，创作新剧目为社会主义服务。话剧、歌剧、戏曲剧目如雨后春笋般层出不穷，全国的戏剧舞台出现了活跃的局面。

1

戏曲

该时期对传统戏曲剧目推陈出新，使传统剧目的整体艺术水平获得较大程度的提高。同时，京剧现代戏登上戏曲舞台。

京剧《白蛇传》剧照
田汉改编
中国戏曲研究院戏曲实验学校
1952年

越剧《梁山伯与祝英台》剧照
徐进、成容等改编
华东越剧实验剧团
1952年

昆曲《十五贯》剧照
浙江昆苏剧团
1956年

现代京剧《白毛女》
中国京剧院
1958年

现代京剧《智取威虎山》剧照
上海京剧院
1958年

现代京剧《红灯记》剧照
阿甲、翁偶虹改编
中国京剧院
1964年

现代京剧《沙家浜》剧照
汪曾祺、杨毓珉等改编
北京京剧团
1964年

现代京剧《奇袭白虎团》剧照
李师斌、李贵华、方荣翔编剧
中国人民志愿军京剧团
1955年

2

话剧

1956年，话剧界举办了第一届全国话剧观摩演出大会，一批优秀话剧竞相出现，成为新中国话剧艺术发展的一个新的巅峰。歌颂人民革命战争、歌颂民主革命的胜利，成为当时中国话剧的突出主题。同时，新中国焕发出的新活力，也促使作家及时创作大量反映新面貌的佳作。

老舍

（上图）
《龙须沟》剧照
老舍编剧、焦菊隐导演
北京人民艺术剧院
1951年

（下图）
《茶馆》剧照
老舍编剧、焦菊隐导演
北京人民艺术剧院
1957年

郭沫若

历史剧《蔡文姬》剧照
郭沫若编剧、焦菊隐导演
北京人民艺术剧院
1959年

田 汉

《关汉卿》剧照
田汉编剧
北京人民艺术剧院
1963年

五幕六场话剧《考验》书影
夏衍创作
上海人民艺术剧院
1954年

夏衍

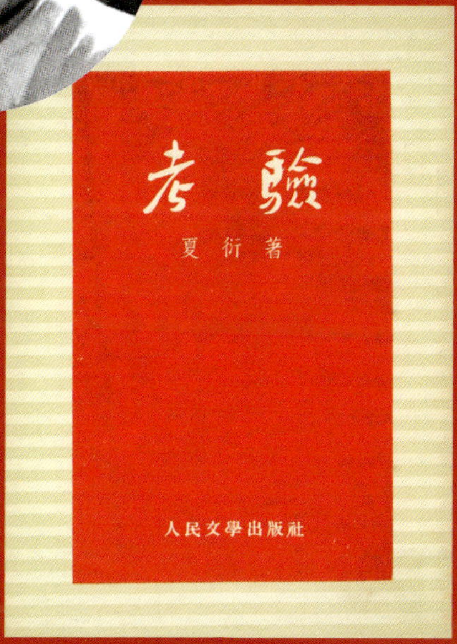

曹禺

历史剧《胆剑篇》剧照
曹禺编剧
北京人民艺术剧院
1961年

吴祖光

《闯江湖》书影
吴祖光自1964年开始创作
天津人民艺术剧院
1980年

胡 可

《槐树庄》剧照
胡可创作
1967年

《战斗里成长》书影
胡可创作
中国人民解放军华北军区政治部文工团
1950年

陈其通

《万水千山》剧照
陈其通创作
中国人民解放军总政治部话剧团
1954年

赵 寰

《南海长城》剧照
赵寰编剧
中国人民解放军广州军区政治部战士话剧团
1963年

《霓虹灯下的哨兵》剧照
沈西蒙、漠雁、吕兴臣创作
中国人民解放军南京部队前线话剧团
1963年

《千万不要忘记》剧照
丛深创作
哈尔滨话剧院
1963年

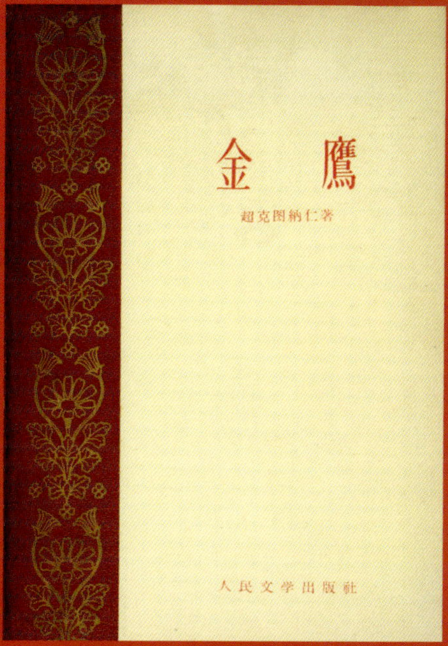

《金鹰》剧照
超克图纳仁（蒙古族）创作
内蒙古自治区民族实验剧团
1957年

包尔汉·沙希迪

《火焰山的怒吼》书影
包尔汉·沙希迪创作
中央实验话剧院
1962年

乌 · 白辛（赫哲族）

《赫哲人的婚礼》剧照
乌 · 白辛（赫哲族）创作
哈尔滨话剧院
1962年

武玉笑

《远方青年》剧照
武玉笑创作
中国青年艺术剧院
1963年

杨履方

《布谷鸟又叫了》剧照
杨履方创作
上海人民艺术剧院
1957年

岳 野

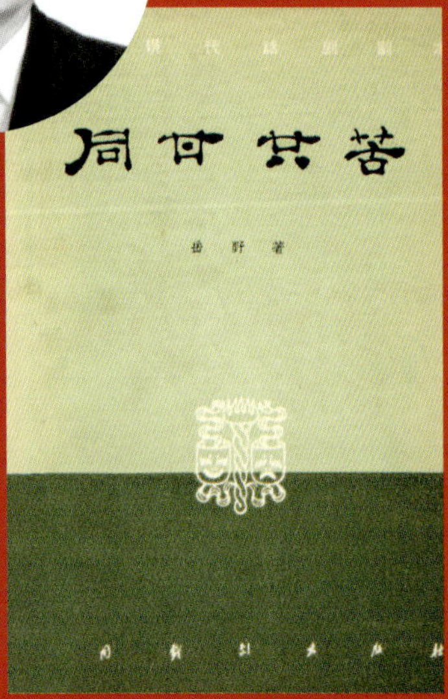

海 默

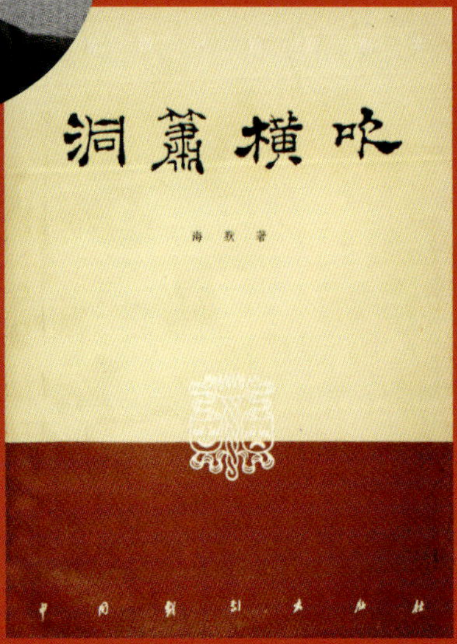

《同甘共苦》书影
岳野创作
华南话剧团
1956年

《洞箫横吹》书影
海默创作
辽宁人民艺术剧院
1957年

3

民族新歌剧

民族新歌剧，是在新中国成立后得到巨大发展的一种艺术形式，它以戏剧为主体，不仅注重歌唱，也注意道白和表演。很多新歌剧是以文学作品为蓝本改编，有许多作家投入到新歌剧的创作中，因此这一时期的民族新歌剧作品在题材和内容上都有了较大提升，社会反响巨大，出现了一批经典的民族新歌剧作品。

《长征》歌剧宣传册
李伯钊等编剧
北京人民艺术剧院
1951年

《王贵与李香香》剧照
于村根据李季原诗改编
北京人民艺术剧院
1950年

《小二黑结婚》剧照
田川、杨兰春根据赵树理同名小说改编
中央戏剧学院歌剧系
1953年

《刘胡兰》剧照
于村、海啸等编剧
中央实验歌剧院
1954年

《草原之歌》剧照
任萍编剧
中央实验歌剧院
1955年

《洪湖赤卫队》剧照
张敬安、杨会召、欧阳谦叔、梅少山、朱本和编剧
湖北省实验歌剧院
1959年

《春雷》剧照
海啸编剧
中央实验歌剧院
1954年

《红霞》剧照
石汉编剧
中国人民解放军前线歌剧团
1957年

《槐荫记》剧照
卢素等编剧
中国歌剧舞剧院
1958年

《窦娥冤》剧照
侣朋编剧
北京人民艺术剧院
1958年

《刘三姐》剧照
广西《刘三姐》会演集体整理改编
1960年

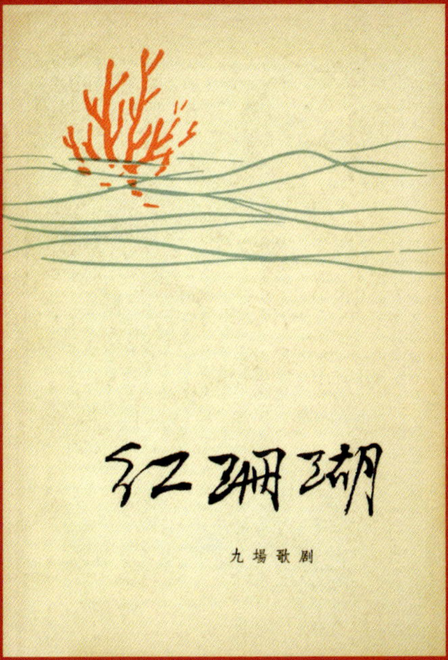

《红珊瑚》剧照
赵忠、钟艺兵等编剧
中国人民解放军海政歌剧团
1960年

《江姐》剧照
阎肃编剧
空政文工团
1964年

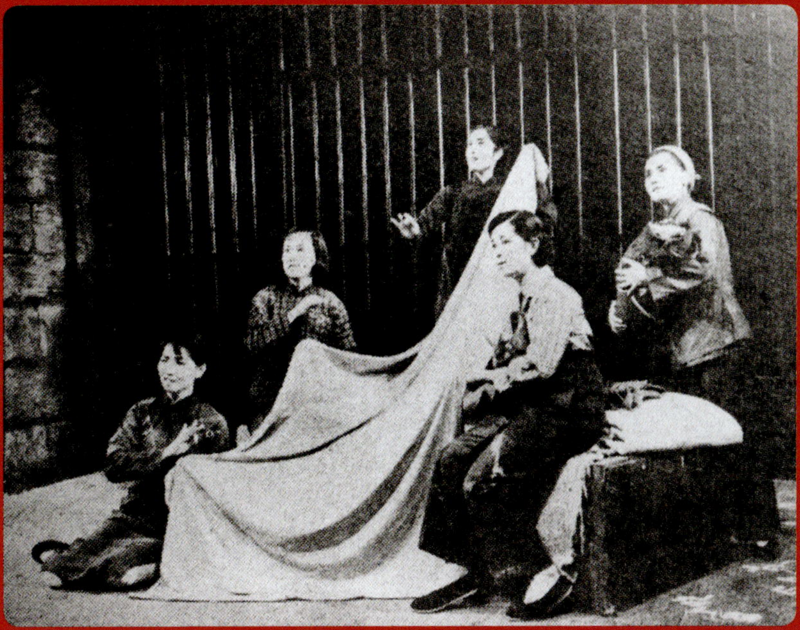

［肆］

歌颂新人新事的报告文学

1949年，中国社会生活发生了巨大而深刻的变化，始终关注现实的报告文学，继续以其特有的功能发挥着它服务于社会的作用。抗美援朝、土地改革、社会主义改造、经济建设等事件为报告文学提供了丰富的素材与机遇，一大批作家以他们顺应时代的作品成就了新中国成立后报告文学的首次繁荣。这些作品着力反映当时的各类新事物、新人物、新风尚，表现我国人民战胜天灾人祸的勇气、毅力、情操和政治理想，显示出这个时期报告文学创作的共同特点：时代感、新闻性、歌颂性题材与思想教育的结合。

1

反映抗美援朝的报告文学

新中国成立初期，在抗美援朝战争中，许多作家深入到朝鲜前线进行慰问和采访，与志愿军指战员生活在一起，了解他们的战斗生活和思想情况，及时写出了一篇篇感人至深的报告文学，反映了广大志愿军指战员为祖国而战的崇高思想。还有一些亲自参加战斗的志愿军指挥员和政工干部，以通讯报道的形式抒发了他们抗击美帝、保家卫国的壮志豪情，讴歌无数黄继光、杨根思式的战争英雄。

1951年，巴金（左二）在朝鲜前线战地采访

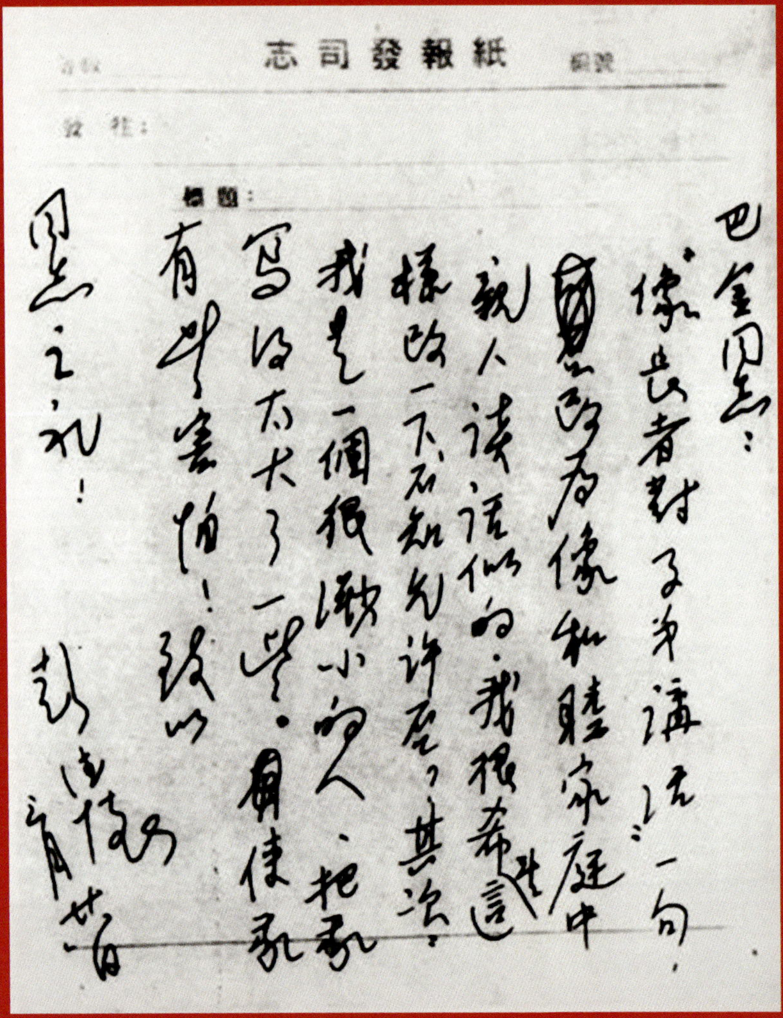

志司發報紙　編號

發往：

標題：

巴金同志：

像长者对子弟讲话一句，改为"像和睦家庭中亲人谈话似的"。我很希望这样改一下，不知允许否？其次，我是一个很渺小的人，把我写得太大了一些，使我有些害怕！致以

同志之礼！

彭德怀

三月廿日

1952年，彭德怀给巴金的信（内文）

魏巍

刘白羽

杨朔

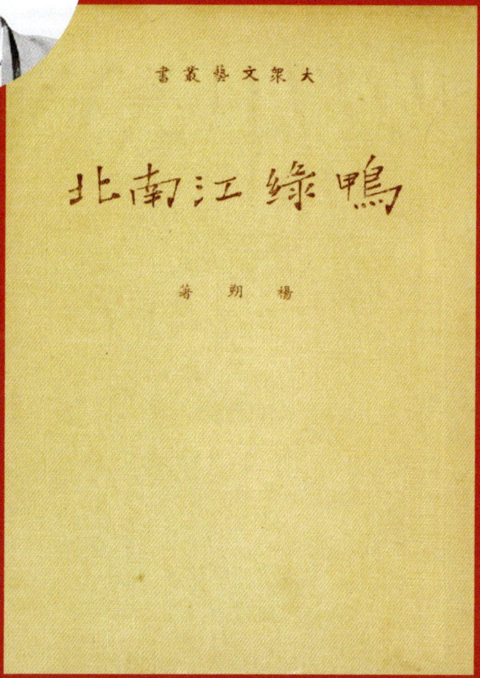

2

反映社会主义建设的报告文学

在轰轰烈烈的社会主义建设运动中，报告文学与通讯报道及时向人们传递着新人新事新风尚的事迹，极大地鼓舞了全国人民意气风发建设新中国的信心。

房树民

王石像

沙汀

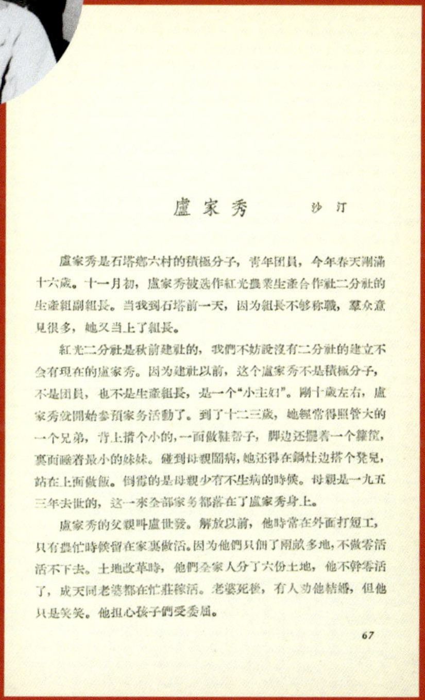
盧家秀　　沙汀

盧家秀是石塔鄉六村的積極分子，青年团員，今年春天剛滿十六歲。十一月初，盧家秀被选作紅光農業生產合作社二分社的生產組副組長。当我到石塔前一天，因为組長不够称職，羣众意見很多，她又当上了組長。

紅光二分社是秋前建社的，我們不妨說沒有二分社的建立不会有現在的盧家秀。因为建社以前，这个盧家秀不是積極分子，不是团員，也不是生產組長，是一个“小主妇”。剛十歲左右，盧家秀就開始參預家务活動了。到了十二三歲，她經常得照管大的一个兄弟，背上揹个小的，一面做鞋帮子，脚边还擺着一个籮筐，裏面睡着最小的妹妹。碰到母親鬧病，她还得在鍋灶边搭个凳兒，站在上面做飯。倒霉的是母親少有不生病的時候。母親是一九五三年去世的，这一來全部家务都落在了盧家秀身上。

盧家秀的父親叫盧世發。解放以前，他時常在外面打短工，只有農忙時候留在家裏做活。因为他們只佃了兩畝多地，不做零活活不下去。土地改革時，他們全家人分了六份土地，他不幹零活了，成天同老婆都在忙莊稼活。老婆死後，有人劝他結婚，但他只是笑笑。他担心孩子們受委屈。

67

柳青

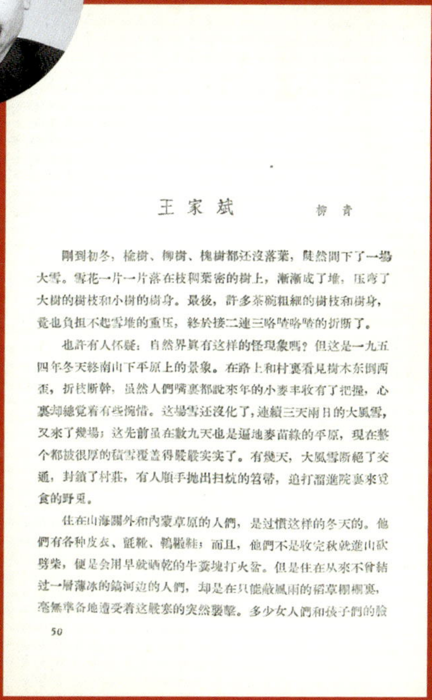
王家斌　　柳青

剛到初冬，榆樹、柳樹、槐樹都还沒落葉，陡然間下了一場大雪。雪花一片一片落在枝稠葉密的樹上，漸漸成了堆，压弯了大樹的樹枝和小樹的樹身。最後，許多茶碗粗細的樹枝和樹身，竟也負担不起雪堆的重压，終於接二連三咯喳咯喳的折断了。

也許有人怀疑：自然界真有这样的怪現象嗎？但这是一九五四年冬天終南山下平原上的景象。在路上和村裏看見樹木东倒西歪，折枝断幹，虽然人們嘴裏都說來年的小麥丰收有了把握，心裏却總覺着有些惋惜。这場雪还沒化了，連續三天兩日的大風雪，又來了幾場；这先前虽在數九天也是遍地麥苗綠的平原，現在整个都被很厚的積雪覆盖得嚴嚴实实了。有幾天，大風雪断絕了交通，封鎖了村莊，有人順手拋出扫炕的笤帚，追打溜進院裏來覓食的野兎。

住在山海關外和內蒙草原的人們，是过慣这样的冬天的。他們有各种皮衣、氈靴、鞨鞡鞋；而且，他們不是收完秋就進山砍劈柴，便是会用早就晒乾的牛糞塊打火盆。但是住在从來不曾結过一層薄冰的鎬河边的人們，却是在只能蔽風雨的稻草棚棚裏，毫無準备地遭受着这嚴寒的突然襲擊。多少女人們和孩子們的臉

50

雷加

萧殷

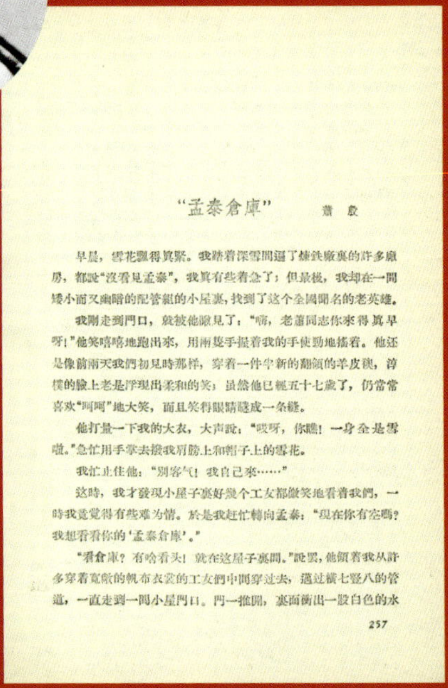

"孟泰倉庫"　萧殷

早晨，雪花飄得真緊。我踏着深雪問遍了煉鉄廠裏的許多廠房，都說"沒看見孟泰"，我真有些着急了；但最後，我却在一間矮小而又幽暗的配管組的小屋裏，找到了这个全國聞名的老英雄。

我剛走到門口，就被他瞭見了："嗬，老蕭同志你來得真早呀！"他笑嘻嘻地跑出來，用兩隻手握着我的手使勁地搖着。他还是像前兩天我們初見時那样，穿着一件半新的翻領的羊皮襖，淳樸的臉上老是浮现出柔和的笑；虽然他已經五十七歲了，仍常常喜欢"呵呵"地大笑，而且笑得眼睛瞇成一条縫。

他打量一下我的大衣，大声說："哎呀，你瞧！一身全是雪啦。"急忙用手掌去撥我肩膀上和帽子上的雪花。

我忙止住他："别客气！我自己來……"

这時，我才發現小屋子裏好幾个工友都微笑地看着我們，一時我覺得有些难为情。於是我赶忙轉向孟泰："現在你有空嗎？我想看看你的'孟泰倉庫'。"

"看倉庫？有啥看头！就在这屋子裏間。"說罷，他領着我从許多穿着寬敞的帆布衣裳的工友們中間穿过去，邁过横七竖八的管道，一直走到一間小屋門口。門一推開，裏面衝出一股白色的水

257

萧乾

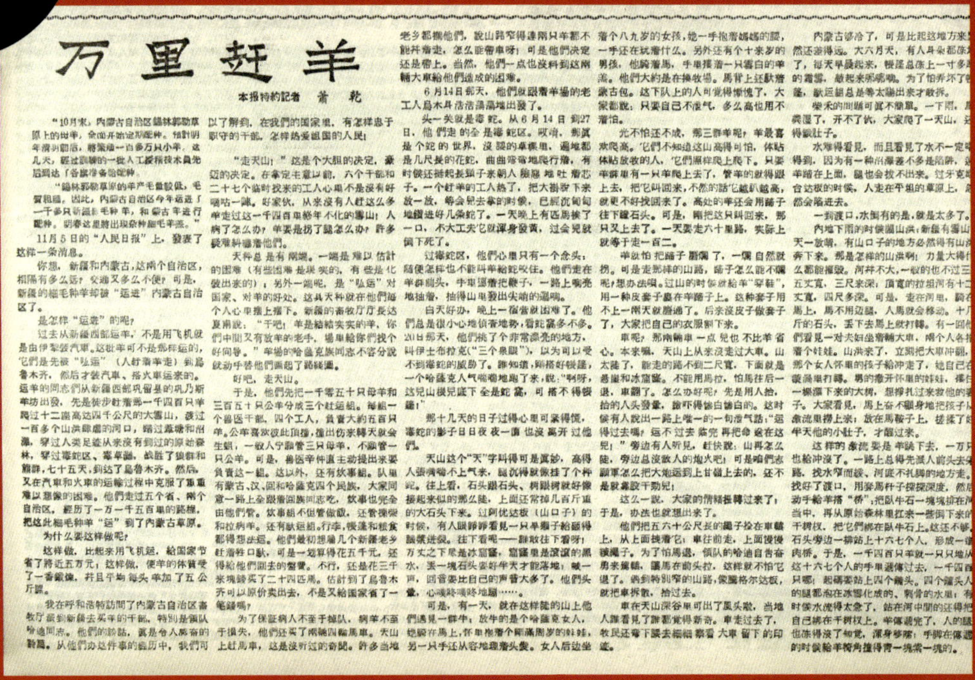

万里赶羊

本报特約記者　萧乾

"10月末，內蒙古自治区錫林郭勒草原上的母羊，余他开始进行配种。估計明年清明節后，將繁殖一百多万只小羊。这几天，經过訓練的一批人工授精技术員先后到达了各旗准备給配种。

"錫林郭勒草原的羊产毛量較低，毛質粗糙。因此，內蒙古自治区今年运进了一千多只新疆細毛种羊，和蒙古羊进行配种。明春这里將出現杂种細毛羊羔。"

11月5日的"人民日报"上，發表了这样一条消息。

你想，新疆和內蒙古，这兩个自治区，相隔有多么远？交通又多么不便？可是，新疆的細毛种羊却被"运进"內蒙古自治区了。

是怎样"运进"的呢？

过去从新疆西部运羊，不是用飞机就是由伊犁發汽車。这批羊可不是那样运的，它們是先被"赶运"（人赶着羊走）到烏鲁木齐，然后才裝汽車、搭火車运来的。

……以了解到，在我們的国家里，有怎样忠于职守的干部，怎样热爱祖国的人民！

"走天山！"这是个大胆的决定，豪迈的决定。在拿定主意以前，六个干部和二十七个临时找来的工人心里不是沒有好嘀咕一陣。好家伙，从来沒有人赶这么多羊走过这一千四百里終年不化的雪山！人病了怎么办？羊要是拐了腿怎么办？許多疑难糾纏着他們。

天秤总是有兩端。一端是难以估計的困难（有些困难是现实的，有些是化發出来的）；另外一端呢，是"赶运"对国家、对羊的好处。这具天秤就在他們每个人心里擡上擡下。新疆的畜牧厅厅長达夏甫說："干吧！羊是結結实实的羊，你們中間又有放羊的老手，場里給你們找个好向导。"羊場的哈薩克族同志不容分說就动手替他們画起了路綫圖。

好吧，走天山。

……

李若冰

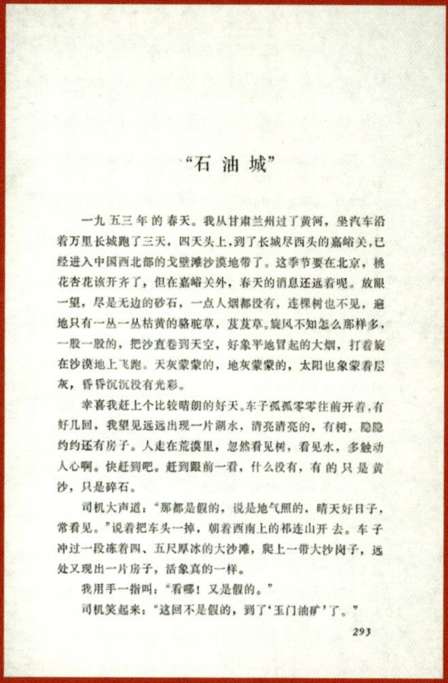

"石 油 城"

一九五三年的春天。我从甘肃兰州过了黄河，坐汽车沿着万里长城跑了三天，四天头上，到了长城尽西头的嘉峪关，已经进入中国西北部的戈壁滩沙漠地带了。这季节要在北京，桃花杏花该开齐了，但在嘉峪关外，春天的消息还远着呢。放眼一望，尽是无边的砂石，一点人烟都没有，连棵树也不见，遍地只有一丛一丛枯黄的骆驼草，芨芨草。旋风不知怎么那样多，一股一股的，把沙直卷到天空，好象平地冒起的大烟，打着旋在沙漠地上飞跑。天灰蒙蒙的，地灰蒙蒙的，太阳也象蒙着层灰，昏昏沉沉没有光彩。

幸喜我赶上个比较晴朗的好天。车子孤孤零零往前开着，有好几回，我望见远远出现一片湖水，清亮清亮的，有树，隐隐约约还有房子。人走在荒漠里，忽然看见树，看见水，多触动人心啊。快赶到吧。赶到跟前一看，什么没有，有的只是黄沙，只是碎石。

司机大声道："那都是假的，说是地气照的，晴天好日子，常看见。"说着把车头一掉，朝着西南上的祁连山开去。车子冲过一段冻着四、五尺厚冰的大沙滩，爬上一带大沙岗子，远处又现出一片房子，活象真的一样。

我用手一指叫："看哪！又是假的。"

司机笑起来："这回不是假的，到了'玉门油矿'了。"

293

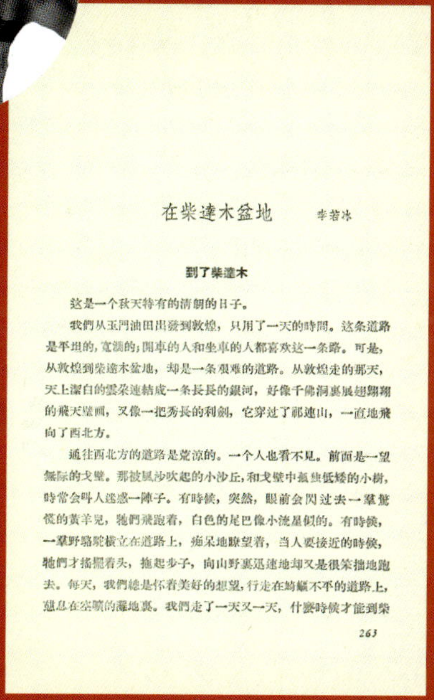

在柴達木盆地　李若冰

到了柴達木

这是一个秋天特有的清朗的日子。

我們从玉門油田出發到敦煌，只用了一天的時間。这条道路是平坦的，寬濶的；開車的人和坐車的人都喜欢这一条路。可是，从敦煌到柴達木盆地，却是一条艰难的道路。从敦煌走的那天，天上潔白的雲朵連結成一条長長的銀河，好像千佛洞裏展翅翱翔的飛天壁画，又像一把秀長的利劍，它穿过了祁連山，一直地飛向了西北方。

通往西北方的道路是荒涼的。一个人也看不見。前面是一望無际的戈壁。那被風沙吹起的小沙丘，和戈壁中孤独低矮的小樹，時常会叫人迷惑一陣子。有時候，突然，眼前会閃过去一羣驚慌的黃羊兒，牠們飛跑着，白色的尾巴像小流星似的。有時候，一羣野駱駝横立在道路上，痴呆地瞭望着，当人要接近的時候，牠們才搖擺着头，拖起步子，向山野裏迅速地却又是很笨拙地跑去。每天，我們總是怀着美好的想望，行走在崎嶇不平的道路上，憩息在空曠的灘地裏。我們走了一天又一天，什麼時候才能到柴

263

陈广生

穆青

郭小川

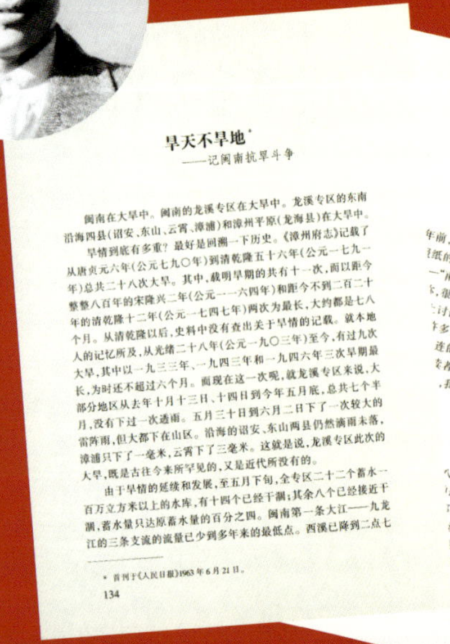

旱天不旱地*
——记闽南抗旱斗争

闽南在大旱中。闽南的龙溪专区在大旱中。龙溪专区的东南
沿海四县(诏安、东山、云霄、漳浦)和漳州平原(龙海县)在大旱中。
旱情到底有多重？最好是回溯一下历史。《漳州府志》记载了
从唐贞元六年(公元七九〇年)到清乾隆五十六年(公元一七九一
年)总共二十八次大旱。其中，载明旱期的共有十一次，而以距今
整整八百年的宋隆兴二年(公元一一六四年)和距今不到二百二十
年的清乾隆十二年(公元一七四七年)两次为最长，大约都是七八
个月。从清乾隆以后，史料中没有查出关于旱情的记载。就本地
人的记忆所及，从光绪二十八年(公元一九〇三年)至今，有过九次
大旱，其中以一九三三年、一九四三年和一九四六年三次旱期最
长，为时还不超过六个月。而现在这一次呢，就龙溪专区来说，大
部分地区从去年十月十三日、十四日到今年五月底，总共七个半
月，没有下过一次透雨。五月三十日到六月二日下了一次较大的
雷阵雨，但大都下在山区。沿海的诏安、东山两县仍然滴雨未落，
漳浦只下了一毫米，云霄下了三毫米。这就是说，龙溪专区此次的
大旱，既是古往今来所罕见的，又是近代所没有的。
由于旱情的延续和发展，至五月下旬，全专区二十二个蓄水一
百万立方米以上的水库，有十四个已经干涸；其余八个已经接近干
涸，蓄水量只达原蓄水量的百分之四。闽南第一条大江——九龙
江的三条支流的流量已少到多年来的最低点。西溪已降到二点七

* 首刊于《人民日报》1963年6月21日。

134

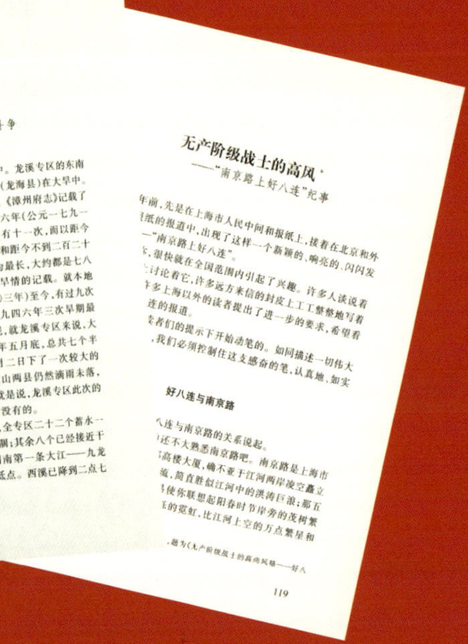

无产阶级战士的高风*
——“南京路上好八连”纪事

年前，先是在上海市人民中间和报纸上，接着在北京和外
报纸的报道中，出现了这样一个新颖的、响亮的、闪闪发
—“南京路上好八连”。
，很快就在全国范围内引起了兴趣。许多人谈说着
讨论着它，许多远方来信的封皮上工工整整地写着
许多上海以外的读者提出了进一步的要求，希望看
连的报道。
者们的提示下开始动笔的。如同描述一切伟大
，我们必须控制住这支感奋的笔，认真地、如实

好八连与南京路

八连与南京路的关系说起。
还不大熟悉南京路吧。南京路是上海市
高楼大厦，确不亚于江河两岸凌空矗立
流，简直胜似江河中的洪涛巨浪；那五
使你联想起阳春时节岸旁的茂树繁
的霓虹，比江河上空的万点繁星和

，题为《无产阶级战士的高尚风格——好八

119

魏钢焰

徐迟

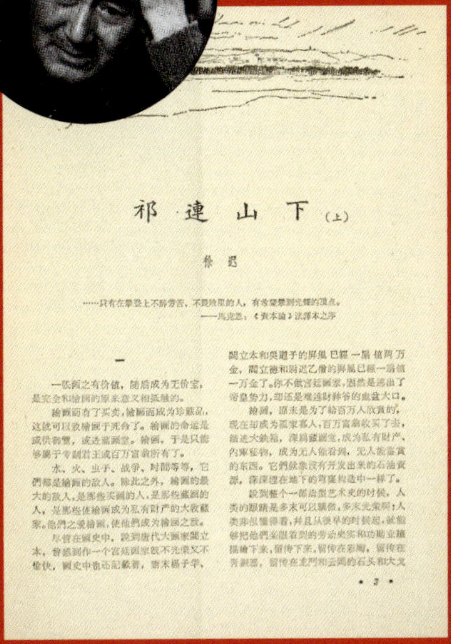
祁連山下（上）

徐遲

黄宗英

［伍］

亮丽的散文风景

社会主义新中国时期的散文、杂文随笔被称为“文艺的轻骑兵”，代人民立言，抒时代豪情，致力于营造诗意以及针砭时弊是这时期艺术散文和杂文随笔的主要特征，并取得了斐然的成就。

1

散文

新中国成立后，散文创作取得了可喜的成就，出现了不少赞美新时代、赞美新生活的名篇，作家们用他们的笔勾勒出了一幅幅人民幸福生活和祖国大好河山的美景图，具有较高的艺术性。

杨 朔

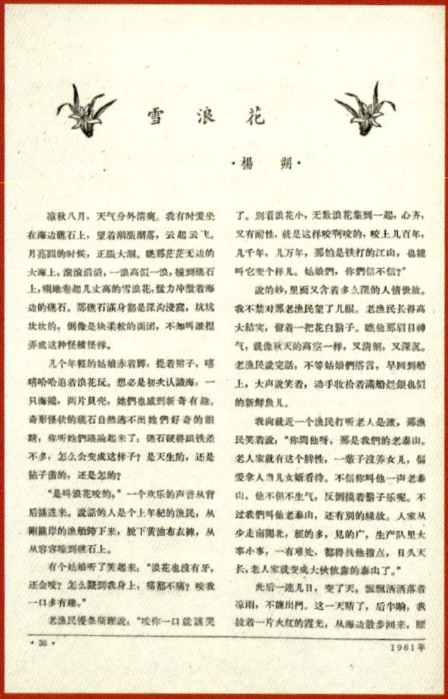

雪 浪 花

·楊 朔·

凉秋八月，天气分外清爽。我有时爱坐在海边礁石上，望着潮涨潮落，云起云飞。月亮圆的时候，正涨大潮。瞧那茫茫无边的大海上，滚滚滔滔，一浪高似一浪，撞到礁石上，喇地卷起几丈高的雪浪花，猛力冲激着海边的礁石。那礁石满身都是深沟浅窝，坑坑坎坎的，倒像是块柔軟的面团，不知叫誰捏弄成这种怪模怪样。

几个年輕的姑娘赤着脚，提着裙子，嘻嘻哈哈追着浪花玩。想必是初次认識海，一只海鷗，两片貝売，她們也感到新奇有趣。奇形怪状的礁石自然逃不出她們好奇的眼睛，你听她們議論起来了：礁石硬得跟铁差不多，怎么会变成这样子？是天生的，还是钻子凿的，还是怎的？

"是叫浪花咬的，"一个欢乐的声音从背后插进来。說話的人是个上年紀的漁民，从刚靠岸的漁船跨下来，脱下黄油布衣裤，从从容容晾到礁石上。

有个姑娘听了笑起来："浪花也沒有牙，还会咬？怎么濺到我身上，痛都不痛？咬我一口多有趣。"

老漁民慢条斯理說："咬你一口就該哭了。别看浪花小，无数浪花集到一起，心齐，又有耐性，就是这样咬啊咬的，咬上几百年，几千年，几万年，那怕是铁打的江山，也能叫它变个样儿。姑娘們，你們信不信？"

說的妙，里面又含着多么深的人情世故。我不禁对那老漁民望了几眼。老漁民长得高大結实，留着一把花白鬍子。瞧他那眉目神气，就像秋天的高空一样，又清朗，又深沉。老漁民說完話，不等姑娘們搭言，早回到船上，大声說笑着，动手收拾着满船烂銀也似的新鲜魚儿。

我向就近一个漁民打听老人是誰，那漁民笑着說："你問他呀，那是我們的老泰山。老人家就有这个脾性，一辈子沒养女儿，偏爱拿人当儿女婿看待。不信你叫他一声老泰山，他不但不生气，反倒摸着鬍子乐呢。不过我們叫他老泰山，还有别的緣故。人家从少走南闖北，經的多，見的广，生产队里大事小事，一有难处，都得找他指点，日久天长，老人家就变成大伙依靠的泰山了。"

此后一連几日，变了天，飄飄洒洒落着凉雨，不能出門。这一天晴了，后半晌，我披着一片火红的霞光，从海边散步回来，瞟

·36·

1961年

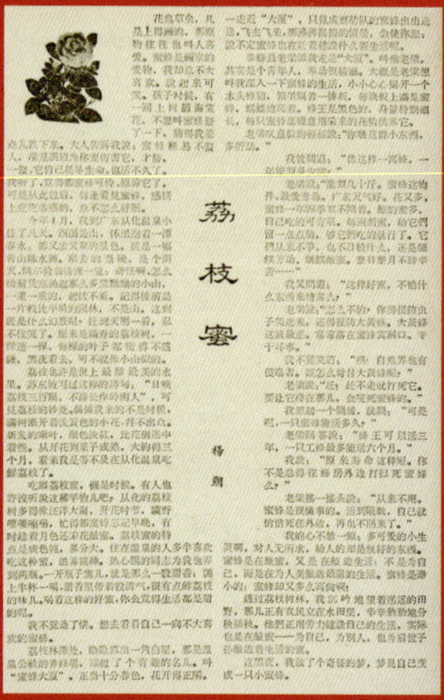

荔枝蜜

杨 朔

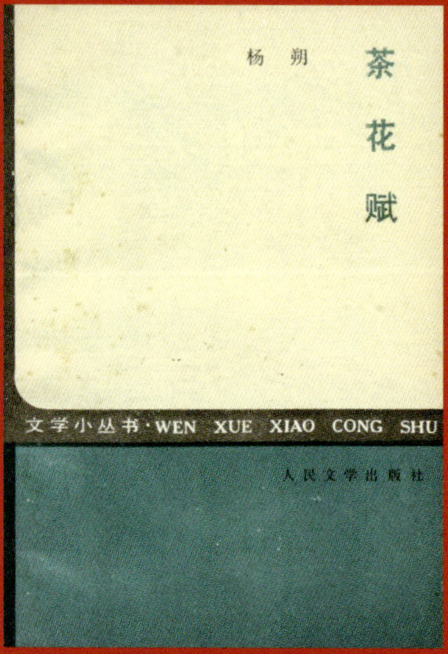

秦牧

刘白羽

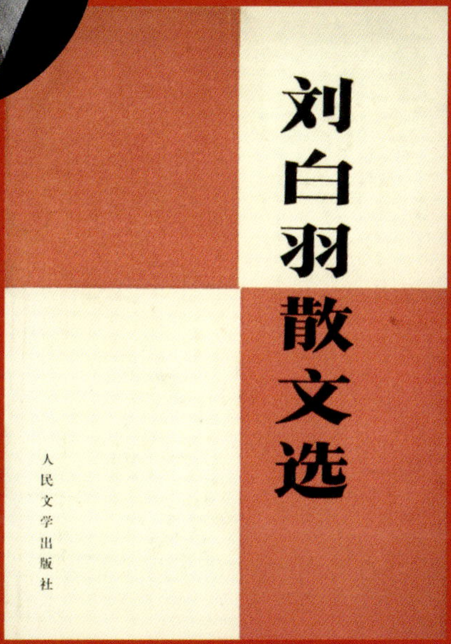

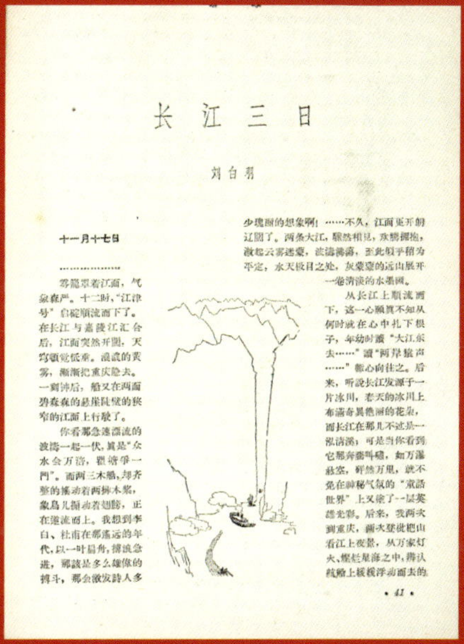

长江三日

刘白羽

十一月十七日

………………

雾籠罩着江面，气象森严。十二时，"江津号"启碇順流而下了。在长江与嘉陵江汇合后，江面突然开闊，天穹顿覚低垂。濃濃的黄雾，漸漸把重庆隐去。一剎間后，船又在两面碧森森的悬崖陡壁的狹窄的江面上行駛了。

你看那急速漂流的波濤一起一伏，真是"众水会万涪，瞿塘爭一門"。而两三木船，却齐整的搖动着两排木桨，象鳥儿掮动着翅膀，正在逆流而上。我想到李白、杜甫在那遙远的年代，以一叶扁舟，搏浪急进，那該是多么雄偉的搏斗，那会激发詩人多少瑰丽的想象啊！……不久，江面更开朗辽闊了。两条大江，驟然相見，欢騰擁抱，激起云雾迷濛，波濤滂薄，至此似乎稍为平定，水天极目之处，灰濛濛的远山展开一卷清淡的水墨画。

从长江上順流而下，这一心願真不知从何时就在心中扎下根子，年幼时讀"大江东去……"讀"两岸猿声……"輒心向往之。后来，听說长江发源于一片冰川，冬天的冰川上布滿奇異艳丽的花朵，而长江在那儿不过是一泓清溪；可是当你看到它那奔騰叫嘯，如万瀑悬空，砰然万里，就不免在神秘气氛的"童話世界"上又塗了一层英雄光彩。后来，我两次到重庆，曾夜登枇杷山看江上夜景，从万家灯火、燦烂星海之中，辨认航船上緩緩浮动而去的

· 41 ·

吴伯箫

曹靖华

菡 子

何 为

碧野

袁鹰

柯蓝

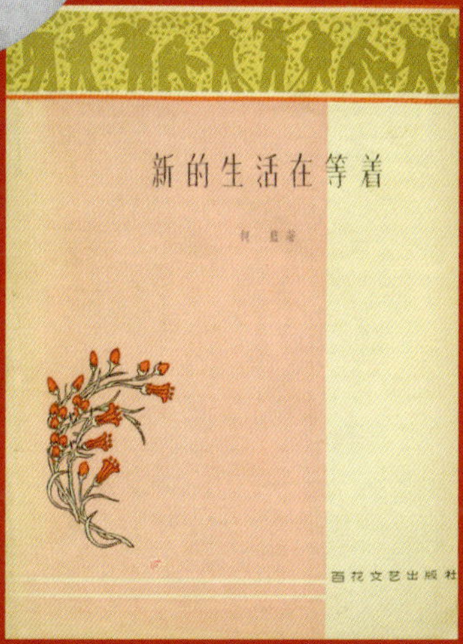

郭风

2

杂文

新中国成立后，杂文创作出现了蓬勃发展的局面，许多作家纷纷在报刊上开辟专栏，以生动锋利的文字，对错误思想和不良作风进行针砭与讽刺，充分显示了社会主义杂文小品的生命力和战斗性。

夏 衍
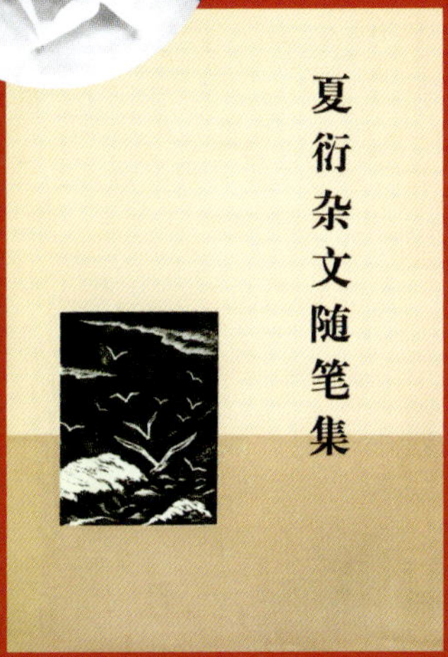

唐 弢

秦 似
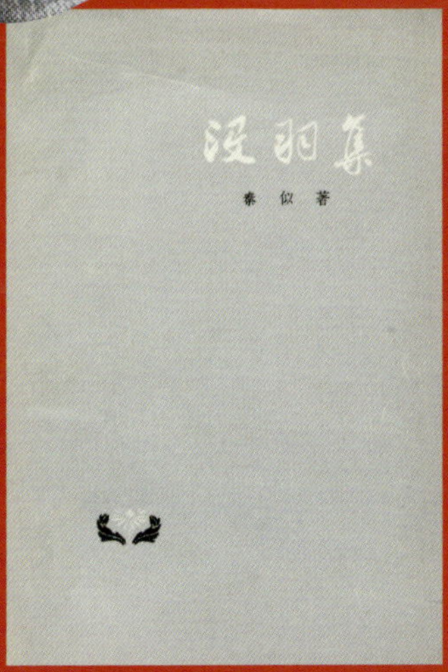

徐懋庸

巴 人
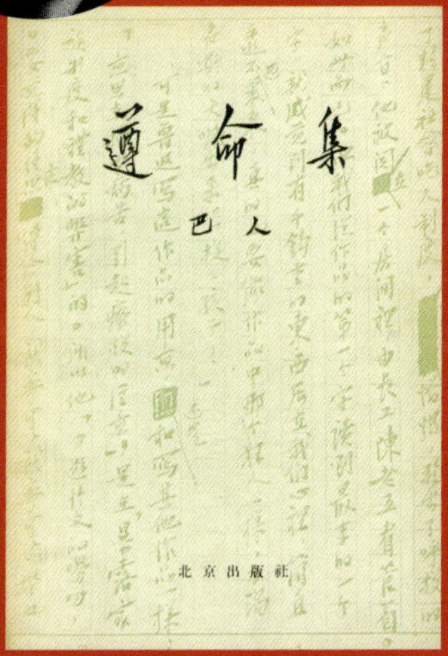

聂绀弩

邓 拓

廖沫沙

吴 晗

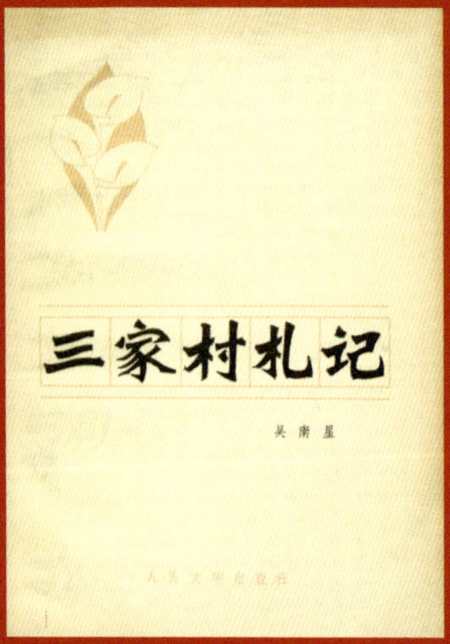

吴南星（吴晗、邓拓、廖沫沙之集体笔名）

陈笑雨

郭小川

张铁夫

冯铁丁（陈笑雨、郭小川、张铁夫之集体笔名）

[陆]

昂扬的诗歌激情

新中国的诗歌总体上继承了“五四”新诗传统，与时代脉搏相响应，与现实生活相联系。新中国成立伊始，百废待兴，各民族诗人以昂扬的激情投入到火热的生活中，以自豪、振奋的情怀谱写出大量赞美新时代和鼓舞人民的“颂歌”与“战歌”。

1

老诗人唱响『颂歌』主旋律

新中国成立，当年为新诗发展奠基的一批老诗人，从“现代”跨入“当代”，他们的新诗从内容上发生了历史性转变，即从揭露和抨击旧社会的黑暗转变为歌颂新社会的光明，满怀喜悦地为新中国、新生活歌唱。

郭沫若

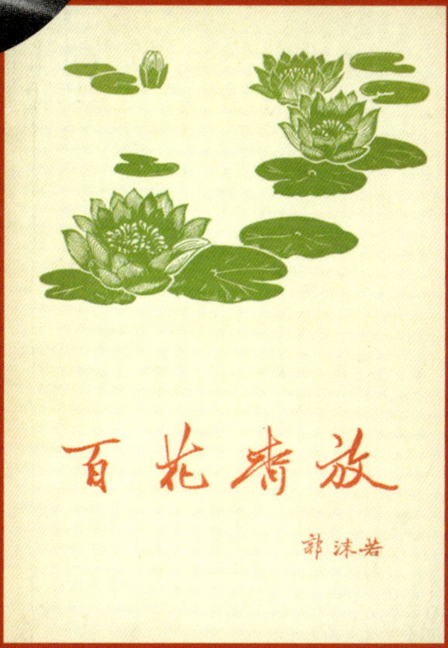

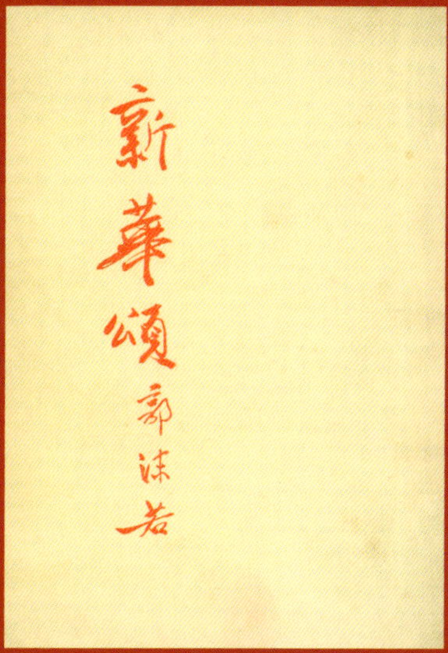

臧克家

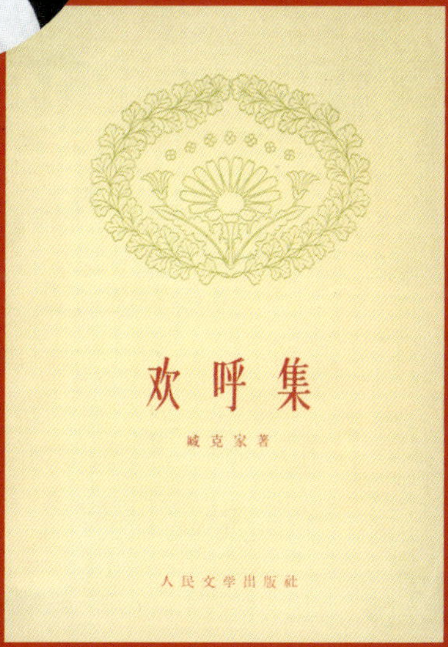

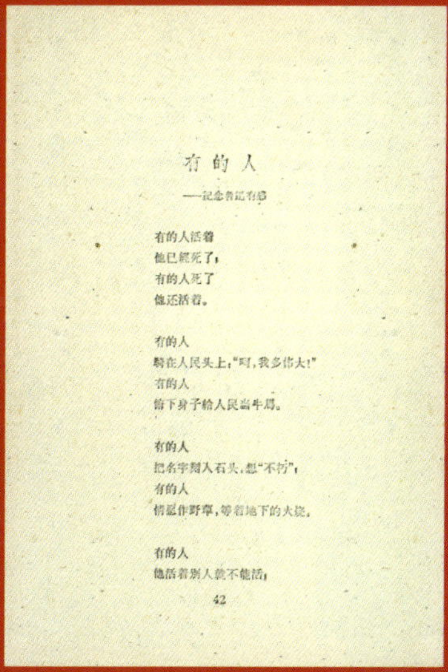

有的人

——纪念鲁迅有感

有的人活着
他已經死了；
有的人死了
他还活着。

有的人
騎在人民头上："呵，我多偉大！"
有的人
俯下身子给人民当牛馬。

有的人
把名字刻入石头，想"不朽"；
有的人
情愿作野草，等着地下的火烧。

有的人
他活着别人就不能活；

42

冯至

十年詩抄
馮至著
人民文学出版社

卞之琳

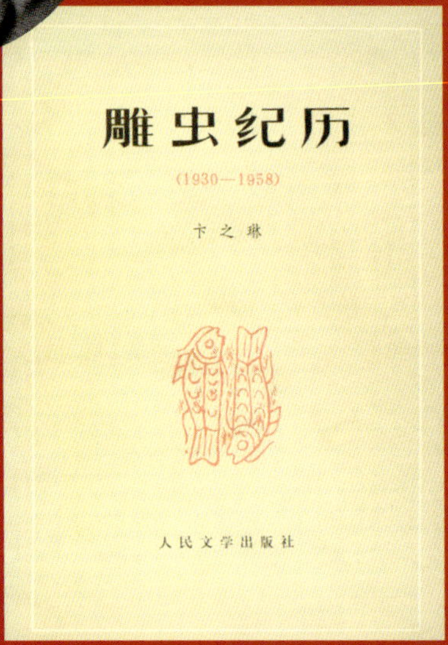
雕虫纪历
(1930—1958)
卞之琳
人民文学出版社

艾青

海岬上
艾青著

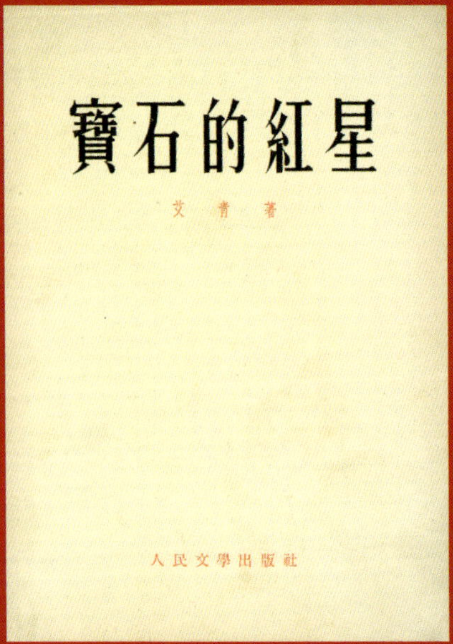
寶石的紅星
艾青著
人民文學出版社

胡风

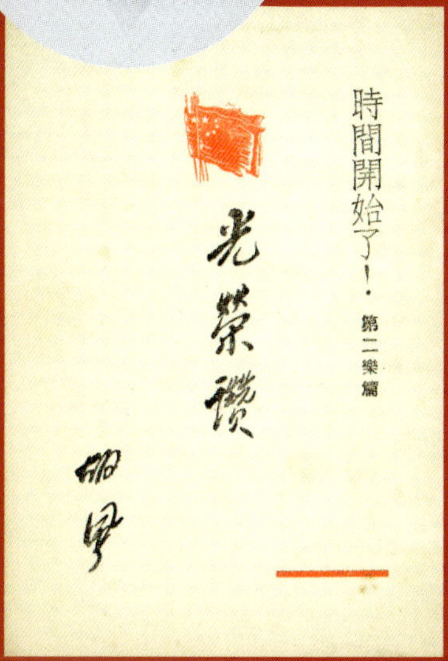
時間開始了！
第二樂篇
光榮讚

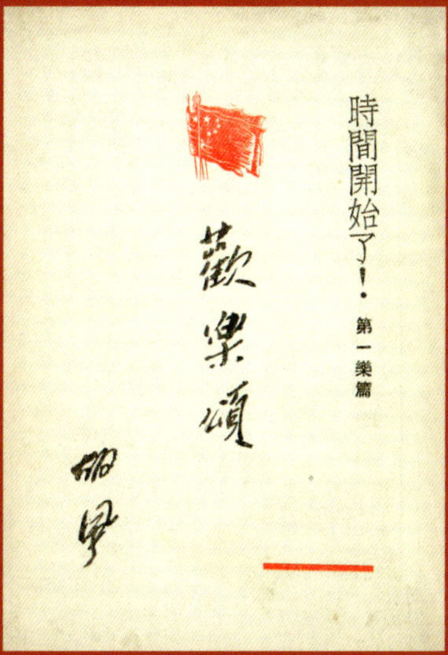
時間開始了！
第一樂篇
歡樂頌

田间

中國人民文藝叢書
趕車傳
田間著

王亚平

第一支頌歌
王亞平著
生活·讀書·新知三聯書店發行

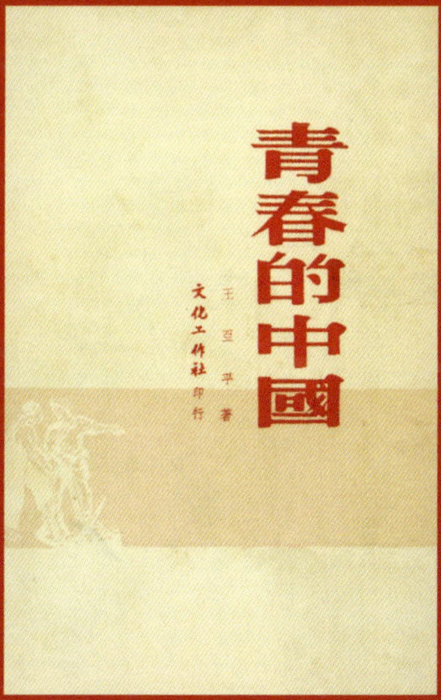
青春的中國
王亞平著
文化工作社印行

穆旦

穆旦诗选
人民文学出版社

徐迟

苏金伞

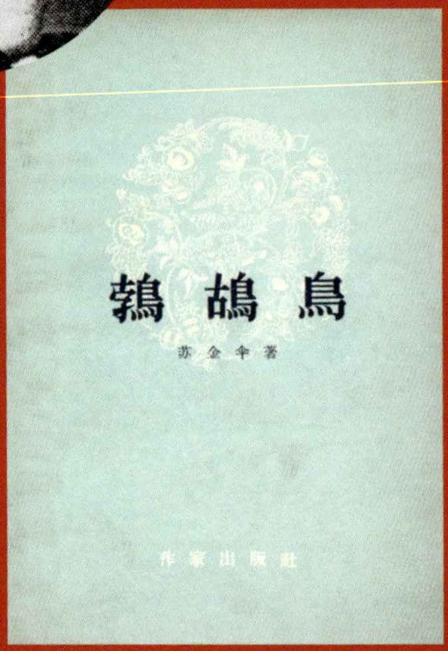

邹荻帆

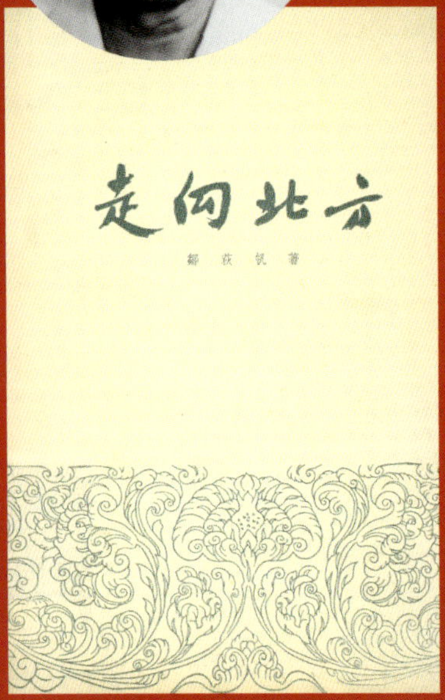

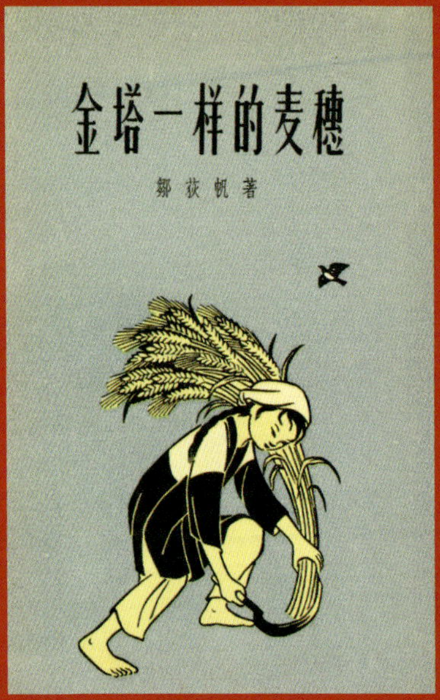

王老九

2

来自延安的诗群

来自延安的诗群包括抗战时期奔赴陕北革命根据地的诗人和在延安新成长起来的诗人，这是一个阵容强大的诗群，在新中国成立后的诗坛领衔演奏着时代的强音，他们的政治抒情诗使诗歌的境界更宽广，与革命建设事业的发展相呼应。

郭小川

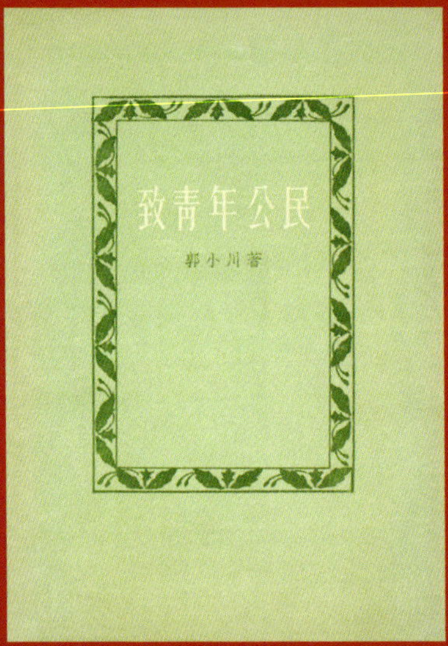

贺敬之

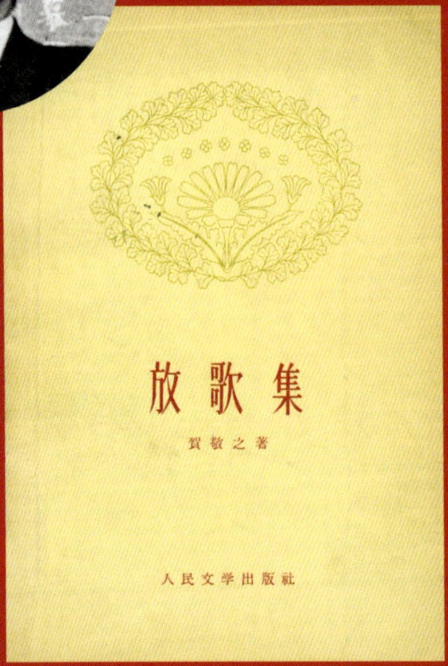

李季

闻捷

公木

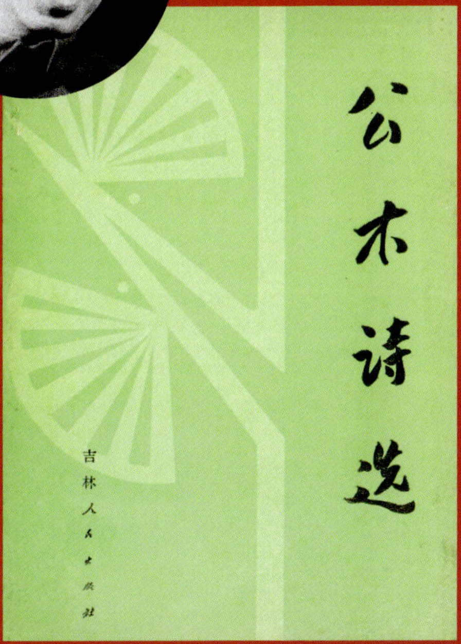

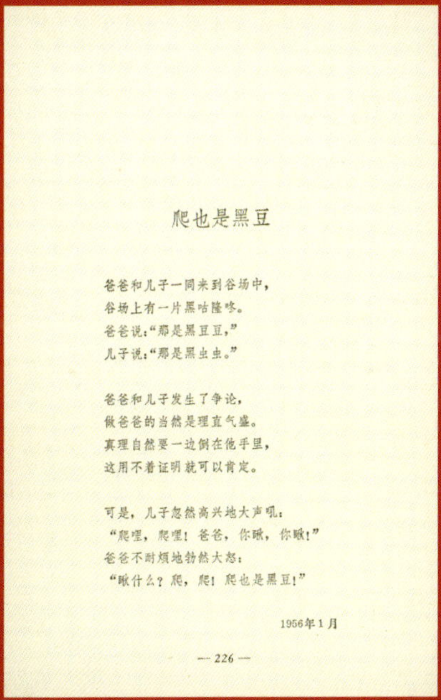
爬也是黑豆

爸爸和儿子一同来到谷场中，
谷场上有一片黑咕隆咚。
爸爸说：“那是黑豆豆，”
儿子说：“那是黑虫虫。”

爸爸和儿子发生了争论，
做爸爸的当然是理直气盛。
真理自然要一边倒在他手里，
这用不着证明就可以肯定。

可是，儿子忽然高兴地大声吼：
“爬哩，爬哩！爸爸，你瞅，你瞅！”
爸爸不耐烦地勃然大怒：
“瞅什么？爬，爬！爬也是黑豆！”

1956年1月

— 226 —

何其芳

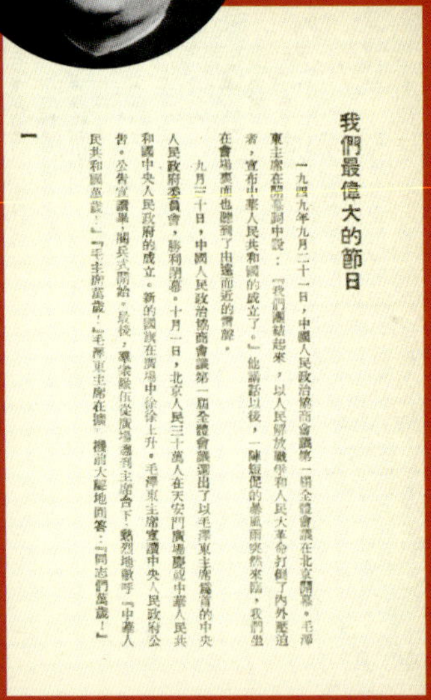

我們最偉大的節日

一

一九四九年九月二十一日，中國人民政治協商會議第一屆全體會議在北京開幕。毛澤東主席在開幕詞中說：「我們團結起來，以人民解放戰爭和人民大革命打倒了內外壓迫者，宣布中華人民共和國的成立了。」他講話以後，一陣短促的暴風雨突然來臨，我們坐在會場裏面也聽到了由遠而近的雷聲。

九月三十日，中國人民政治協商會議第一屆全體會議選出了以毛澤東主席為首的中央人民政府委員會，勝利閉幕。十月一日，北京人民三十萬人在天安門廣場慶祝中華人民共和國中央人民政府的成立。新的國旗在廣場中徐徐上升。毛澤東主席宣讀中央人民政府公告。公告宣讀畢，閱兵式開始。最後，羣衆隊伍從廣場湧到主席台下，熱烈地歡呼「中華人民共和國萬歲！」「毛主席萬歲！」毛澤東主席在擴音機前大聲地回答：「同志們萬歲！」

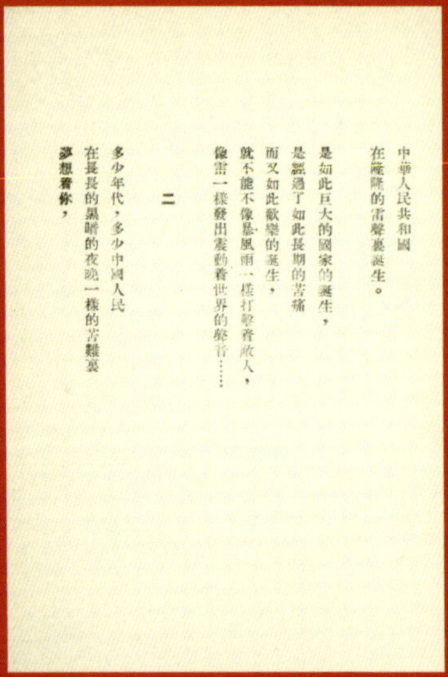

中華人民共和國
在隆隆的雷聲裏誕生。

是如此巨大的國家的誕生，
是經過了如此長期的苦痛
而又如此歡樂的誕生，
就不能不像暴風雨一樣打擊着敵人，
像雷一樣發出震動着世界的聲音……

二

多少年代，多少中國人民
在長長的黑暗的夜晚一樣的苦難裏
夢想着你，

蔡其矫

严 辰

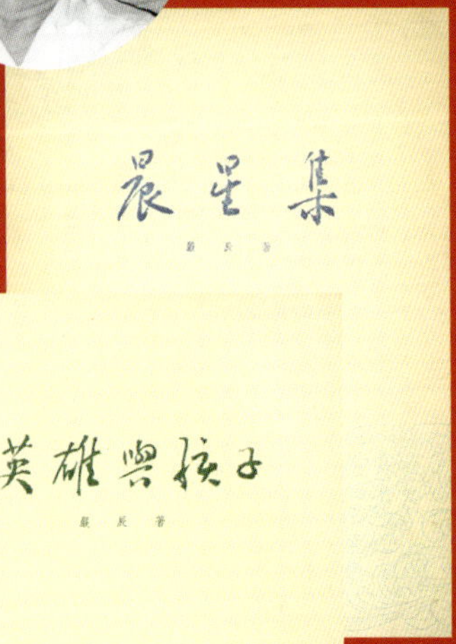

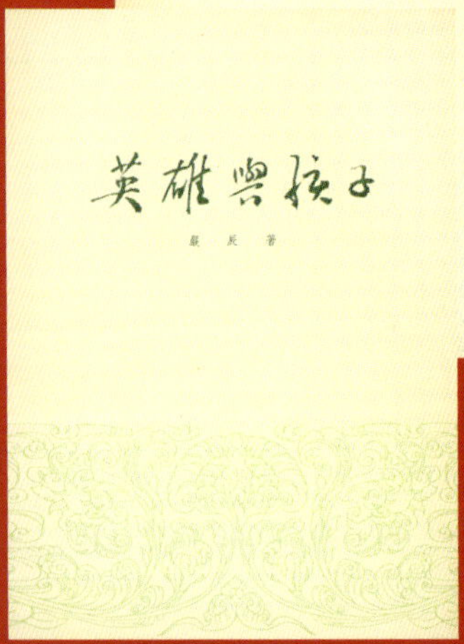

戈壁舟

朱子奇

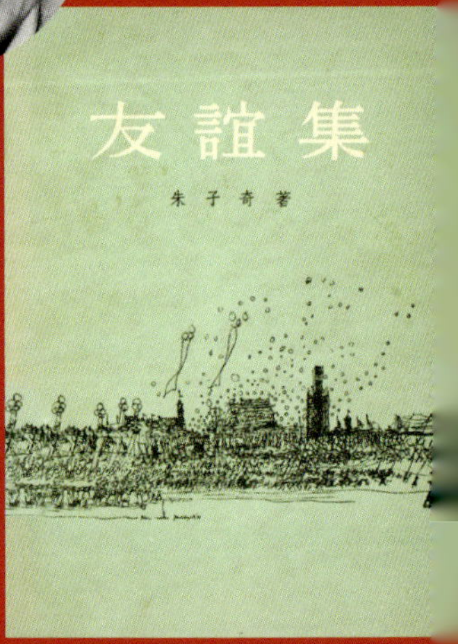

3

活跃的军旅诗群

中国当代军旅诗歌的迅速崛起和两个几乎同时出现的诗群是密不可分的，一个是来自东北抗美援朝的青年军旅诗群，一个是来自大西南献身于保卫和建设边疆事业的青年军队诗群，他们一南一北遥相唱和，照亮了新中国诗歌的星空。

张永枚

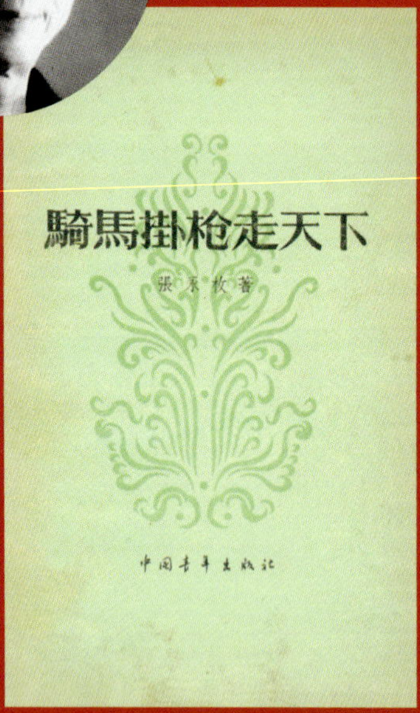
騎馬掛枪走天下
张永枚著
中国青年出版社

未 央

祖国 我回来了
未 央

柯 原

一把炒面一把雪
柯 原 著

柯 原著
白云深处有歌声
广东人民出版社

李 瑛

公 刘

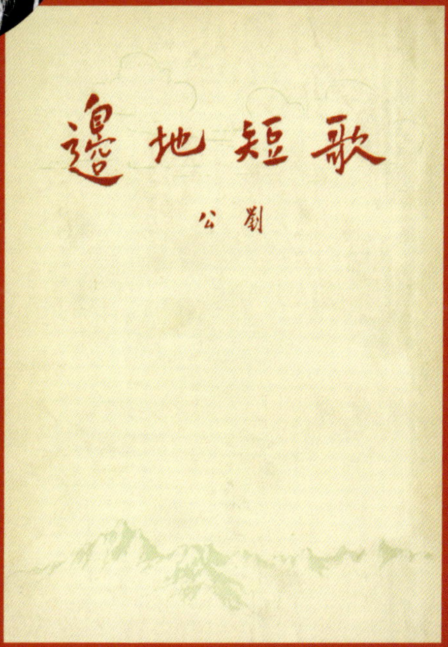

白 桦

顾 工

高平

周良沛

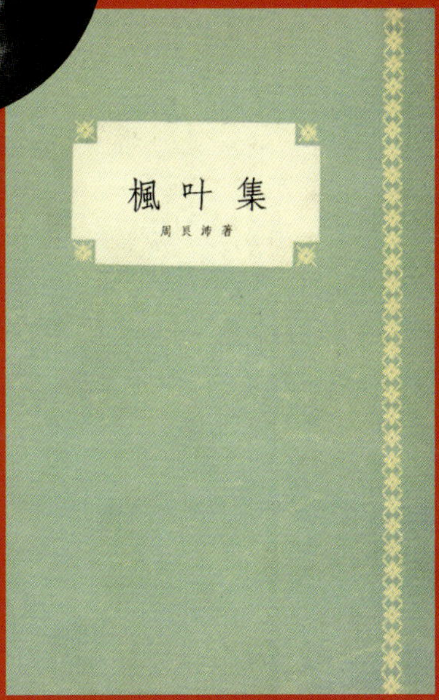

杨星火

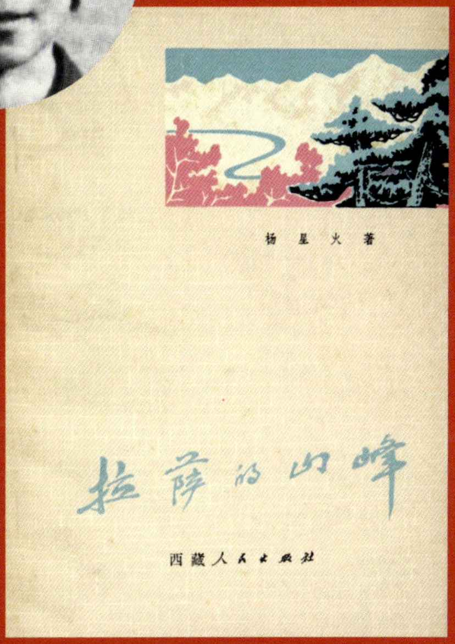

4

和平建设时期的赞歌

新中国成立后，拉开了大规模经济建设的帷幕，全国人民万众一心，气壮山河，要建设美好的家园，诗人们为之欢欣鼓舞，引吭高歌，汇成一曲和平建设的大合唱。

阮章竞

张志民

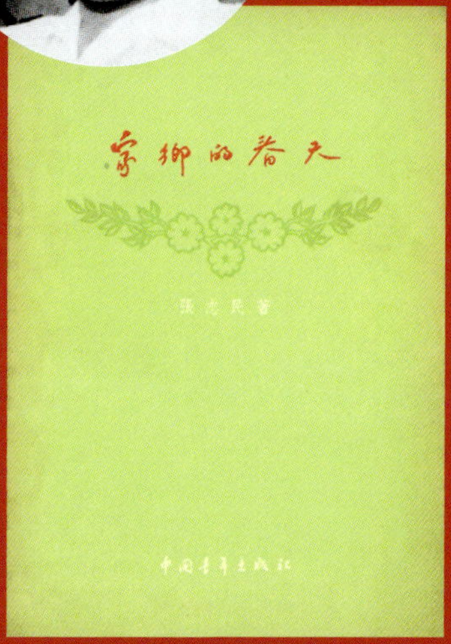

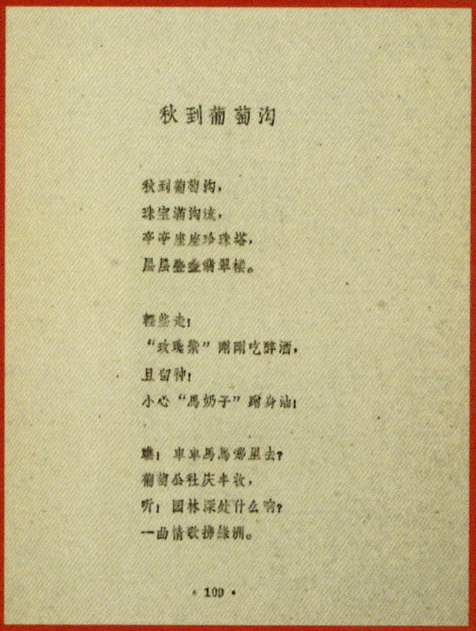

秋到葡萄沟

秋到葡萄沟，
珠宝满沟流，
亭亭座座珍珠塔，
层层叠叠翡翠楼。

轻些走！
"玫瑰紫"刚刚吃醉酒，
且留神！
小心"马奶子"蹭身油！

瞧！车车马马哪里去？
葡萄公社庆丰收，
听！园林深处什么响？
一曲情歌拂绿洲。

·109·

邵燕祥

流沙河

李学鳌

北京文艺丛书
印刷工人之歌
李学鳌著
北京大众出版社

北京的春天
李学鳌著
北京出版社

屠岸

屠岸十四行诗
屠岸
诗刊社 花城出版社 合编
诗人丛书第五辑

雁翼

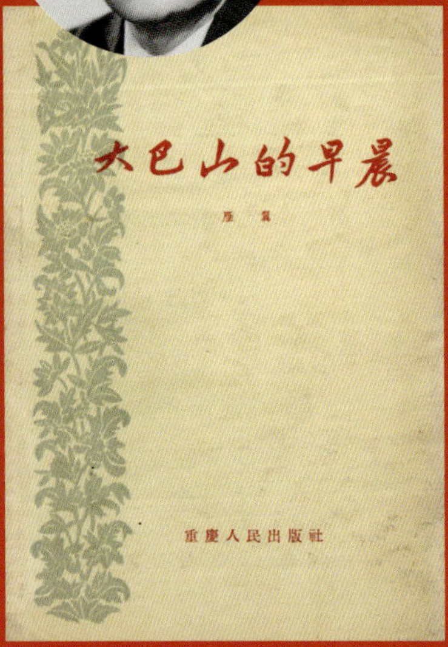
大巴山的早晨
雁翼
重庆人民出版社

在云彩上面
雁翼著
中国青年出版社

梁上泉

梁上泉著
喧腾的高原

傅仇

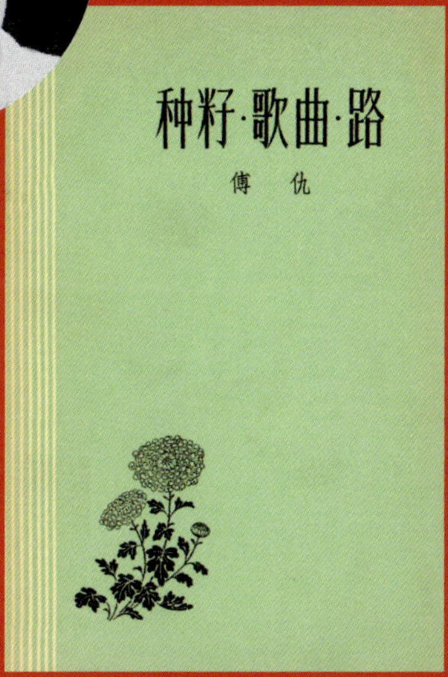
种籽·歌曲·路
傅 仇

沙鸥

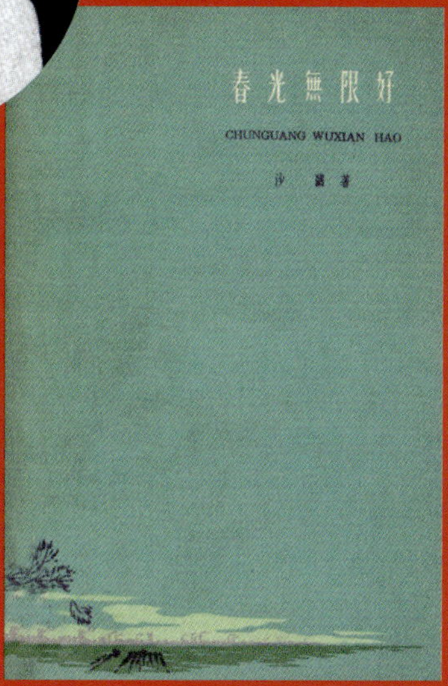
春光無限好
CHUNGUANG WUXIAN HAO
沙 鷗 著

严阵

淮河上的姑娘
嚴 陣 著
中国青年出版社

杏花 春雨 江南
XINGHUA CHUNYU JIANGNAN
沙 白
水 乡 行
水乡的路，
水云铺。
进庄出庄，
一把橹。
鱼网作门帘，
挂满树；
走近才见
几户人家住。
榴火自红，
柳线舞；
家家门前，
锁一副！
要找人，
43

5

20世纪50年代民歌运动

在20世纪50年代末，出现过一场声势浩大的民歌运动，全国各地纷纷成立“民歌创作组”，发动人人写诗，涌现出许多工农兵诗歌作者。民歌与民谣为诗歌提供了广阔的空间，带来了清新生动的气息。

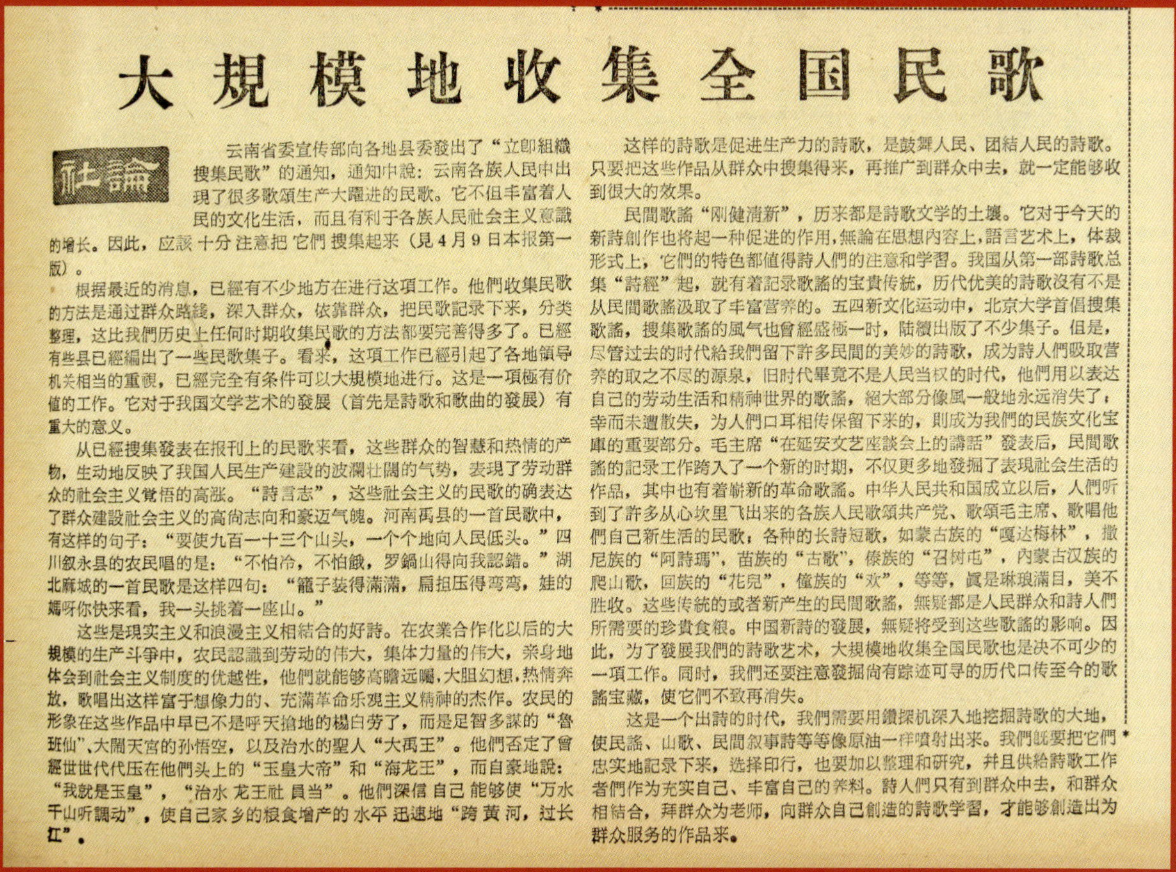

大規模地收集全国民歌

社論

云南省委宣传部向各地县委發出了“立即組織搜集民歌”的通知，通知中說：云南各族人民中出現了很多歌頌生产大躍进的民歌。它不但丰富着人民的文化生活，而且有利于各族人民社会主义意識的增长。因此，应該十分注意把它們搜集起来（見4月9日本报第一版）。

根据最近的消息，已經有不少地方在进行这項工作。他們收集民歌的方法是通过群众路綫，深入群众，依靠群众，把民歌記录下来，分类整理，这比我們历史上任何时期收集民歌的方法都要完善得多了。已經有些县已經編出了一些民歌集子。看来，这項工作已經引起了各地領导机关相当的重視，已經完全有条件可以大規模地进行。这是一項極有价值的工作。它对于我国文学艺术的發展（首先是詩歌和歌曲的發展）有重大的意义。

从已經搜集發表在报刊上的民歌来看，这些群众的智慧和热情的产物，生动地反映了我国人民生产建設的波瀾壯闊的气势，表現了劳动群众的社会主义覺悟的高涨。“詩言志”，这些社会主义的民歌的确表达了群众建設社会主义的高尙志向和豪迈气魄。河南禹县的一首民歌中，有这样的句子：“要使九百一十三个山头，一个个地向人民低头。”四川叙永县的农民唱的是：“不怕冷，不怕餓，罗鍋山得向我認錯。”湖北麻城的一首民歌是这样四句：“籮子裝得滿滿，扁担压得弯弯，娃的媽呀你快来看，我一头挑着一座山。”

这些是現实主义和浪漫主义相結合的好詩。在农業合作化以后的大規模的生产斗爭中，农民認識到劳动的伟大，集体力量的伟大，亲身地体会到社会主义制度的优越性，他們就能够高瞻远矚，大胆幻想，热情奔放，歌唱出这样富于想像力的、充滿革命乐观主义精神的杰作。农民的形象在这些作品中早已不是呼天搶地的楊白劳了，而是足智多謀的“魯班仙”、大鬧天宫的孙悟空，以及治水的聖人“大禹王”。他們否定了曾經世世代代压在他們头上的“玉皇大帝”和“海龙王”，而自豪地說：“我就是玉皇”，“治水龙王社員当”。他們深信自己能够使“万水千山听調动”，使自己家乡的粮食增产的水平迅速地“跨黄河，过长江”。

这样的詩歌是促进生产力的詩歌，是鼓舞人民、团結人民的詩歌。只要把这些作品从群众中搜集得来，再推广到群众中去，就一定能够收到很大的效果。

民間歌謠“刚健清新”，历来都是詩歌文学的土壤。它对于今天的新詩創作也将起一种促进的作用，無論在思想内容上，語言艺术上，体裁形式上，它們的特色都值得詩人們的注意和学習。我国从第一部詩歌总集“詩經”起，就有着記录歌謠的宝貴传統，历代优美的詩歌沒有不是从民間歌謠汲取了丰富营养的。五四新文化运动中，北京大学首倡搜集歌謠，搜集歌謠的風气也曾經盛極一时，陆續出版了不少集子。但是，尽管过去的时代給我們留下許多民間的美妙的詩歌，成为詩人們吸取营养的取之不尽的源泉，旧时代畢竟不是人民当权的时代，他們用以表达自己的劳动生活和精神世界的歌謠，絕大部分像風一般地永远消失了；幸而未遭散失，为人們口耳相传保留下来的，則成为我們的民族文化宝庫的重要部分。毛主席“在延安文艺座談会上的講話”發表后，民間歌謠的記录工作跨入了一个新的时期，不仅更多地發掘了表現社会生活的作品，其中也有着嶄新的革命歌謠。中华人民共和国成立以后，人們听到了許多从心坎里飞出来的各族人民歌頌共产党、歌頌毛主席、歌唱他們自己新生活的民歌；各种的长詩短歌，如蒙古族的“嘎达梅林”，撒尼族的“阿詩瑪”，苗族的“古歌”，傣族的“召树屯”，內蒙古汉族的爬山歌，回族的“花兒”，僮族的“欢”，等等，眞是琳琅滿目，美不胜收。这些传統的或者新产生的民間歌謠，無疑都是人民群众和詩人們所需要的珍貴食粮。中国新詩的發展，無疑将受到这些歌謠的影响。因此，为了發展我們的詩歌艺术，大規模地收集全国民歌也是决不可少的一項工作。同时，我們还要注意發掘尙有踪迹可寻的历代口传至今的歌謠宝藏，使它們不致再消失。

这是一个出詩的时代，我們需要用鑽探机深入地挖掘詩歌的大地，使民謠、山歌、民間叙事詩等等像原油一样噴射出来。我們既要把它們忠实地記录下来，选择印行，也要加以整理和研究，并且供給詩歌工作者們作为充实自己、丰富自己的养料。詩人們只有到群众中去，和群众相結合，拜群众为老师，向群众自己創造的詩歌学習，才能够創造出为群众服务的作品来。

1958年4月14日《人民日报》
社论《大规模地收集全国民歌》

村东有一个水库　张光宇

村东有一个水库

村东有一个水库，
可以瞧见飞鸟的影子。
喃吾罗娜①啊，
那是不是你的镜子？

村西有一架梯田，
可以碰到天边的星子。
幸福啊，
那是不是你来到人间的梯子？

（傣　族）

① 喃吾罗娜，傣族传说中的孔雀公主的名字。

·149·

好不过人民当了家　米谷

好不过人民当了家

武山的大米兰州的瓜，
疼不过老子爱不过妈，
亲不过咱们的共产党，
好不过人民当了家。

牡丹花开象绣球，
石榴花开结子稠；
向日葵朝着太阳转，
人民跟着共产党走。

高山上松柏扎根深，
叶叶儿四季常青青；
共产党一心为人民，
日子越过越称心。

（甘肃武山）

·13·

山南山北一家人（水印木刻）　赵瑞椿

山南山北一家人

哥住山南红梅庄，
妹住山北桃树村，
想唱山歌叫哥听，
高山挡住不透音；
想采鲜花送给哥，
翻山越岭人人问。
今年成立高级社，
山南山北一家人，
早晚能见情哥面，
心里话儿听的真。

（壮　族）

·94·

双剪燕儿吱吱叫　　夏同光

双剪燕儿吱吱叫

双剪燕儿吱吱叫，
山庄春天已来到。
花苞穿上红褂褂，
柳条披上绿袍袍。
马驹羊羔满山跳，
牧童岭上吹哨哨，
一曲吹个东方红，
二曲吹个老来少。
社员半夜就下地，
干部一宿没睡觉。
漫山遍野歌声高，
都是唱的丰收调。

（山　东）

·193·

我把黑龙献亲人　　周令钊

我把黑龙献亲人

煤矿工人有决心，
千层地底挖黑金。

块块煤炭颗颗心，
滚滚煤浪向前奔。

煤浪疾飞赛黑龙，
我跨黑龙进京城。

群英献礼天安门，
我把黑龙献亲人。

（北　京）

·257·

主席走遍全国（国画）　　李　琦

主席走遍全国

主席走遍全国，
山也乐来水也乐，
峨嵋举手献宝，
黄河摇尾唱歌。

主席走遍全国，
工也乐来农也乐，
粮山棉山冲天，
钢水铁水成河。

（河　北）

·6·

北京新民歌选
北京出版社

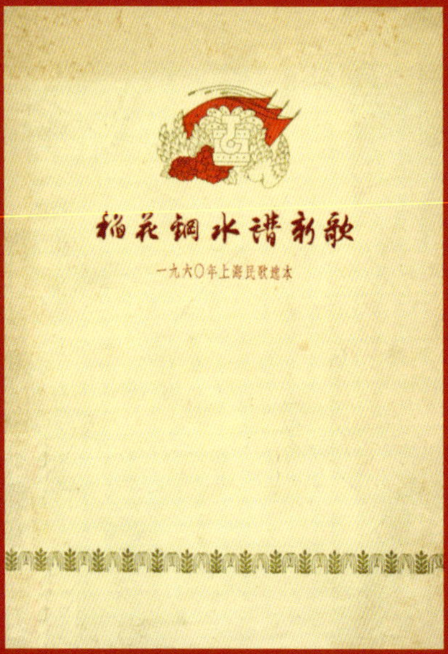
稻花钢水谱新歌
一九六〇年上海民歌选本

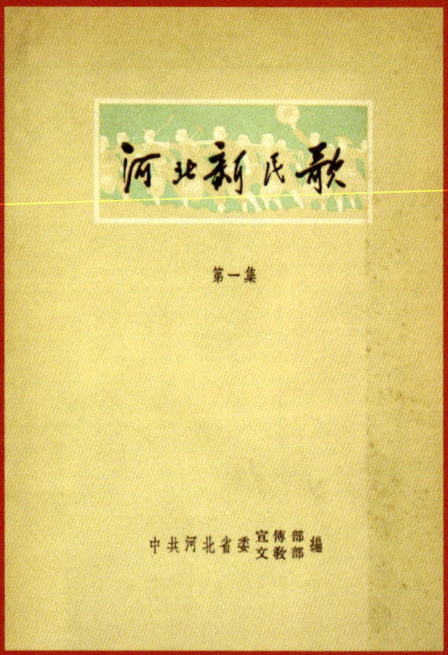
河北新民歌
第一集
中共河北省委宣传部文教部编

红旗歌谣

金花银花献给毛主席
（云南各民族颂歌选）

6

少数民族歌手

新中国成立以来，少数民族诗歌创作数量丰盛，题材广泛，风情独特，以浓郁的民族特色丰富了中国当代诗歌，是我国诗歌园地中的奇葩。

巴·布林贝赫

纳·赛音朝克图

铁依甫江·艾力耶夫

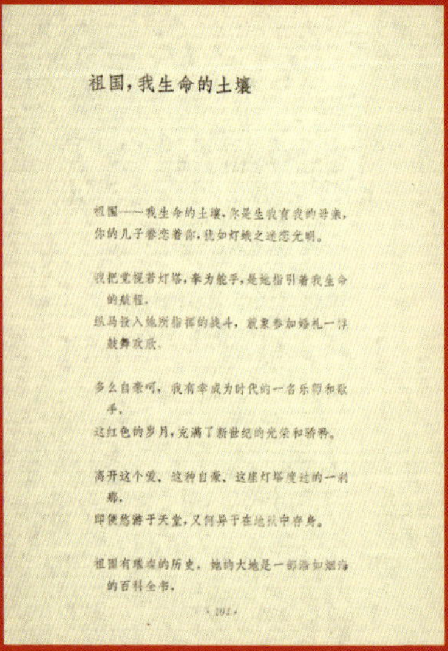

祖国，我生命的土壤

祖国——我生命的土壤，你是生我育我的母亲，
你的儿子眷恋着你，犹如灯蛾之迷恋光明。

我把党视若灯塔，奉为舵手，是她指引着我生命的航程，
纵马投入她所指挥的战斗，就象参加婚礼一样鼓舞欢欣。

多么自豪呵，我有幸成为时代的一名乐师和歌手，
这红色的岁月，充满了新世纪的光荣和骄傲。

离开这个爱、这种自豪、这座灯塔度过的一刹那，
即使悠游于天堂，又何异于在地狱中存身。

祖国有璀璨的历史，她的大地是一部浩如烟海的百科全书，

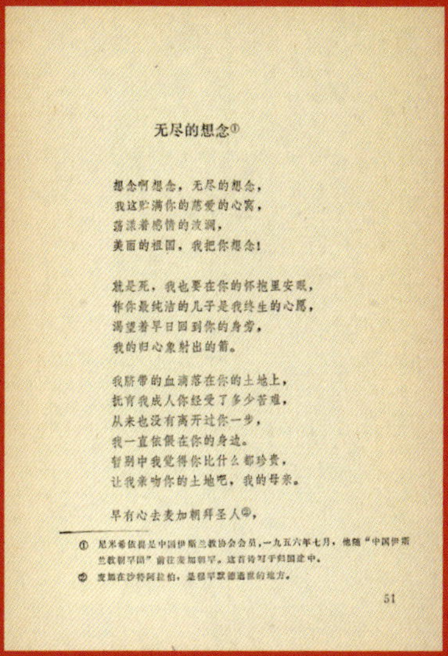

无尽的想念①

想念啊想念，无尽的想念，
我这贮满你的慈爱的心窝，
荡漾着感情的波澜，
美丽的祖国，我把你想念！

就是死，我也要在你的怀抱里安眠，
作你最纯洁的儿子是我终生的心愿，
渴望着早日回到你的身旁，
我的归心象射出的箭。

我脐带的血滴落在你的土地上，
抚育我成人你经受了多少苦难，
从来也没有离开过你一步，
我一直依偎在你的身边。
暂别中我觉得你比什么都珍贵，
让我亲吻你的土地吧，我的母亲。

早有心去麦加朝拜圣人②，

① 尼米希依提是中国伊斯兰教协会会员，一九五六年七月，他随“中国伊斯兰教朝觐团”前往麦加朝觐。这首诗写于归国途中。
② 麦加在沙特阿拉伯，是穆罕默德诞生的地方。

51

晓雪

包玉堂

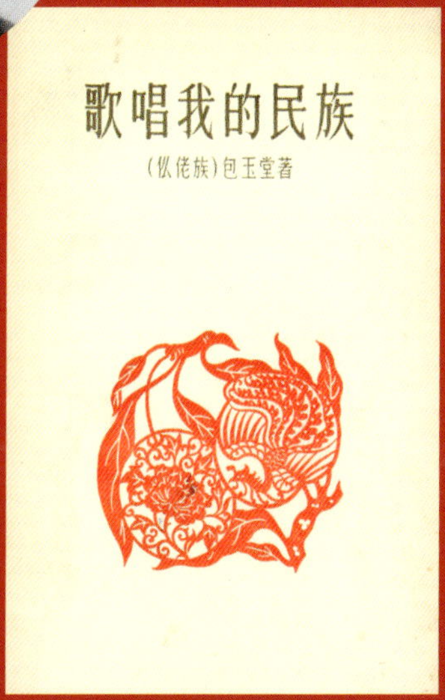

金哲

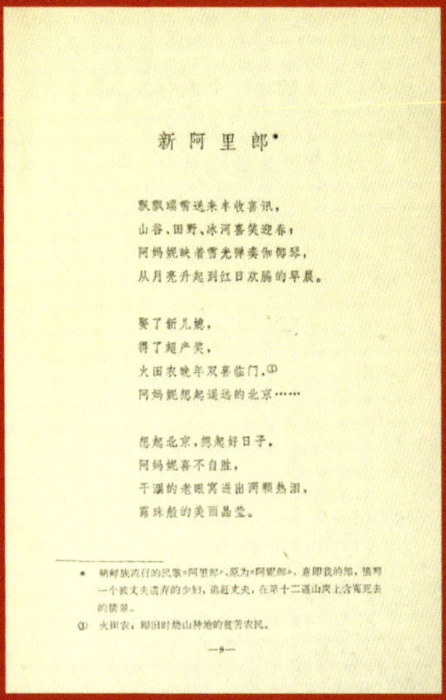

新阿里郎*

飘飘瑞雪送来丰收喜讯，
山谷、田野、冰河喜笑迎春；
阿妈妮映着雪光弹奏伽倻琴，
从月亮升起到红日欢腾的早晨。

娶了新儿媳，
得了超产奖，
火田农晚年双喜临门，①
阿妈妮想起遥远的北京……

想起北京，想起好日子，
阿妈妮喜不自胜，
干涸的老眼窝迸出两颗热泪，
露珠般的美丽晶莹。

* 朝鲜族流行的民歌«阿里郎»，原为«阿[illegible]郎»，意即我的郎，描写一个被丈夫遗弃的少妇，追赶丈夫，在第十二道山岗上含冤死去的情景。
① 火田农：即旧时烧山种地的贫苦农民。

—9—

韦其麟

7

20世纪70年代诗人与白洋淀诗群

20世纪70年代，诗歌写作形成一定规模和群体的是郭路生（食指）等与“白洋淀诗群”（白洋淀是当年的知青下放点之一）。这是伴随着知识青年“上山下乡”运动而出现的一个诗群，他们的诗具有强烈的叛逆性质，对后来的青年诗人产生过重要影响。

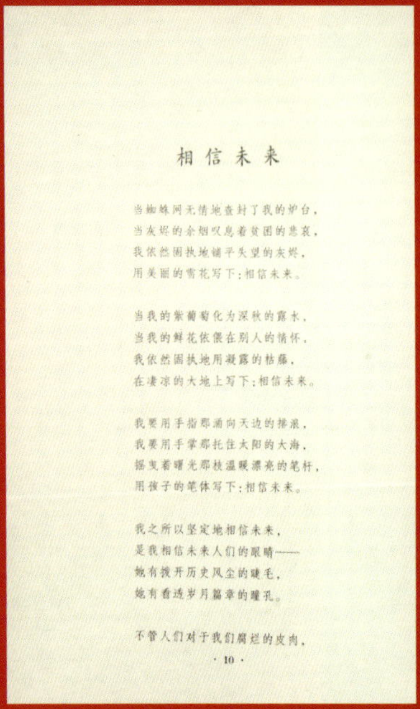

相信未来

当蜘蛛网无情地查封了我的炉台，
当灰烬的余烟叹息着贫困的悲哀，
我依然固执地铺平失望的灰烬，
用美丽的雪花写下：相信未来。

当我的紫葡萄化为深秋的露水，
当我的鲜花依偎在别人的情怀，
我依然固执地用凝露的枯藤，
在凄凉的大地上写下：相信未来。

我要用手指那涌向天边的排浪，
我要用手掌那托住太阳的大海，
摇曳着曙光那枝温暖漂亮的笔杆，
用孩子的笔体写下：相信未来。

我之所以坚定地相信未来，
是我相信未来人们的眼睛——
她有拨开历史风尘的睫毛，
她有看透岁月篇章的瞳孔。

不管人们对于我们腐烂的皮肉，

· 10 ·

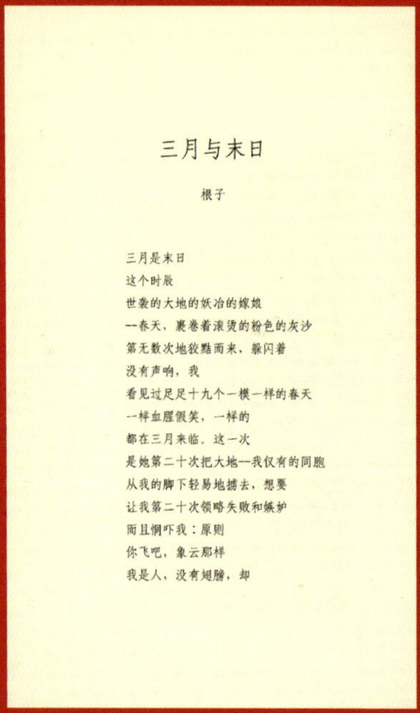

三月与末日

根子

三月是末日
这个时辰
世袭的大地的妖冶的嫁娘
一春天，裹卷着滚烫的粉色的灰沙
第无数次地狡黠而来，躲闪着
没有声响，我
看见过足足十九个一模一样的春天
一样血腥假笑，一样的
都在三月来临。这一次
是她第二十次把大地—我仅有的同胞
从我的脚下轻易地掳去，想要
让我第二十次领略失败和嫉妒
而且恫吓我：原则
你飞吧，象云那样
我是人，没有翅膀，却

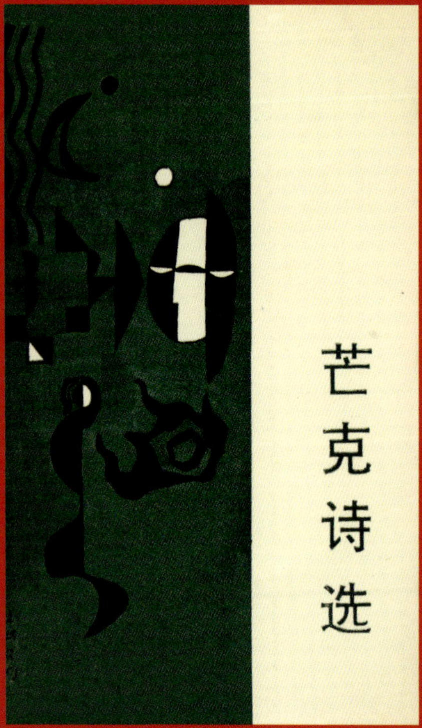

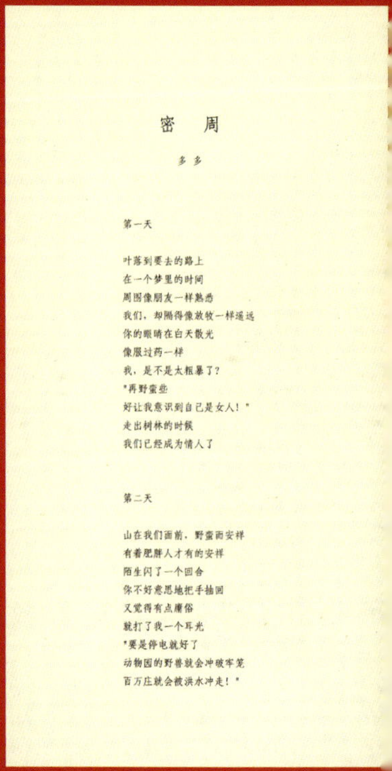

密　周

多多

第一天

叶落到要去的路上
在一个梦里的时间
周围像朋友一样熟悉
我们，却陌得像放牧一样遥远
你的眼睛在白天散光
像服过药一样
我，是不是太粗暴了？
"再野蛮些
好让我意识到自己是女人！"
走出树林的时候
我们已经成为情人了

第二天

山在我们面前，野蛮而安祥
有着肥胖人才有的安祥
陌生闪了一个回合
你不好意思地把手抽回
又觉得有点庸俗
就打了我一个耳光
"要是停电就好了
动物园的野兽就会冲破牢笼
百万庄就会被洪水冲走！"

相信未来

当蜘蛛网无情地查封了我的炉台，
当灰烬的余烟叹息着贫困的悲哀，
我依然固执地铺平失望的灰烬，

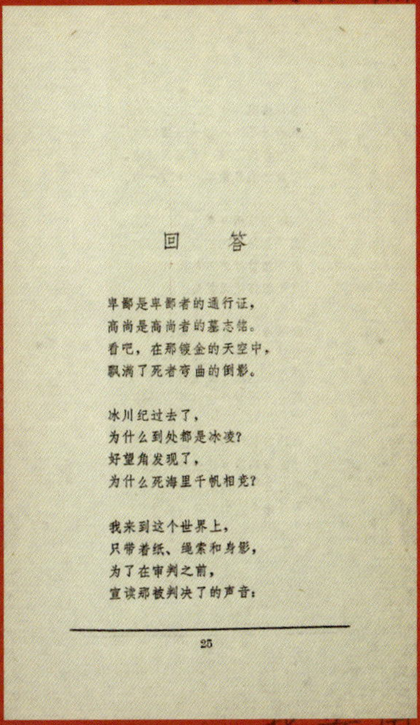

回　答

卑鄙是卑鄙者的通行证，
高尚是高尚者的墓志铭。
看吧，在那镀金的天空中，
飘满了死者弯曲的倒影。

冰川纪过去了，
为什么到处都是冰凌？
好望角发现了，
为什么死海里千帆相竞？

我来到这个世界上，
只带着纸、绳索和身影，
为了在审判之前，
宣读那被判决了的声音：

25

的雪花写下：相信未来。

紫葡萄化为深秋的露水，
鲜花依偎在别人的情怀，
固执地用凝露的枯藤，
的大地上写下：相信未来。

我要用手指那涌向天边的排浪，
我要用手掌那托住太阳的大海，
摇曳
用孩

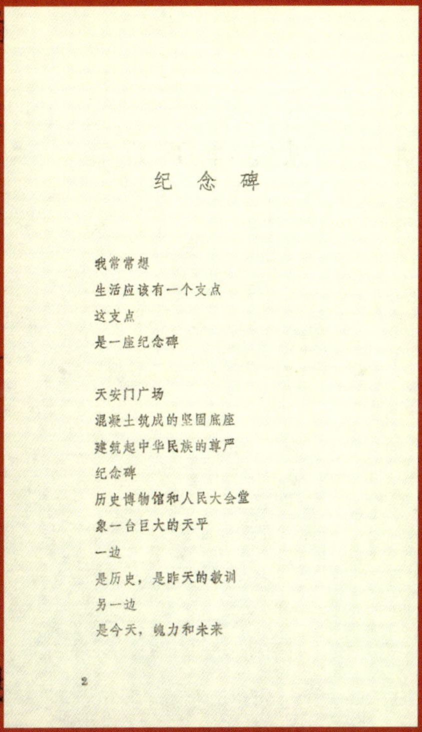

纪　念　碑

我常常想
生活应该有一个支点
这支点
是一座纪念碑

天安门广场
混凝土筑成的坚固底座
建筑起中华民族的尊严
纪念碑
历史博物馆和人民大会堂
象一台巨大的天平
一边
是历史，是昨天的教训
另一边
是今天，魄力和未来

2

我之
是我
她有
她有

不管

·10·

[柒]

发展中的儿童文学

新中国成立以后，党和政府把培养教育社会主义新一代当成一项重要工作，采取一系列措施为儿童文学提供了广泛的园地，鼓励作家为少年儿童写作。叶圣陶、冰心、张天翼等著名作家也向全国作家发出倡议，每个作家每年至少要为孩子写一篇文学作品。这些都有效地促进了这时期儿童文学的繁荣与发展，出现了一个儿童文学的“黄金时代”。

叶圣陶

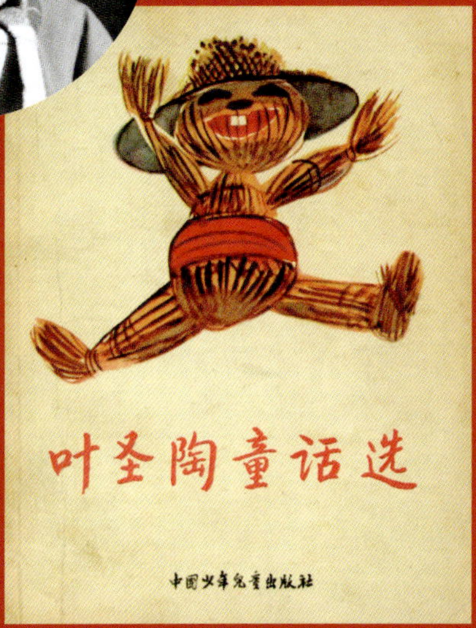
叶圣陶童话选
中国少年儿童出版社

冰心

陶奇的暑期日記
冰 心著
少年兒童出版社

张天翼

宝葫芦的秘密
BAO HU LU DE MI MI
张天翼著
中国少年儿童出版社

1

儿歌与儿童诗的繁荣

高士其

我們的土壤媽媽
高士其著
中国青年出版社

郭风

火柴盒的火車
郭風著
少年兒童出版社

鲁兵

鲁兵童话诗选
少年儿童出版社

田地

小树叶
田地著
少年兒童出版社

于之

袁鹰

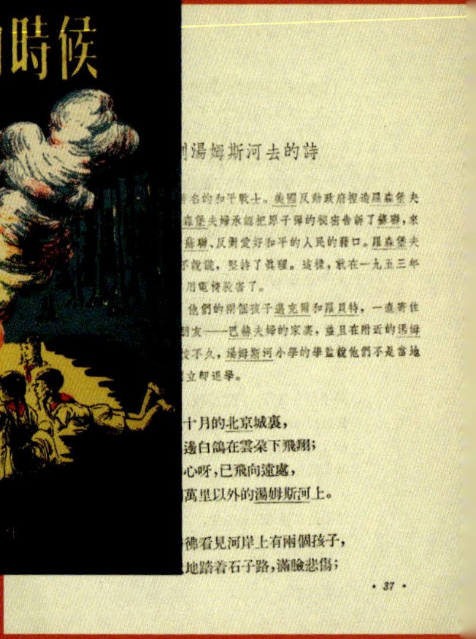

到湯姆斯河去的詩

…名的和平戰士。美國反動政府捏造羅森堡夫
…森堡夫婦承認把原子彈的秘密告訴了蘇聯，來
…蘇聯、反對愛好和平的人民的藉口。羅森堡夫
…不說謊，堅持了眞理。這樣，就在一九五三年
…用電椅殺害了。
…他們的兩個孩子邁克爾和羅貝特，一直寄住
…朋友——巴赫夫婦的家裏，並且在附近的湯姆
…後不久，湯姆斯河小學的學監就他們不是當地
…立即退學。

…十月的北京城裏，
…邊白鴿在雲朵下飛翔；
…心呀，已飛向遠處，
…萬里以外的湯姆斯河上。

…彿看見河岸上有兩個孩子，
…地踏着石子路，滿臉悲傷；

· 37 ·

金近

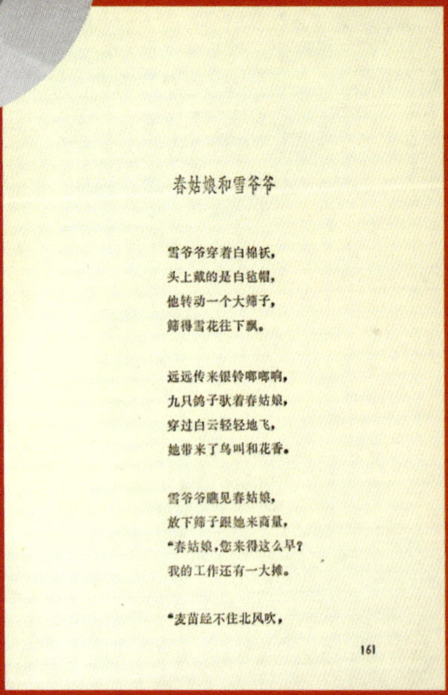

春姑娘和雪爷爷

雪爷爷穿着白棉袄，
头上戴的是白毡帽，
他转动一个大筛子，
筛得雪花往下飘。

远远传来银铃啷啷响，
九只鸽子驮着春姑娘，
穿过白云轻轻地飞，
她带来了鸟叫和花香。

雪爷爷瞧见春姑娘，
放下筛子跟她来商量，
"春姑娘，您来得这么早？
我的工作还有一大摊。

"麦苗经不住北风吹，

161

圣野

金波

柯岩

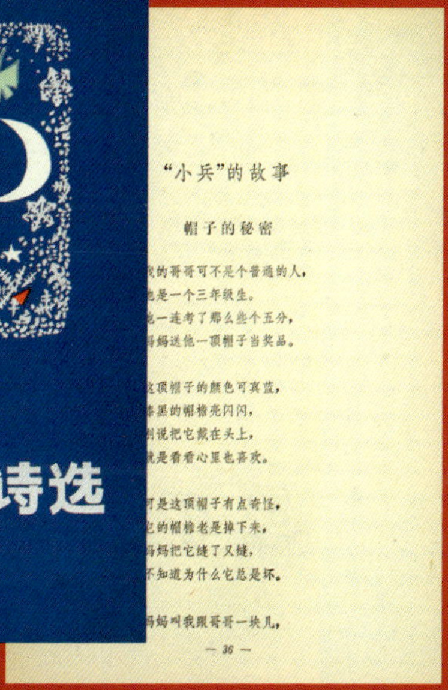

"小兵"的故事

帽子的秘密

的哥哥可不是个普通的人，
是一个三年级生。
一连考了那么些个五分，
妈送他一顶帽子当奖品。

顶帽子的颜色可真蓝，
黑的帽檐亮闪闪，
说把它戴在头上，
是看看心里也喜欢。

是这顶帽子有点奇怪，
的帽檐老是掉下来，
妈把它缝了又缝，
知道为什么它总是坏。

妈叫我跟哥哥一块儿，

— 36 —

任溶溶

为孩子们写的诗
郭沫若题
天津人民出版社

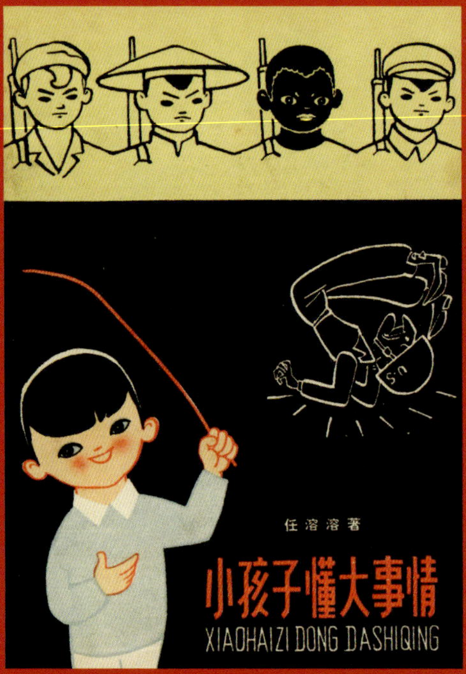
任溶溶著
小孩子懂大事情
XIAOHAIZI DONG DASHIQING

刘饶民著
天上星联星
中国少年儿童出版社

庄稼人的歌
刘饶民著

张继楼

彩色的童年
CAI SE DE TONG NIAN
张継楼詩
馬 丁画

敬老院
社会主义好
CHANG GE GE ER GEI WAI PO TING
唱个歌儿给外婆听

2

童话与儿童小说的创作

不動腦筋的故事
張天翼著
中国少年兒童出版社

严文井

小溪流的歌
严文井著
人民文学出版社

陈伯吹

幻想張着彩色的翅膀

一只想飛的貓
陳伯吹著
少年兒童出版社

贺宜

小公雞歷險記
賀 宜 著
少年兒童出版社

鷄毛小不点兒
賀 宜 著
天津人民出版社

小鲤鱼跳龙门
XIAO LIYU TIAO LONGMEN
金 近 写

小猫钓鱼
XIAO MAO DIAO YU

包蕾

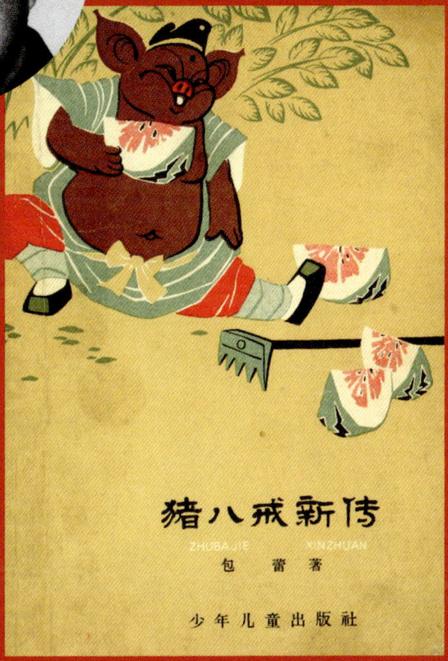
猪八戒新传
ZHUBAJIE XINZHUAN
包 蕾 著
少年儿童出版社

管桦

管 桦著
小英雄雨来

任溶溶

没头脑
MEI TOUNAO
和
HE
不高兴
BU GAOXING
任溶溶著
少年儿童出版社

洪汛涛

神笔马良
洪汛涛著
少年儿童出版社

葛翠琳

孙幼军

彭文席

任大霖

刘真

好大娘
劉 眞 著 秦 耘 生 插畫
中國青年出版社

萧平

青年文学創作选集
兒童文学选輯
海濱的孩子
中国青年出版社

任大星

呂小鋼和他的妹妹
任 大 星 著
少 年 兒 童 出 版 社

剛滿十四岁
任 大 星 著
少年兒童出版社

胡奇

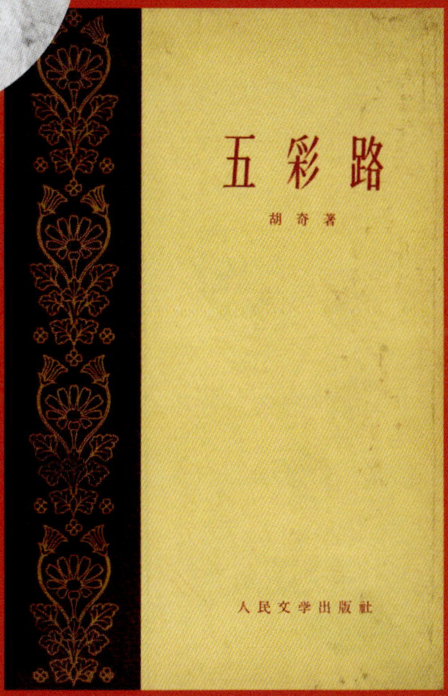
五 彩 路
胡 奇 著
人民文学出版社

杲向真

张有德

邱 勋

王路遥

谢 璞

2

优秀儿童戏剧和电影

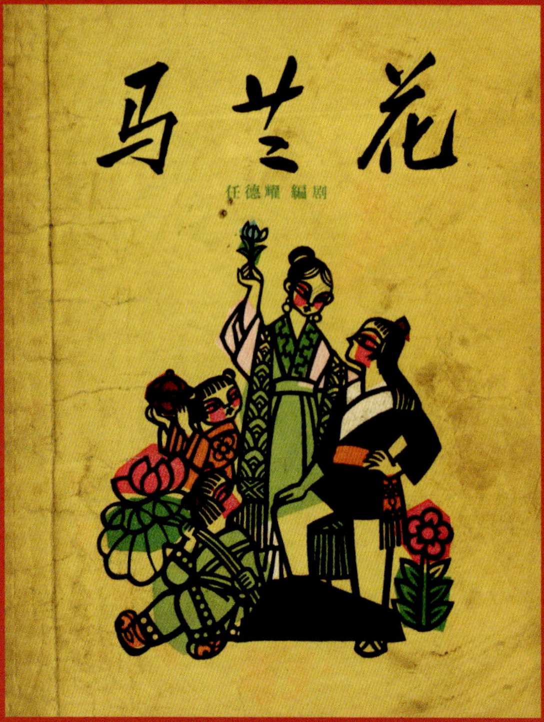

《马兰花》剧照
根据任德耀同名童话故事改编
1960年

《草原英雄小姐妹》剧照
根据玛拉沁夫报告文学改编
1964年

闪闪的红星》剧照
据李心田同名小说改编
974年

《祖国的花朵》剧照

根据林蓝同名电影文学剧本拍摄

1955年

《英雄小八路》海报

根据陈耘同名话剧改编

1961年

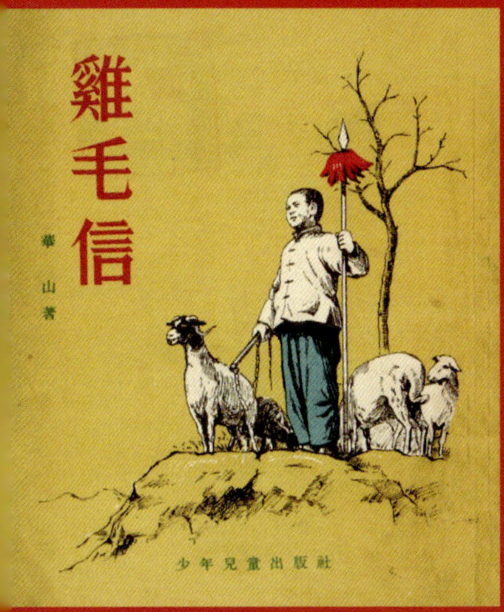

《鸡毛信》剧照
根据华山同名小说改编
1954年

《红孩子》剧照
根据乔羽电影文学剧本拍摄
1958年

《小兵张嘎》剧照
根据徐光耀同名小说改编
1963年

《宝葫芦的秘密》剧照
根据张天翼同名小说改编
1963年

宝葫芦的秘密》剧照
据张天翼同名小说改编
007年

《狐狸打猎人》剧照
根据金近同名童话改编
1978年

《半夜鸡叫》剧照
根据高玉宝同名小说改编
1970年

（下图）
《小蝌蚪找妈妈》剧照
根据方惠珍、盛璐德同名童话改编
1960年

（上图）
《小鲤鱼跳龙门》剧照
根据金近同名童话改编
1958年

［捌］

建设中的文学理论批评

新中国成立以后，中国社会的经济、政治组织形式和意识形态都经历了深刻的嬗变。在文艺领域的情形也一样，广大文学工作者以马克思列宁主义文艺理论为基础，借鉴西方的文艺理论体系，逐渐在摸索尝试中，初步形成了社会主义的文艺理论与批评，取得了相当可观的成绩。

郭沫若

李白与杜甫
郭沫若
人民文学出版社

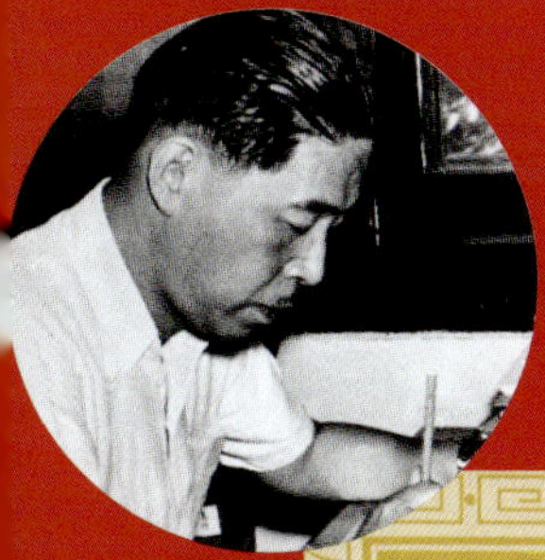

茅盾

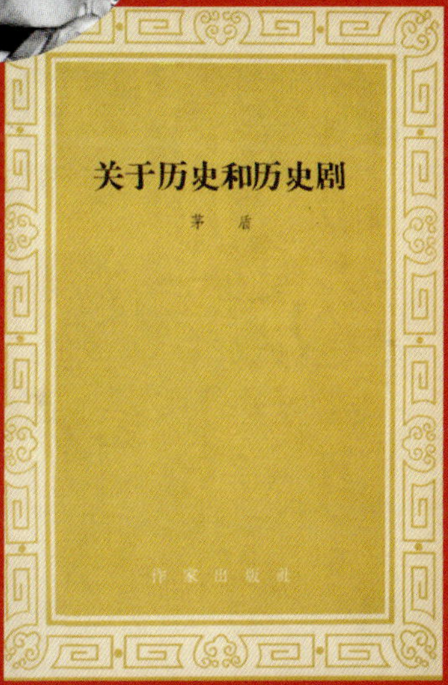
关于历史和历史剧
茅盾
作家出版社

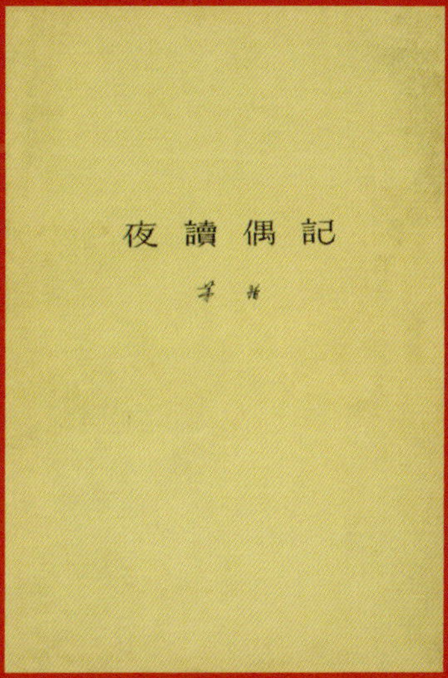
夜讀偶記

周扬

新的人民的文藝
周揚著

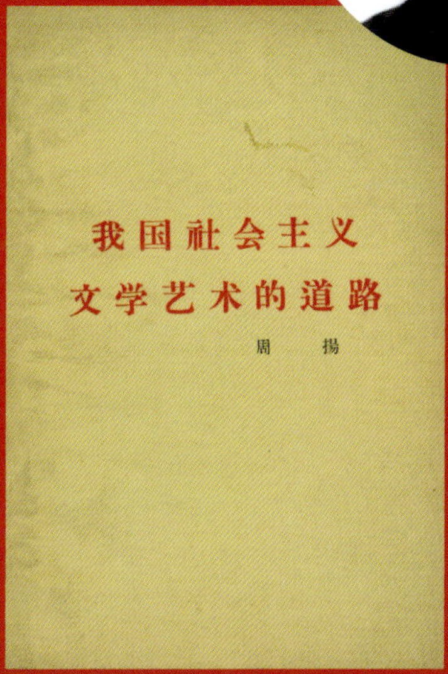
我国社会主义
文学艺术的道路
周揚

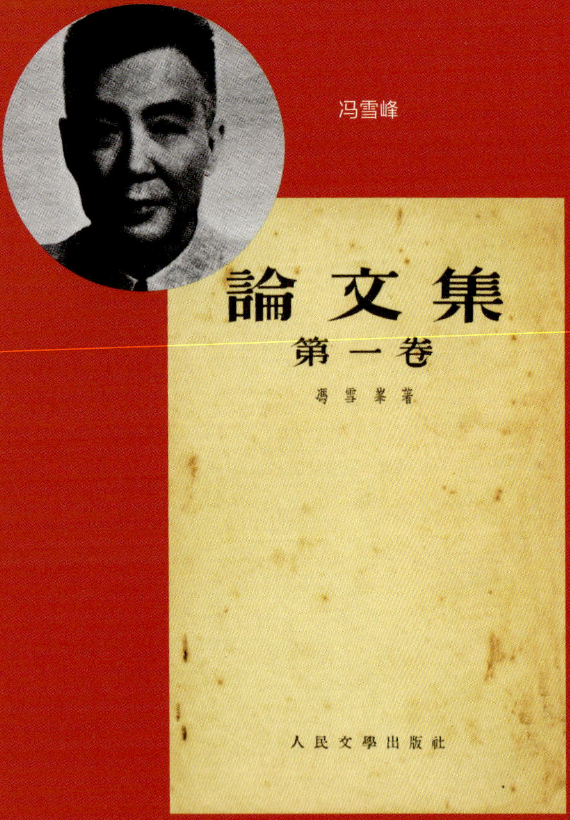
論文集
第一卷
馮雪峯著
人民文學出版社

冯雪峰

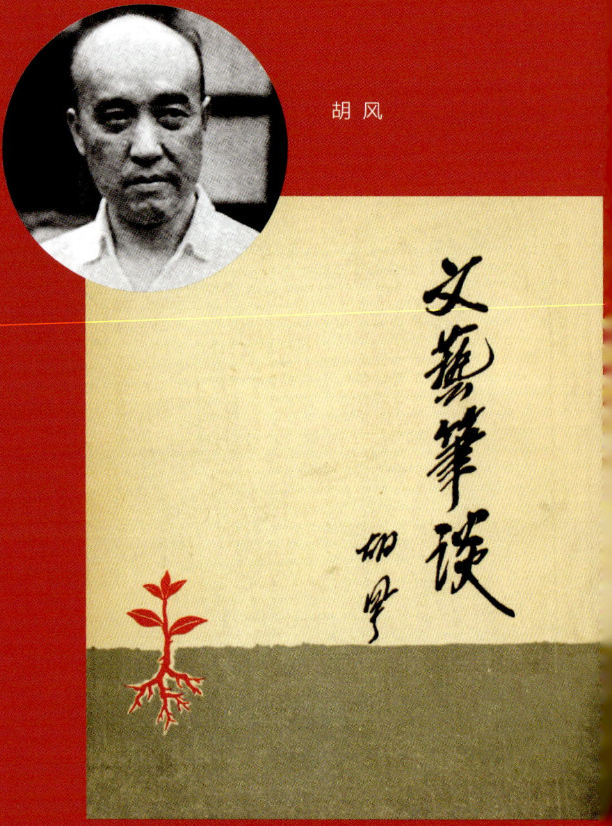
文藝筆談
胡風

胡风

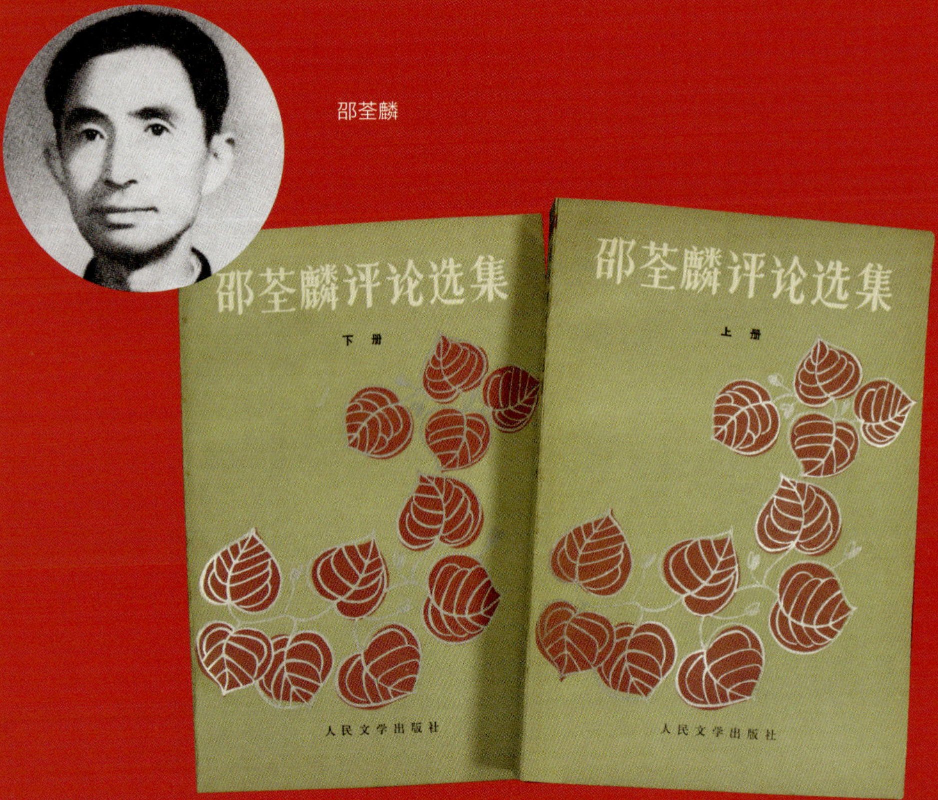
邵荃麟评论选集
下册
人民文学出版社
邵荃麟评论选集
上册
人民文学出版社

邵荃麟

李何林

关于中國現代文学
李何林著
新文藝出版社

中國新文學史研究
李何林等著
新建設雜誌社出版

巴人

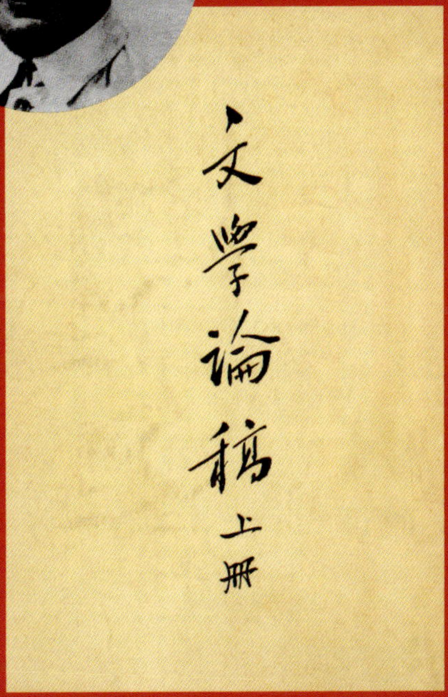
文學論稿
上册

蔡仪

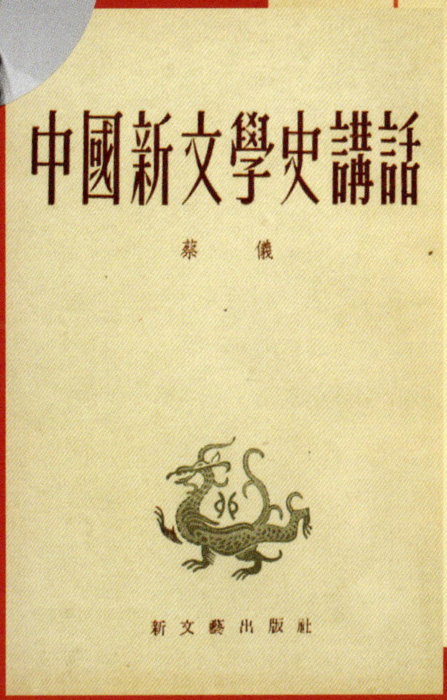
中國新文學史講話
蔡儀
新文藝出版社

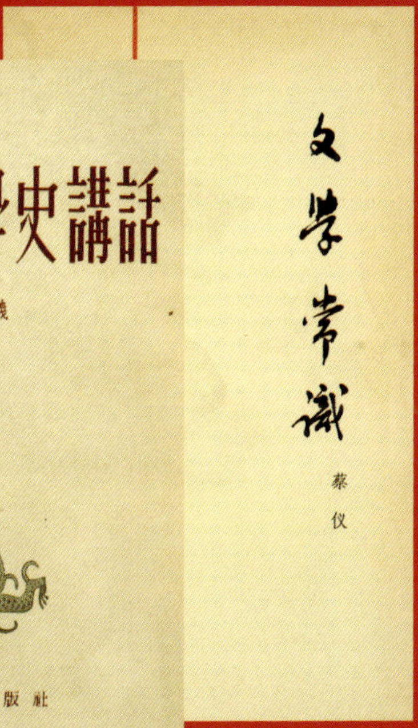
文学常识
蔡仪

王朝闻

美學概論
王朝闻主编
人民出版社

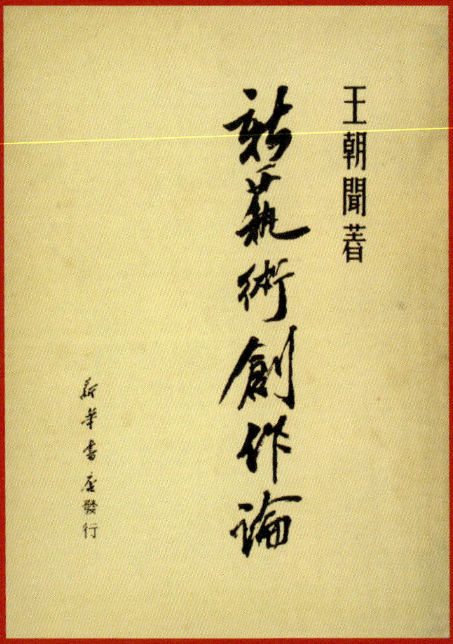
王朝聞著
新藝術創作論
新華書店發行

以群

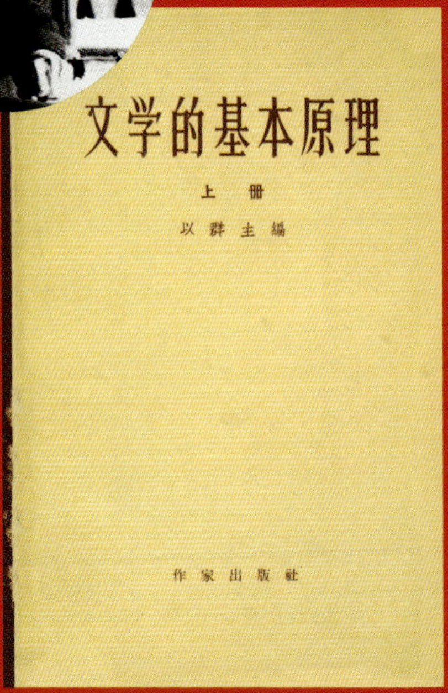
文学的基本原理
上册
以群主編
作家出版社

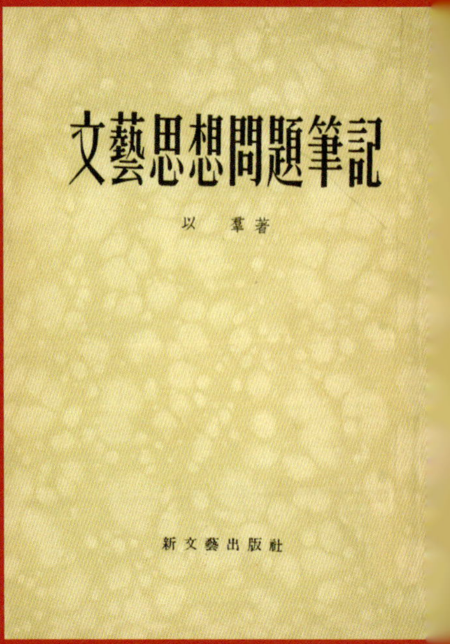
文藝思想問題筆記
以羣著
新文藝出版社

孔罗荪

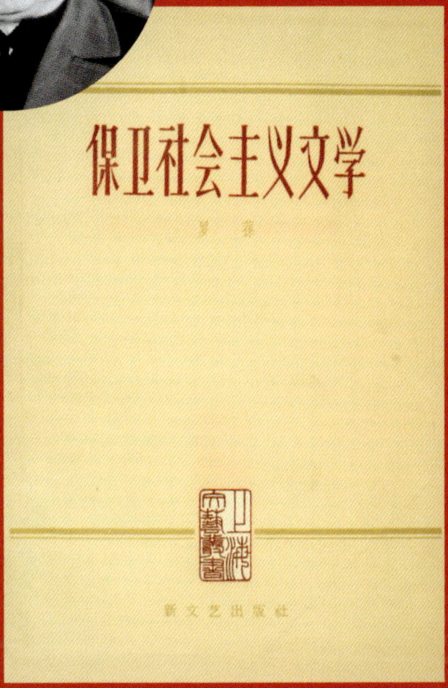

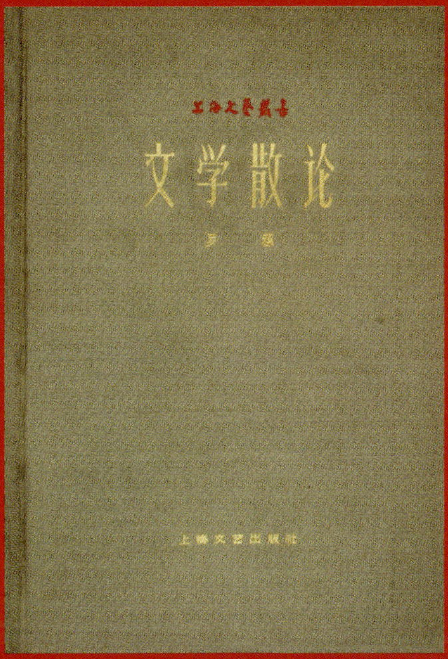

何其芳

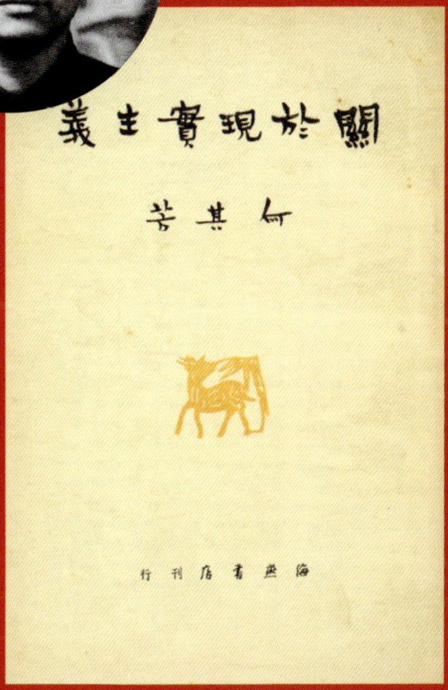

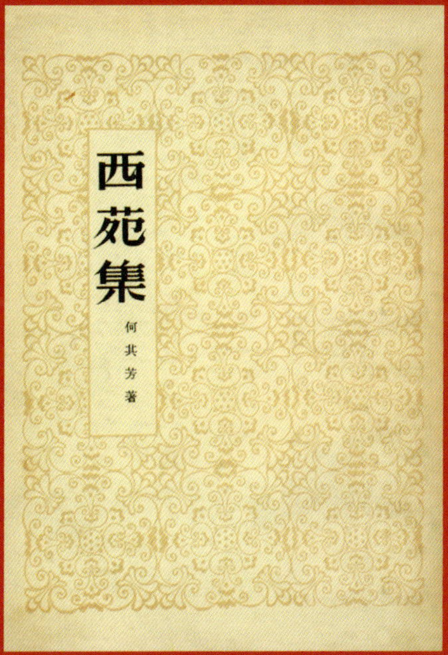

林默涵

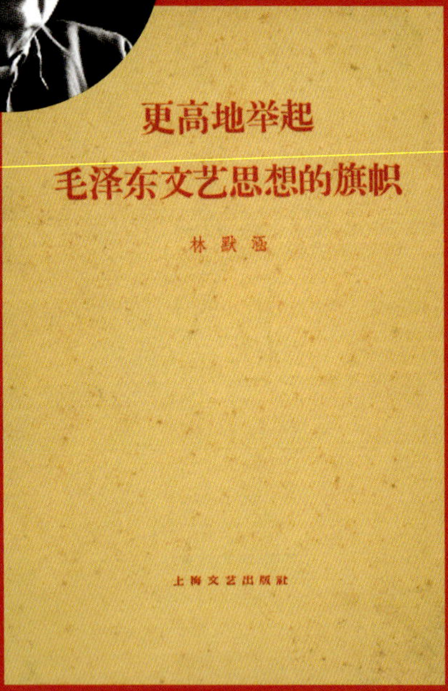

张光年

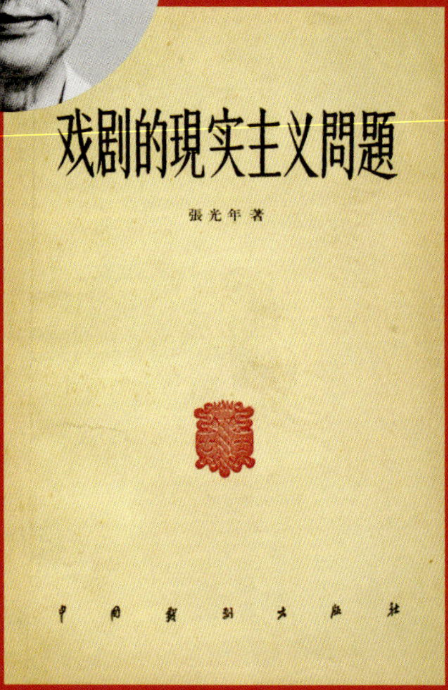

陈荒煤

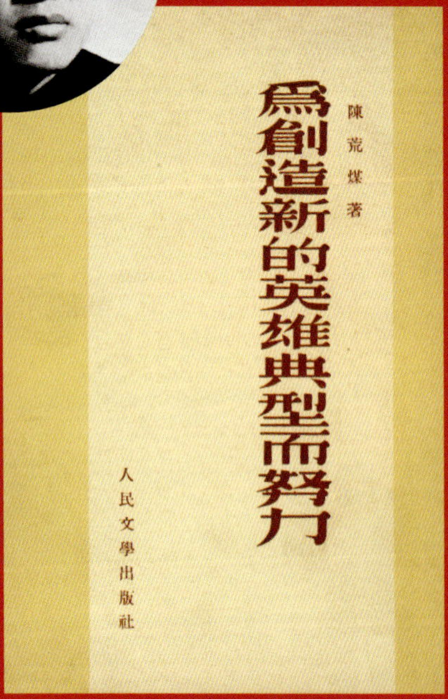

胡 采

唐弢

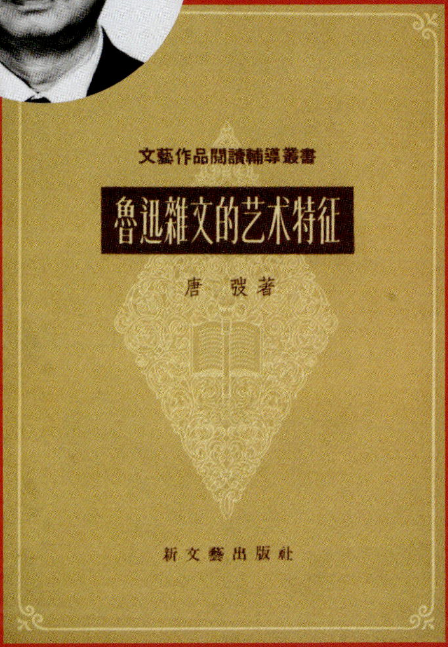
文藝作品閱讀輔導叢書
鲁迅雜文的艺术特征
唐 弢 著
新文藝出版社

燕雛集
作家出版社

王瑶

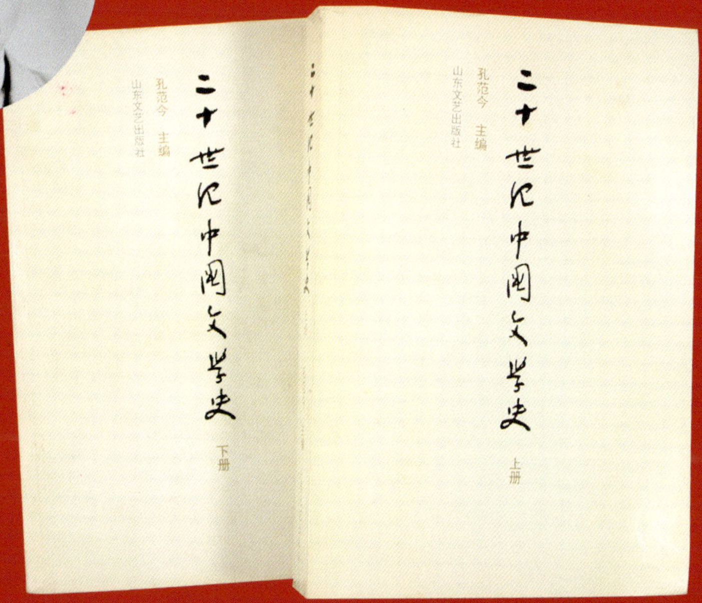
二十世纪中国文学史
孔范今 主编
山东文艺出版社
下册
二十世纪中国文学史
孔范今 主编
山东文艺出版社
上册

林庚

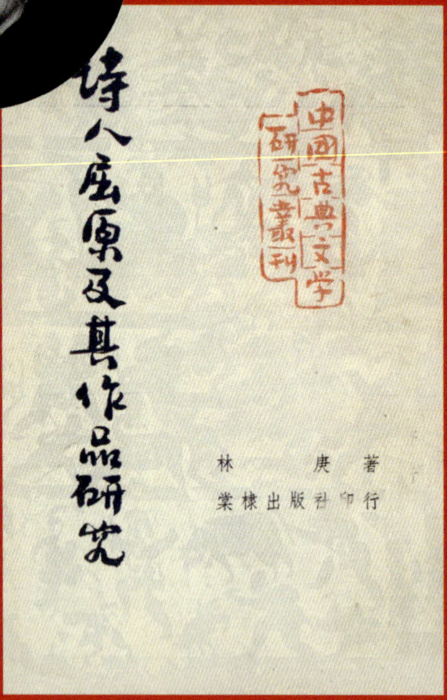
诗人屈原及其作品研究
中国古典文学研究丛刊
林　庚　著
棠棣出版社印行

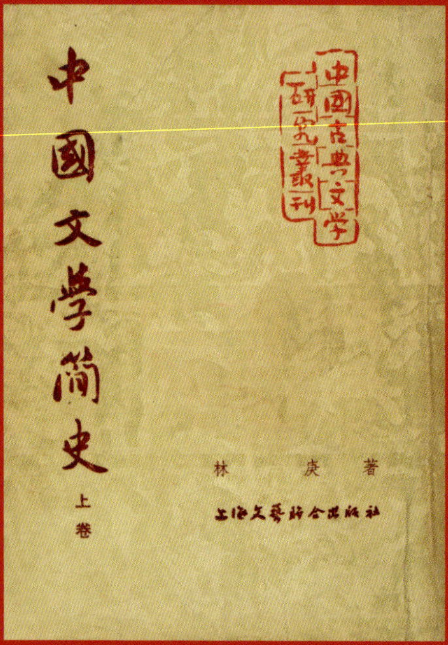
中國文學简史
上卷
中国古典文学研究丛刊
林　庚　著
上海文艺联合出版社

萧殷

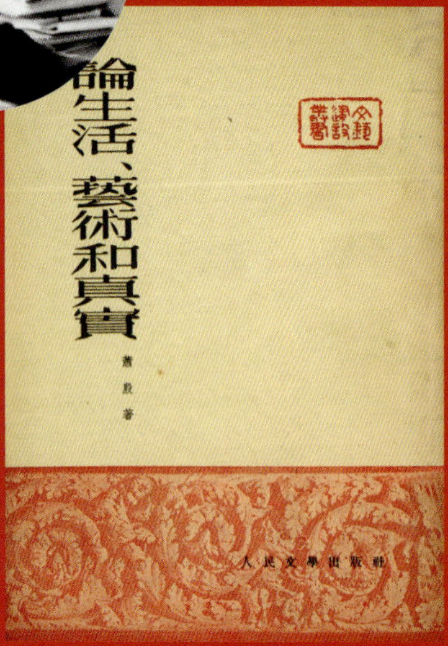
論生活、藝術和真實
蕭殷著
人民文學出版社

秦兆阳

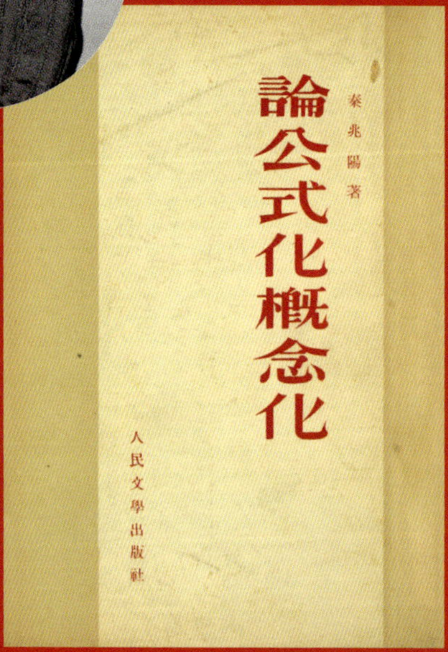
論公式化概念化
秦兆陽著
人民文學出版社

贾植芳

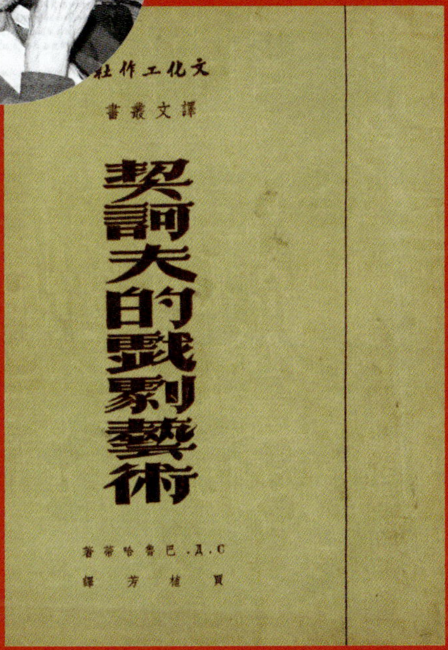

黄秋耘

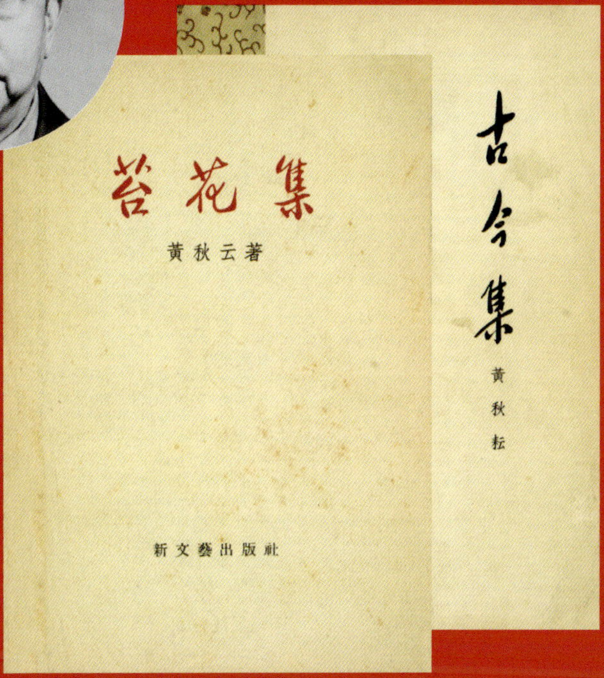

钟惦棐

陈 涌

毛 星

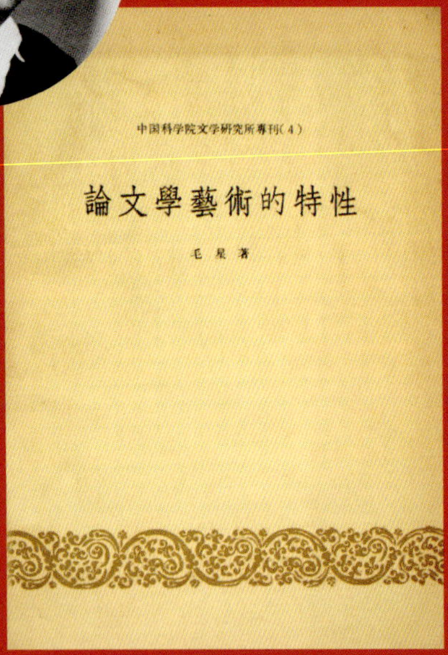
中国科学院文学研究所專刊(4)
論文學藝術的特性
毛星著

钱谷融

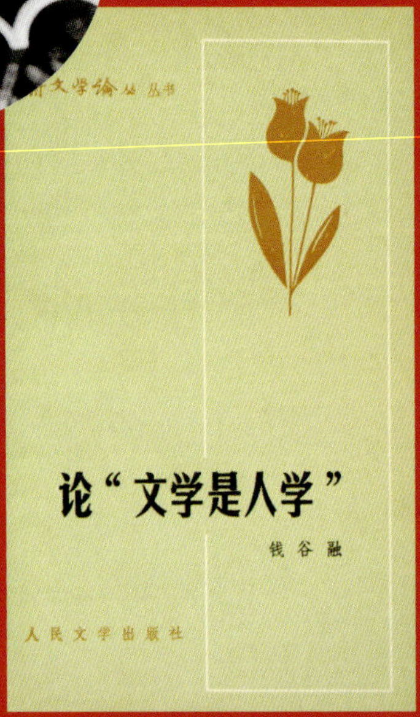
论"文学是人学"
钱谷融
人民文学出版社

冯 牧

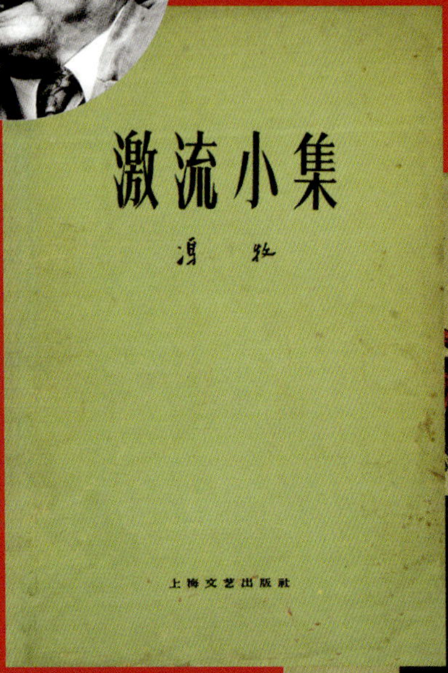
激流小集
冯牧
上海文艺出版社

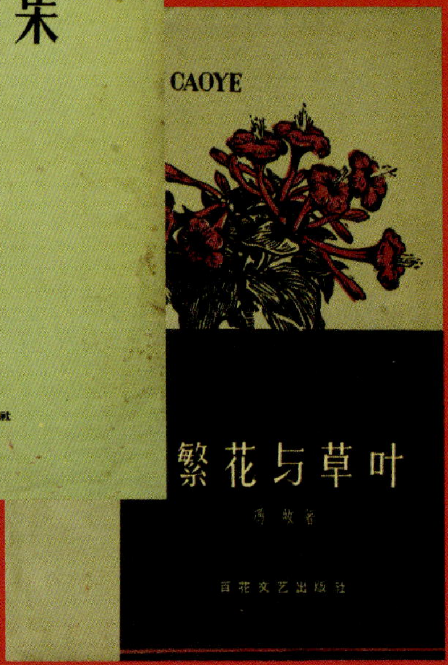
CAOYE
繁花与草叶
冯牧著
百花文艺出版社

洁 泯

人生的道路
洁泯著
上海文艺出版社

侯金镜

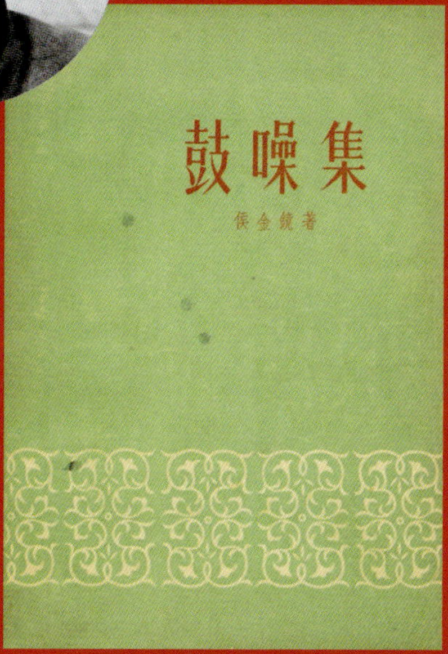
鼓噪集
侯金镜著

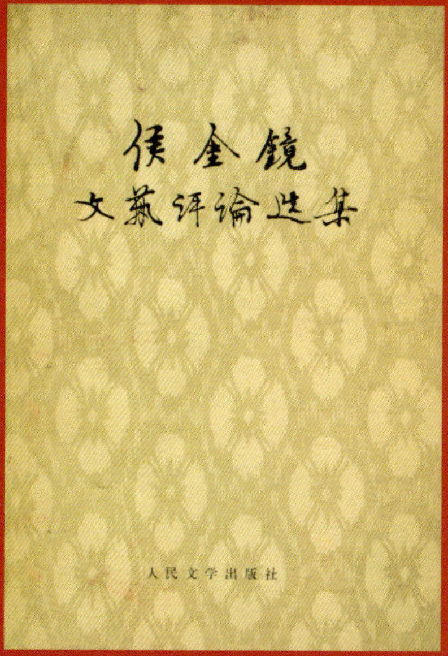
侯金镜
文艺评论选集
人民文学出版社

李希凡

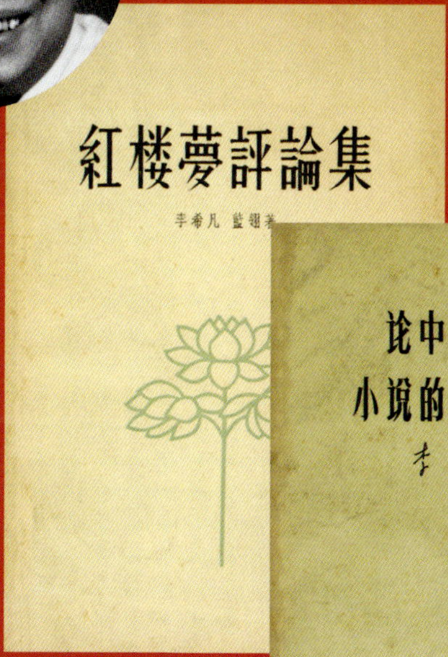
紅樓夢評論集
李希凡 藍翎著

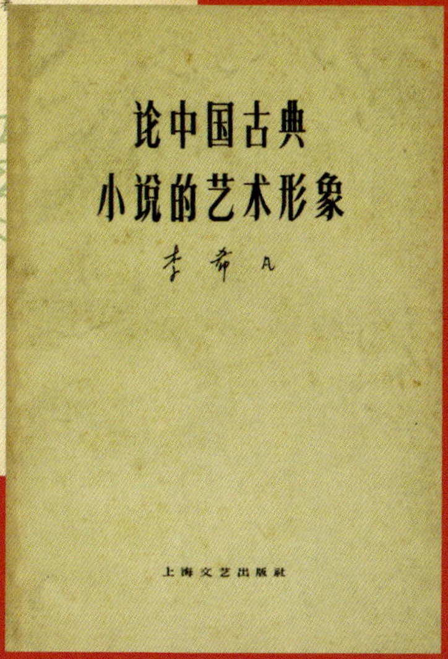
论中国古典
小说的艺术形象
李希凡
上海文艺出版社

唐达成

艺文探微录

朱寨

从生活出发
朱寨
人民文学出版社

敏泽

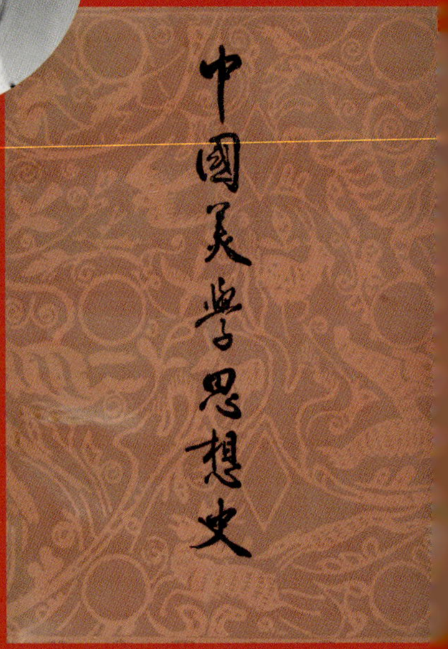
中国美學思想史

鲍昌

魯迅年譜
1881——1936
LUXUN
NIANPU
天津人民出版社

严家炎

知者集
严家炎

第二部分

文学全面发展繁荣

1978
|
2009

1978年党的十一届三中全会后，在“解放思想、拨乱反正”的实践中，中国文学界走在改革开放的前列，出现了自“五四”新文学运动以来又一次全面发展的新局面。随着文化交流活动的广泛开展，港澳台文学和海外华文文学很快融入了中华民族大家庭，中国文坛进入了姹紫嫣红、全面繁荣的新阶段。

[壹]

文学的春天

改革开放以来，文学界每前进一步都得到了党的关怀与扶植，每取得一点成绩就得到党的肯定与支持，广大作家沐浴在党的灿烂阳光下，心中涌动着激情，积极为改革开放的大道铺砖垫石，中国文坛重新走向繁荣。

1

党对文学事业始终给予亲切的关怀，
对广大作家始终寄予巨大的期望。

1979年10月30日，中国文学艺术工作者第四次代表大会和中国作协第三次全国代表大会在北京召开，这是改革开放以来文艺界的第一次盛会，给文艺界带来了充满阳光的春天。

邓小平代表党中央和国务院向大会祝辞，他指出，文艺界要继续坚持毛泽东的“二为”方向和“双百”方针，在艺术创作上提倡不同形式和风格的自由发展，在艺术理论上提倡不同观点和学派的自由讨论。强调对文艺工作的领导不要横加干涉，不要求文艺从属于政治任务。他的祝辞代表了广大文艺工作者的心声，成为文艺界的纲领性文件。

1996年12月16日，在六次文代会和五次作代会上，江泽民代表党中央和国务院致辞，他勉励文艺工作者“在人民的历史创造中进行艺术的创造，在人民的进步中造就艺术的进步”，以优秀作品鼓舞人，给人民以信心和向上的力量。并要求文艺部门的领导要向文艺家学习，按文艺规律领导文艺。

2001年12月18日，在七次文代会和六次作代会上，江泽民代表党中央和国务院致辞，要求“各级党委和政府要高度重视文艺工作，热情关心和精心推进文艺事业的发展”。勉励文艺工作者要牢记自己的历史使命，“创作出更多的反映时代精神和具有中国风格、中国气派的优秀作品，努力为建设有中国特色社会主义文化，实现中华民族的伟大复兴贡献力量”。

2006年11月10日，在八次文代会和七次作代会上，胡锦涛代表党中央和国务院致辞。他再次要求各级党委要“密切同广大文艺工作者的联系，政治上充分信任，创作上热情支持，生活上真诚关怀，努力成为他们的贴心人”。勉励文艺工作者“大力繁荣社会主义先进文化，共同建设和谐文化，让我国社会主义文艺百花园开出更加鲜艳的花朵、结出更加丰硕的果实！”

2002年12月，刚上任不久的中共中央政治局常委李长春（前右一）到中国作家协会调研工作。

2002年8月，中共中央政治局委员、书记处书记、中宣部部长丁关根（中），在中国作协党组书记金炳华的陪同下到鲁迅文学院调研工作。

2008年11月2日，中共中央政治局委员、书记处书记、中宣部部长刘云山（右）出席第七届茅盾文学奖颁奖典礼并为获奖作家贾平凹颁奖。

2

『生命从八十岁开始』，历经坎坷磨难的老作家们焕发了青春，他们重新拿起笔赞美新时代，续写新曲。

1977年，作家朋友们欢聚在上海巴金的寓所，迎接着文艺界春天的到来。左起：李济生、师陀、巴金、孔罗荪、张乐平、王西彦、柯灵。

沈从文

丁 玲

艾 芜

胡 风

巴 金

曹 禺

茅 盾

陈白尘

萧 军

沙 汀

孙 犁

萧 乾

叶圣陶

季羡林

夏 衍

臧克家

钱锺书

艾 青

阳翰笙

冰 心

3

一批受『左』的路线迫害，被剥夺写作权利的作家，到1978年后都已步入中老年，他们经过长期的积淀后，再创文坛佳绩。

王蒙

陆文夫

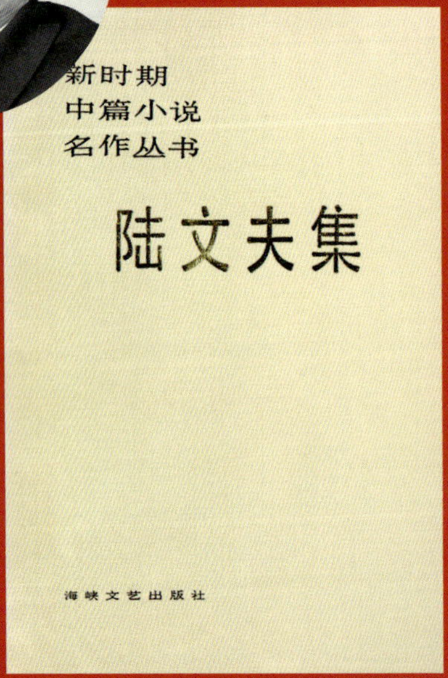

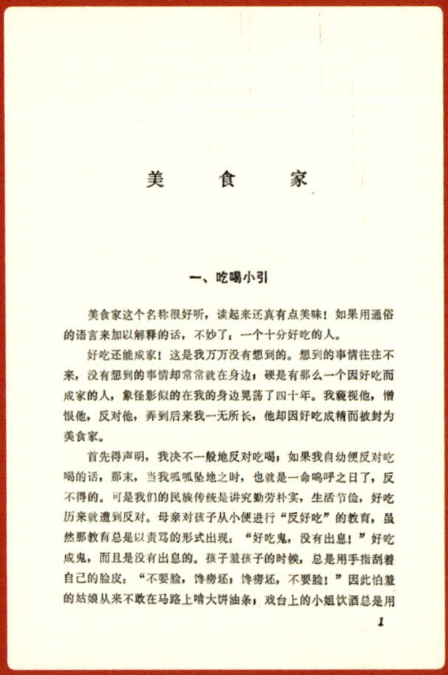

美　食　家

一、吃喝小引

美食家这个名称很好听，读起来还真有点美味！如果用通俗的语言来加以解释的话，不妙了：一个十分好吃的人。

好吃还能成家！这是我万万没有想到的。想到的事情往往不来，没有想到的事情却常常就在身边；硬是有那么一个因好吃而成家的人，象怪影似的在我的身边晃荡了四十年。我藐视他，憎恨他，反对他，弄到后来我一无所长，他却因好吃成精而被封为美食家。

首先得声明，我决不一般地反对吃喝；如果我自幼便反对吃喝的话，那末，当我呱呱坠地之时，也就是一命呜呼之日了，反不得的。可是我们的民族传统是讲究勤劳朴实，生活节俭，好吃历来就遭到反对。母亲对孩子从小便进行“反好吃”的教育，虽然那教育总是以责骂的形式出现：“好吃鬼，没有出息！”好吃成鬼，而且是没有出息的。孩子羞孩子的时候，总是用手指刮着自己的脸皮：“不要脸，馋痨坯；馋痨坯，不要脸！”因此怕羞的姑娘从来不敢在马路上啃大饼油条；戏台上的小姐饮酒总是用

1

李国文

张贤亮

从维熙

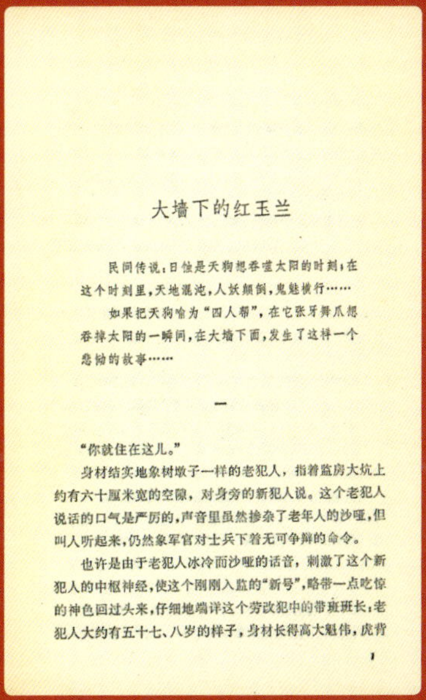

大墙下的红玉兰

民间传说：日蚀是天狗想吞噬太阳的时刻；在这个时刻里，天地混沌，人妖颠倒，鬼魅横行……

如果把天狗喻为“四人帮”，在它张牙舞爪想吞掉太阳的一瞬间，在大墙下面，发生了这样一个悲恸的故事……

一

“你就住在这儿。”

身材结实地象树墩子一样的老犯人，指着监房大炕上约有六十厘米宽的空隙，对身旁的新犯人说。这个老犯人说话的口气是严厉的，声音里虽然掺杂了老年人的沙哑，但叫人听起来，仍然象军官对士兵下着无可争辩的命令。

也许是由于老犯人冰冷而沙哑的话音，刺激了这个新犯人的中枢神经，使这个刚刚入监的“新号”，略带一点吃惊的神色回过头来，仔细地端详这个劳改犯中的带班班长：老犯人大约有五十七、八岁的样子，身材长得高大魁伟，虎背

1

刘绍棠

高晓声

邓友梅

张锲

鲍昌

张弦

4

这时期涌现出了许多文学新人，他们如同喷薄而出的朝阳，彰显出了强劲的实力，为新时期的文坛注入了新鲜血液。

冯骥才

刘心武

蒋子龙

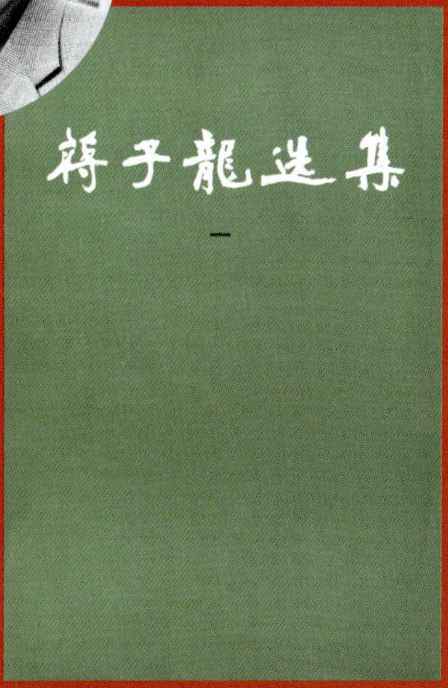

我们这一代年轻人
叶辛 著
广东旅游出版社
叶辛知青作品总集
YEXINZHIQINGZUOPINGZONGJI
叶辛

西望茅草地
韩少功
山东文艺出版社
韩少功

贾平凹文集
第6卷
陕西人民出版社
贾平凹

莫言文集 卷1
红高粱
莫言
作家出版社
莫言

路遥

平凡的世界
第三部
路遥著
平凡的世界
第二部
路遥著
平凡的世界
第一部
路遥著

史铁生

史铁生
我的遥远的清平湾

周克芹

许茂和他的女儿们

谌 容

张 洁

铁 凝

王安忆

张抗抗

刘索拉

舒 婷

徐 星

残 雪

5

随着改革开放的不断深入，文学研究界学术空气也活跃起来，文学批评观念和方法日见其新，研究领域逐渐拓展，重写文学史、重新评介作家成为文学批评的新气象，研究文学发展的新趋向、为文学发展开辟新途径成为文学研究的新任务。

周扬

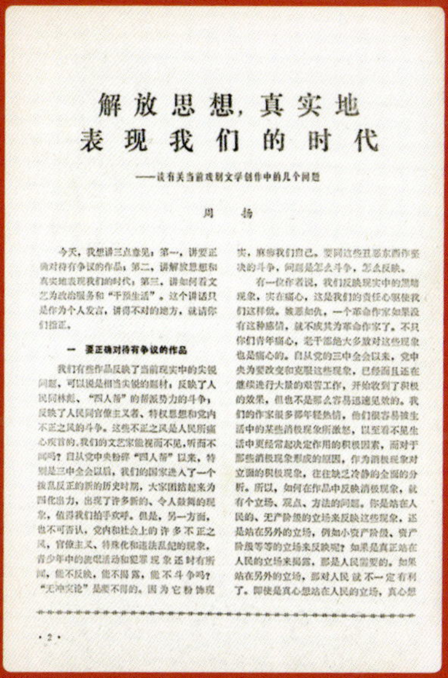

解放思想，真实地表现我们的时代

——谈有关当前戏剧文学创作中的几个问题

周扬

一　要正确对待有争议的作品

冯牧

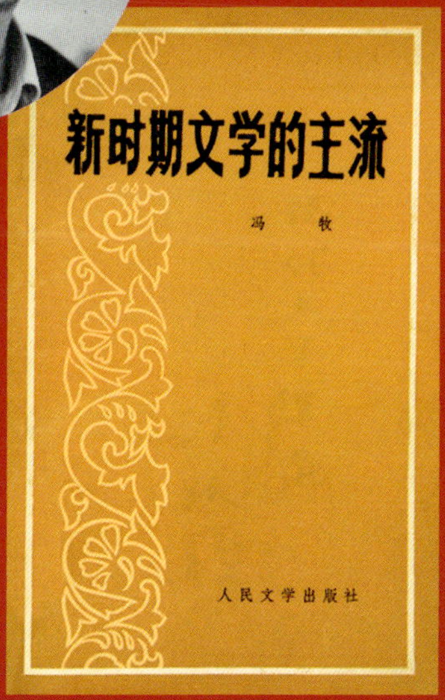

张光年

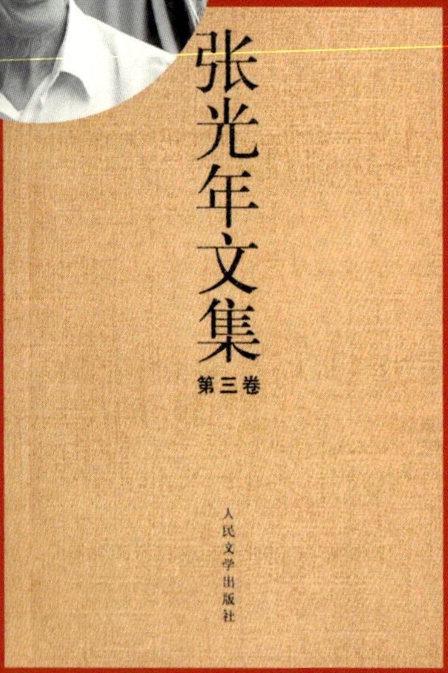

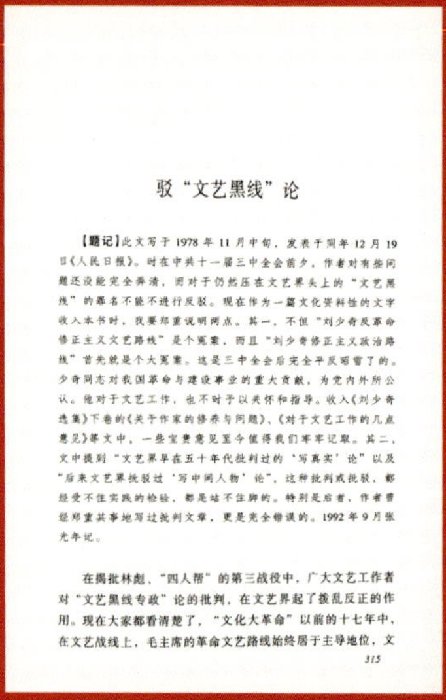

驳"文艺黑线"论

【题记】此文写于1978年11月中旬，发表于同年12月19日《人民日报》。时在中共十一届三中全会前夕，作者对有些问题还没能完全弄清，而对于仍然压在文艺界头上的"文艺黑线"的罪名不能不进行反驳。现在作为一篇文化资料性的文字收入本书时，我要郑重说明两点。其一，不但"刘少奇反革命修正主义文艺路线"是个冤案，而且"刘少奇修正主义政治路线"首先就是个大冤案。这是三中全会后完全平反昭雪了的。少奇同志对我国革命与建设事业的重大贡献，为党内外所公认。他对于文艺工作，也不时予以关怀和指导。收入《刘少奇选集》下卷的《关于作家的修养与问题》、《对于文艺工作的几点意见》等文中，一些宝贵意见至今值得我们牢牢记取。其二，文中提到"文艺界早在五十年代批判过的'写真实'论"以及"后来文艺界批驳过'写中间人物'论"，这种批判或批驳，都经受不住实践的检验，都是站不住脚的。特别是后者，作者曾经郑重其事地写过批判文章，更是完全错误的。1992年9月张光年记。

在揭批林彪、"四人帮"的第三战役中，广大文艺工作者对"文艺黑线专政"论的批判，在文艺界起了拨乱反正的作用。现在大家都看清楚了，"文化大革命"以前的十七年中，在文艺战线上，毛主席的革命文艺路线始终居于主导地位，文

315

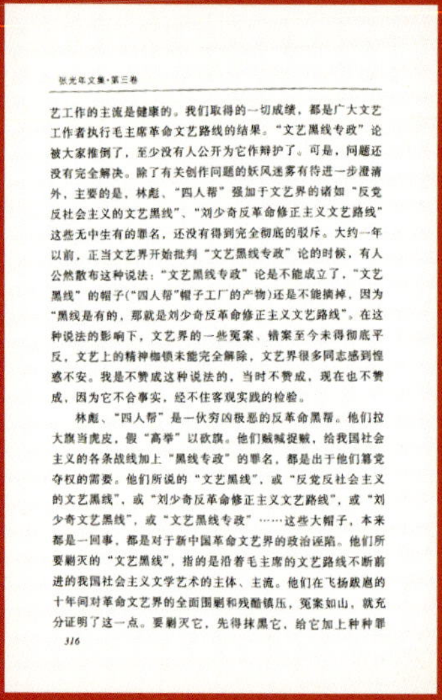

艺工作的主流是健康的。我们取得的一切成绩，都是广大文艺工作者执行毛主席革命文艺路线的结果。"文艺黑线专政"论被大家推倒了，至少没有人公开为它作辩护了。可是，问题还没有完全解决。除了有关创作问题的妖风迷雾有待进一步澄清外，主要的是，林彪、"四人帮"强加于文艺界的诸如"反党反社会主义的文艺黑线"、"刘少奇反革命修正主义文艺路线"这些无中生有的罪名，还没有得到完全彻底的驳斥。大约一年以前，正当文艺界开始批判"文艺黑线专政"论的时候，有人公然散布这种说法："文艺黑线专政"论是不能成立了，"文艺黑线"的帽子("四人帮"帽子工厂的产物)还是不能摘掉，因为"黑线是有的，那就是刘少奇反革命修正主义文艺路线"。在这种说法的影响下，文艺界的一些冤案、错案至今未得彻底平反，文艺上的精神枷锁未能完全解除，文艺界很多同志感到惶惑不安。我是不赞成这种说法的，当时不赞成，现在也不赞成，因为它不合事实，经不住客观实践的检验。

林彪、"四人帮"是一伙穷凶极恶的反革命黑帮。他们拉大旗当虎皮，假"高举"以欺旗。他们贼喊捉贼，给我国社会主义的各条战线加上"黑线专政"的罪名，都是出于他们篡党夺权的需要。他们所说的"文艺黑线"，或"反党反社会主义的文艺黑线"，或"刘少奇反革命修正主义文艺路线"，或"刘少奇文艺黑线"，或"文艺黑线专政"……这些大帽子，本来都是一回事，都是对于新中国革命文艺界的政治诬陷。他们所要剿灭的"文艺黑线"，指的是沿着毛主席的文艺路线不断前进的我国社会主义文学艺术的主体、主流。他们在飞扬跋扈的十年间对革命文艺界的全面围剿和残酷镇压，冤案如山，就充分证明了这一点。要剿灭它，先得抹黑它，给它加上种种罪

316

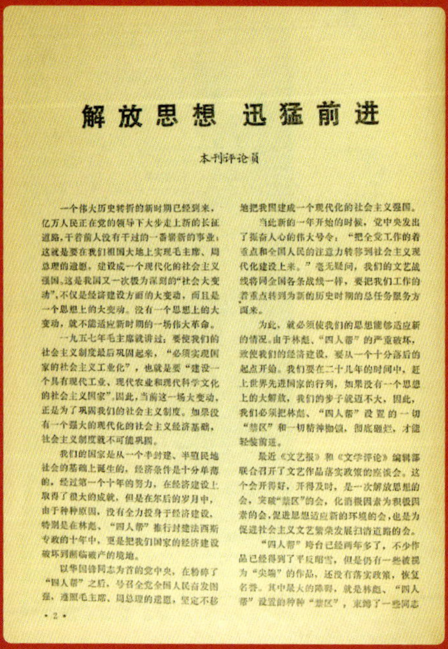

解放思想 迅猛前进

本刊评论员

一个伟大历史转折的新时期已经到来，亿万人民正在党的领导下大步走上新的长征道路，干着前人没有干过的一番崭新的事业：这就是要在我们祖国大地上实现毛主席、周总理的遗愿，建设成一个现代化的社会主义强国。这是我国又一次极为深刻的"社会大变动"，不仅是经济建设方面的大变动，而且是一个思想上的大变动。没有一个思想上的大变动，就不能适应新时期的一场伟大革命。

一九五七年毛主席就讲过：要使我们的社会主义制度最后巩固起来，"必须实现国家的社会主义工业化"，也就是要"建设一个具有现代工业、现代农业和现代科学文化的社会主义国家"。因此，当前这一场大变动，正是为了巩固我们的社会主义制度。如果没有一个强大的现代化的社会主义经济基础，社会主义制度就不可能巩固。

我们的国家是从一个半封建、半殖民地社会的基础上诞生的，经济条件是十分单薄的，经过第一个十年的努力，在经济建设上取得了很大的成就，但是在尔后的岁月中，由于种种原因，没有全力投身于经济建设，特别是在林彪、"四人帮"推行封建法西斯专政的十年中，更是把我们国家的经济建设破坏到濒临破产的境地。

以华国锋同志为首的党中央，在粉碎了"四人帮"之后，号召全党全国人民奋发图强，遵照毛主席、周总理的遗愿，坚定不移地把我国建成一个现代化的社会主义强国。

当此新的一年开始的时候，党中央发出了振奋人心的伟大号令："把全党工作的着重点和全国人民的注意力转移到社会主义现代化建设上来。"毫无疑问，我们的文艺战线将同全国各条战线一样，要把我们工作的着重点转到为新的历史时期的总任务服务方面来。

为此，就必须使我们的思想能够适应新的情况。由于林彪、"四人帮"的严重破坏，致使我们的经济建设，要从一个十分落后的起点开始。我们要在二十几年的时间中，赶上世界先进国家的行列，如果没有一个思想上的大解放，我们的步子就迈不大。因此，我们必须把林彪、"四人帮"设置的一切"禁区"和一切精神枷锁，彻底砸烂，才能轻装前进。

最近《文艺报》和《文学评论》编辑部联合召开了文艺作品落实政策的座谈会。这个会开得好，开得及时，是一次解放思想的会，突破"禁区"的会，化消极因素为积极因素的会，促进思想适应新的环境的会，也是为促进社会主义文艺繁荣发展扫清道路的会。

"四人帮"垮台已经两年多了，不少作品已经得到了平反昭雪，但是仍有一些被视为"尖端"的作品，还没有落实政策，恢复名誉。其中最大的障碍，就是林彪、"四人帮"设置的种种"禁区"，束缚了一些同志

·2·

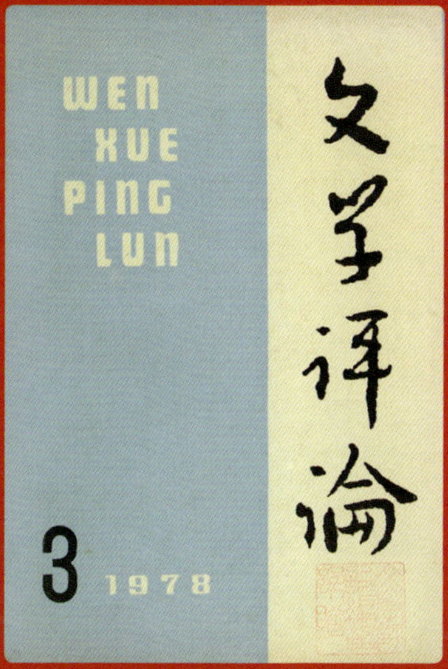

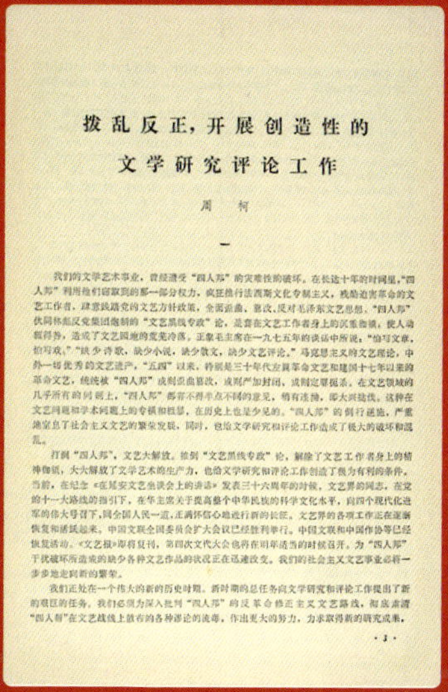

拨乱反正，开展创造性的文学研究评论工作

周柯

一

人民日报 1979年5月21日 星期一 第三版

批透极左路线 贯彻“双百”方针

本报评论员

大力反映在斗争中成长的年轻一代

——从近年来部分短篇小说创作谈起

缪俊杰

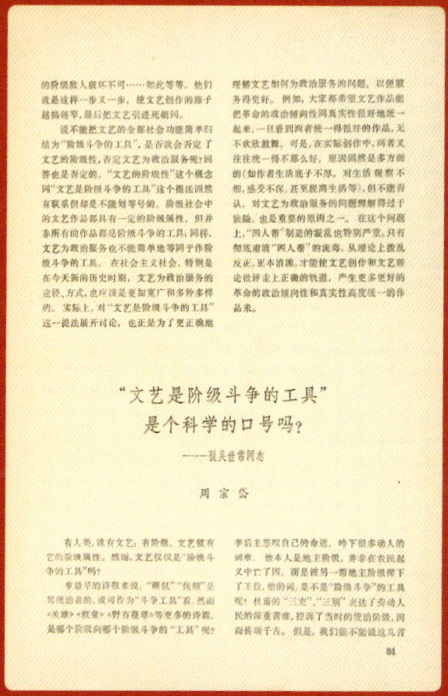

“文艺是阶级斗争的工具”是个科学的口号吗？

——致吴世常同志

周宗岱

马克思
恩格斯
论文学与艺术
马克思主义
文艺思想
史稿
马克思 恩格斯
美学思想论集
L
列宁论文艺与美学

毛泽东文艺思想新论
李准 丁振海
文化艺术出版社
周恩来论文艺
邓小平
论文艺

王元化 著
文心雕龙讲疏
德国
古典美学
论中国
现代文学研究
樊骏 著
上海文艺出版社

中国现代
思想史论
李泽厚
中国近代
思想史论
李泽厚
中国古代
思想史论
李泽厚

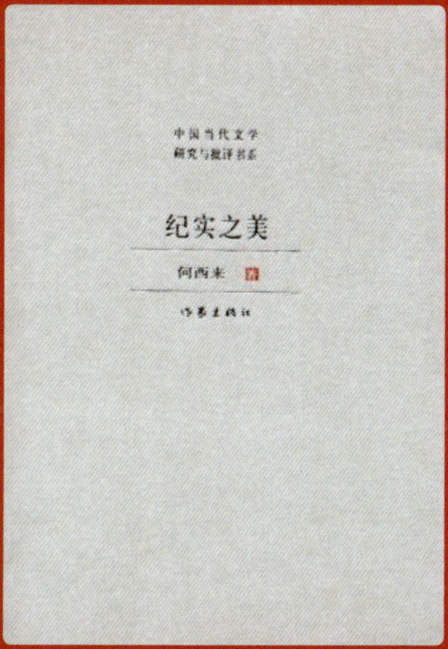
中国当代文学
研究与批评书系
纪实之美
何西来 著
作家出版社

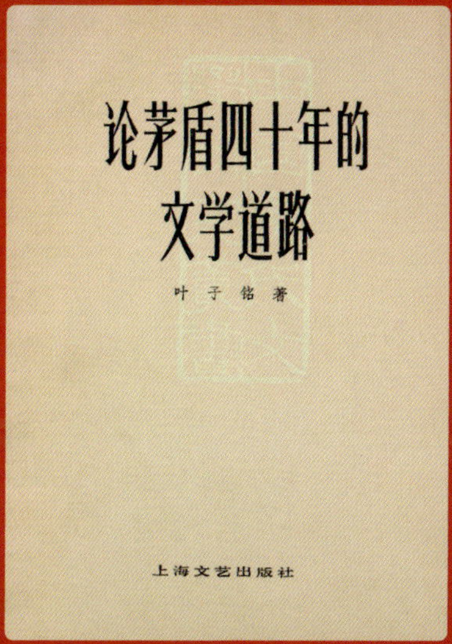
论茅盾四十年的
文学道路
叶子铭 著
上海文艺出版社

文艺学
新编
——现代文艺科学原理
Wenyixue
Xinbian

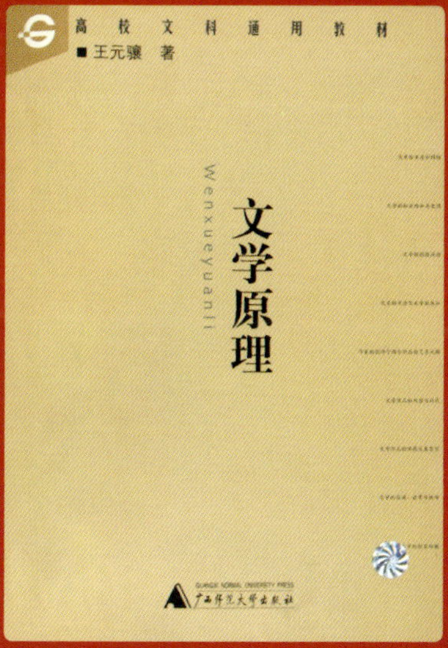
高 校 文 科 通 用 教 材
王元骧 著
文学原理
Wenxueyuanli
广西师范大学出版社

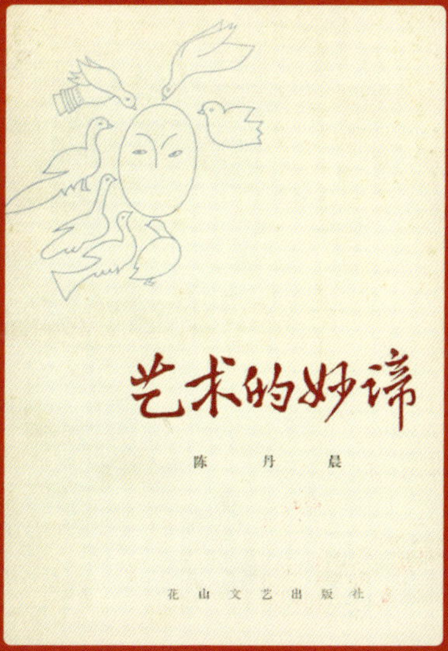
艺术的妙谛
陈 丹 晨
花 山 文 艺 出 版 社

红叶文学丛书
论
诗

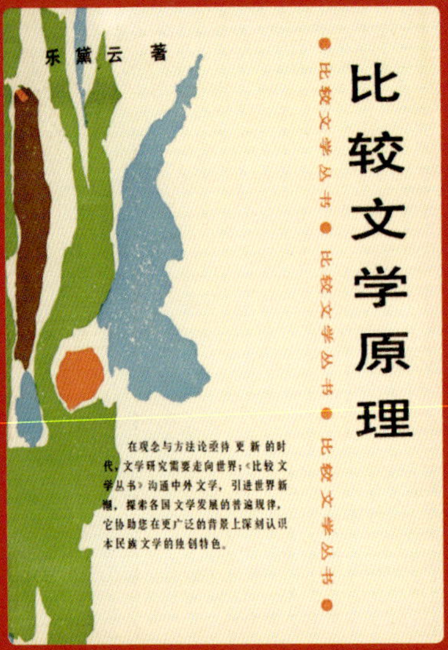
乐黛云 著
比较文学原理
比较文学丛书 · 比较文学丛书 · 比较文学丛书
在观念与方法论亟待更新的时代，文学研究需要走向世界；《比较文学丛书》沟通中外文学，引进世界新潮，探索各国文学发展的普遍规律，它协助您在更广泛的背景上深刻认识本民族文学的独创特色。

新世纪文丛
张炯著
新时期文学格局
人民教育出版社
文学的
反思 一个不断深化的思想主题
人学 一个重新崛起的文学思潮
艺术流向多种探索的格局

小说创作谈

詩美學
东方文艺美学丛书
李元洛 著
江苏文艺出版社
DONG FANG WEN YI MEI XUE CONG SHU
SHI MEI XUE

北京大学出版社
论戏剧性
谭霈生著

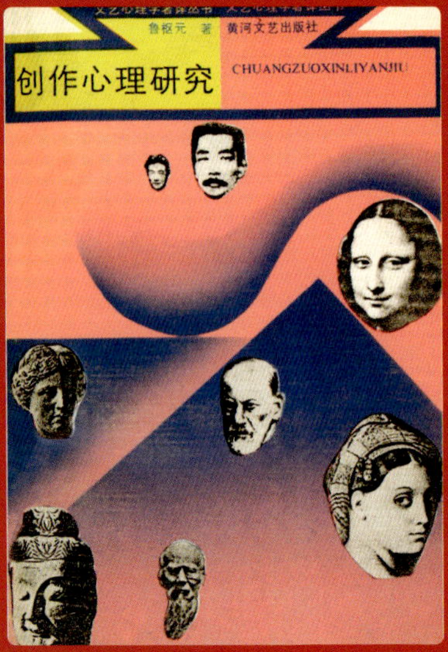
鲁枢元 著
黄河文艺出版社
创作心理研究
CHUANGZUOXINLIYANJIU

艺术魅力的探寻

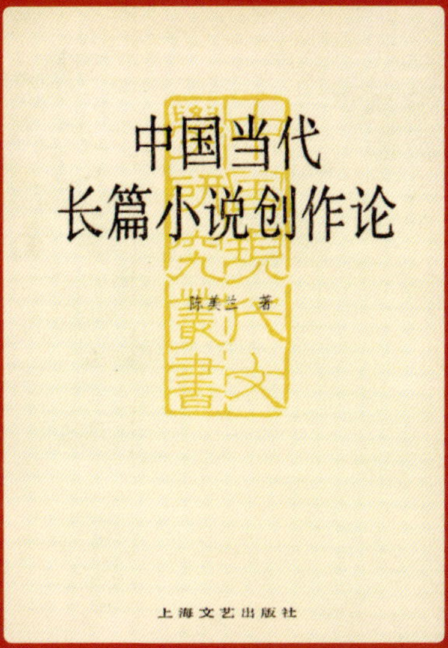
中国当代
长篇小说创作论
陈美兰 著
上海文艺出版社

文学的青春
雷达
湖南人民出版社

BINFENDEWENXUESHIJIE
缤纷的文学世界
曾镇南 著

戏剧理论史稿
余秋雨 著
上海文艺出版社

文学新论系列
小说艺术模式的革命
●洁泯主编●南帆著

中国当代文学史初稿
下册
人民文学出版社
中国当代文学史初稿
上册
人民文学出版社

中国当代文学思潮史
朱寨主编
人民文学出版社

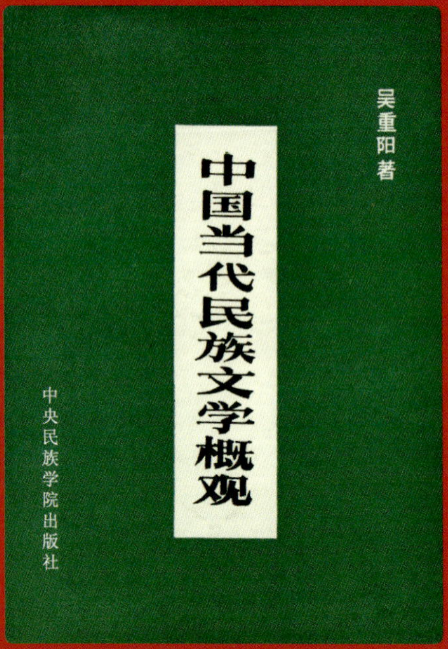
吴重阳著
中国当代民族文学概观
中央民族学院出版社

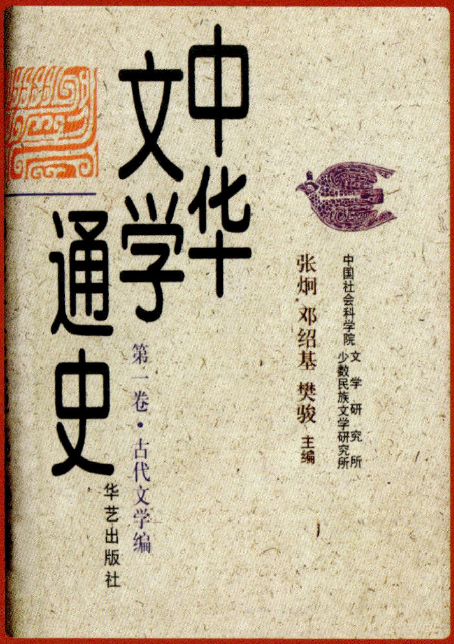
中华文学通史
第一卷·古代文学编
张炯 邓绍基 樊骏 主编
中国社会科学院文学研究所
少数民族文学研究所
华艺出版社

严家炎
中国现代小说流派史
人民文学出版社

中国当代文学
ZHONGGUO DANGDAI WENXUE
★全国普通高校优秀教材
WENXUE
华中师范大学出版社
（上卷）
修订本
国家教育部重点推荐高校中文专业教
王庆生 主编

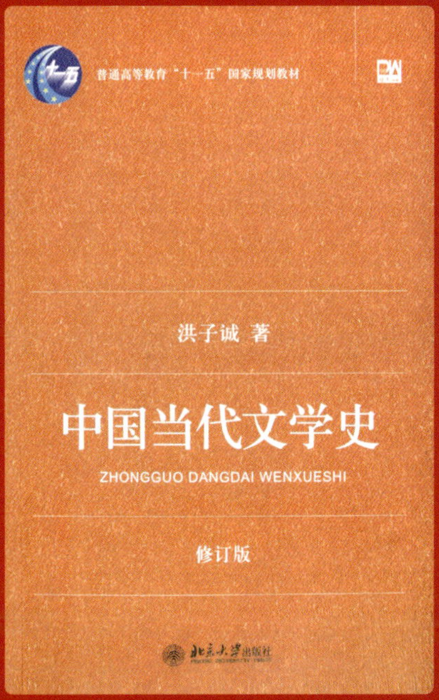
普通高等教育"十一五"国家规划教材
洪子诚 著
中国当代文学史
ZHONGGUO DANGDAI WENXUESHI
修订版

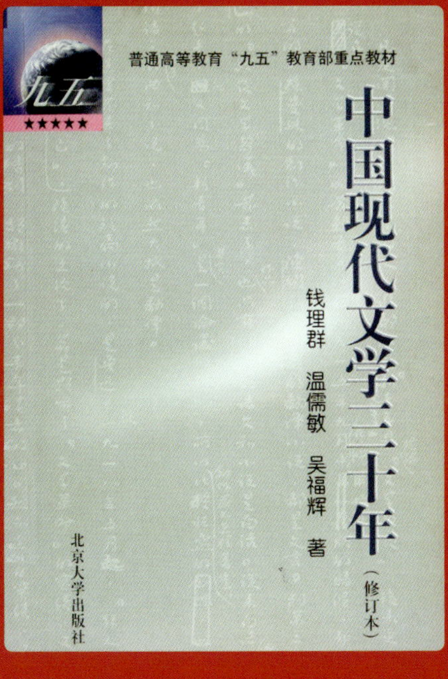
普通高等教育"九五"教育部重点教材
中国现代文学三十年
（修订本）
钱理群 温儒敏 吴福辉 著
北京大学出版社

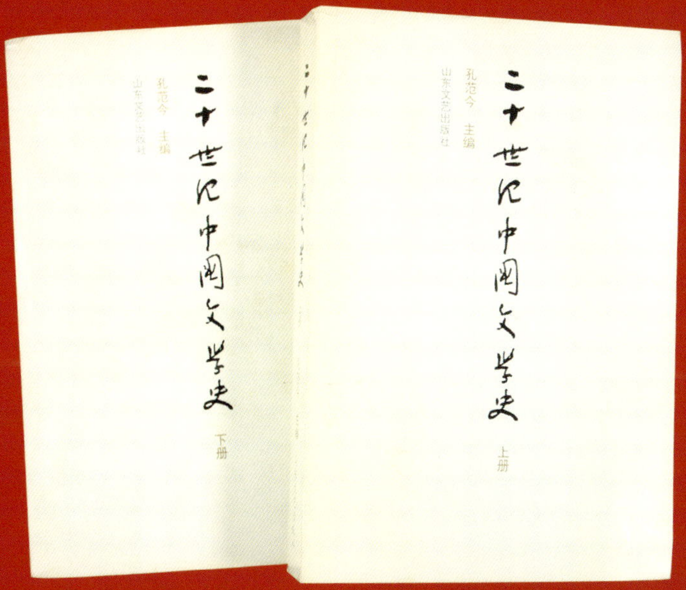
二十世纪中国文学史
下册
二十世纪中国文学史
上册

中国当代少数民族文学史稿
长江文艺出版社

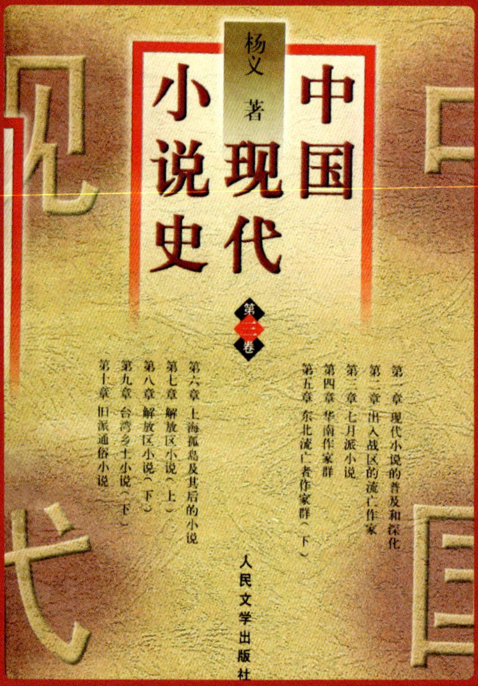
中国现代小说史
杨义 著
第三卷
第一章 现代小说的普及和深化
第二章 出入战区的流亡作家
第三章 七月派小说
第四章 华南作家群
第五章 东北流亡者作家群（下）
第六章 上海孤岛及其后的小说
第七章 解放区小说（上）
第八章 解放区小说（下）
第九章 台湾乡土小说（下）
第十章 旧派通俗小说
人民文学出版社

主编
马良春 张大明
张大明 陈学超 李葆琰 著
中国现代文学思潮史
上册
北京十月文艺出版社

中国当代
主编 陈思和
文学史
教程
复旦大学出版社

中国新文艺大系
1976—1982
中篇小说集
中国新文艺大系
1976—1982
中篇小说集
中国新文艺大系
1976—1982
诗集
中国新文艺大系
1976—1982
民间文学集
中国新文艺大系
1976—1982
报告文学集

冯牧
文学评论选

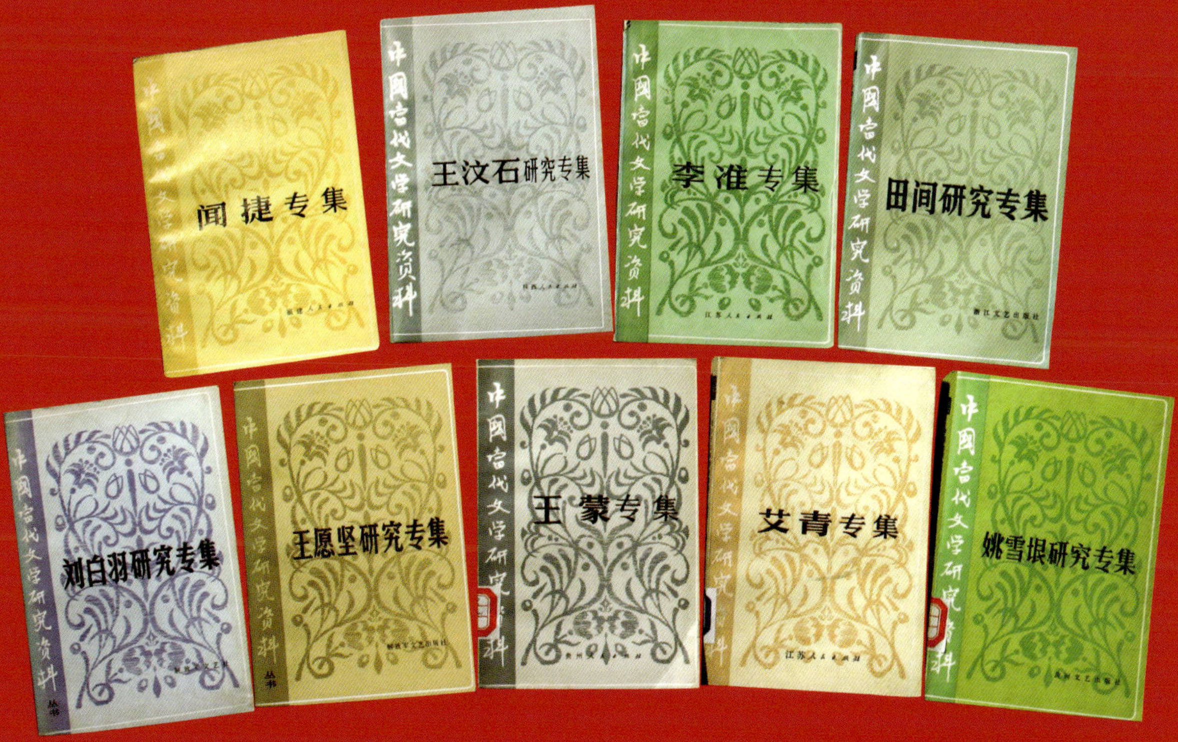
闻捷专集
中国当代文学研究资料
王汶石研究专集
中国当代文学研究资料
李准专集
中国当代文学研究资料
田间研究专集
中国当代文学研究资料
刘白羽研究专集
中国当代文学研究资料
王愿坚研究专集
中国当代文学研究资料
王蒙专集
中国当代文学研究资料
艾青专集
中国当代文学研究资料
姚雪垠研究专集

女权主义文学理论
文艺新学科建设丛书
WENYI XINXUEKE JIANSHECONGSHU
美学范畴论
——系统研究和历史研究尝试
(苏) 舍斯塔科夫 著
文艺新学科建设丛书
WENYI XINXUEKE JIANSHECONGSHU
诗歌意象论
陈植锷 著
文·艺·新·学·科·建·设·丛·书

文艺探索书系
探索诗集
本 社编
上海文艺出版社
文艺探索书系
探索戏剧集
本 社编
上海文艺出版社
文艺探索书系
探索电影集
本 社编
上海文艺出版社
文艺探索书系
性格组合论
刘再复 著
上海文艺出版社
文艺探索书系
艰难的选择
赵 园著
上海文艺出版社
文艺探索书系
探索小说集
程德培 吴 亮评述
上海文艺出版社 香港三联书店
文艺探索书系
耶稣·孔子·披头士列侬
沙叶新 著
上海文艺出版社

美的认知结构
许明 著
MEI
DE
REN ZHI
JIE
GOU
花山文艺出版社

'99.1
中國現代文學研究
丛刊
中國現代文學研究
丛刊 Modern Chinese
2009年
第3期
中國現代文學研究丛刊
1
北京出版社
ZHONGGUO XIANDAI WENXUE YANJIU
中國現代文學研究
'89 3
丛刊

中国新时期新文学史研究资料(上)
中国新时期诗歌研究资料
中国新时期散文研究资料
中国新时期小说研究资料(下)
中国新时期小说研究资料(上)
中国新时期戏剧研究资料

6

中国作协及各团体会员认真贯彻落实党的文艺方针和政策，积极开展各类文学活动，呈现出文学发展的繁荣局面。

国作协坚持以邓小平理论
“三个代表”重要思想为指
，深入学习贯彻江总书记
七一”重要讲话、“5·31”
要讲话和在七次文代会、六
作代会上的重要讲话精神，
真落实六次作代会确定的各
任务，以“民主、团结、鼓
、繁荣”为宗旨，围绕中
，服务大局，振奋精神，扎
工作，中国作协、各地作协
产业作协工作都取得了新的
展。

2002年5月17日，中国作家协会召集首都文学界人士在北京中国现代文学馆举行座谈会，纪念毛泽东同志《在延安文艺座谈会上的讲话》发表60周年，图为五位延安时期的老作家朱子奇、曾克、张沛、周而复、李清泉（自左至右）在会上。

2005年2月，中国作协以领导干部示范带头、广大党员认真参与、学习结合工作实际的良好开局，全面扎实地铺开保持共产党员先进性教育活动。

2008年10月，中国作协根据中央关于学习实践科学发展观活动要"突出实践特色，重在解决问题"的要求，组织领导干部培训班，深入学习、研究，进一步提高中国作协的工作，开创作协工作的新局面。

2008年12月，全国人大常委、科教文卫委员会副主席金炳华（右二）、中国作协主席铁凝（右三）、中国作协党组书记李冰（左一）与首都的作家一起参观"改革开放30年文学成就展"。

★ 积极为作家搭建创作平台，注重培养文学人才

中国作家出版集团所属报纸
刊物、出版社，坚持以邓小
理论、“三个代表”重要思想
科学发展观为指导，牢牢把
正确的舆论导向，坚持先进
化的前进方向，充分发挥中
作协报刊社的品牌优势，不
推出优秀作品和优秀人才，
全国文艺类报刊社中起到了
好的导向作用和示范作用。

中国作协注重人才培养，以鲁迅文学院作为培养基地，至今已举办10届中青年作家高级研讨班，有数百名中青年作家、理论评论家、文学报刊社主编和少数民族作家参加学习，为文学新人的成长铺路搭桥。这是金炳华等作协领导出席鲁迅文学院开学典礼。

003年12月，中国作协东莞城创作基地揭幕。

2004年11月，中国作协中华文学基金会深圳创作之家新址奠基。

07年5月，中国作协丰都作基地成立。

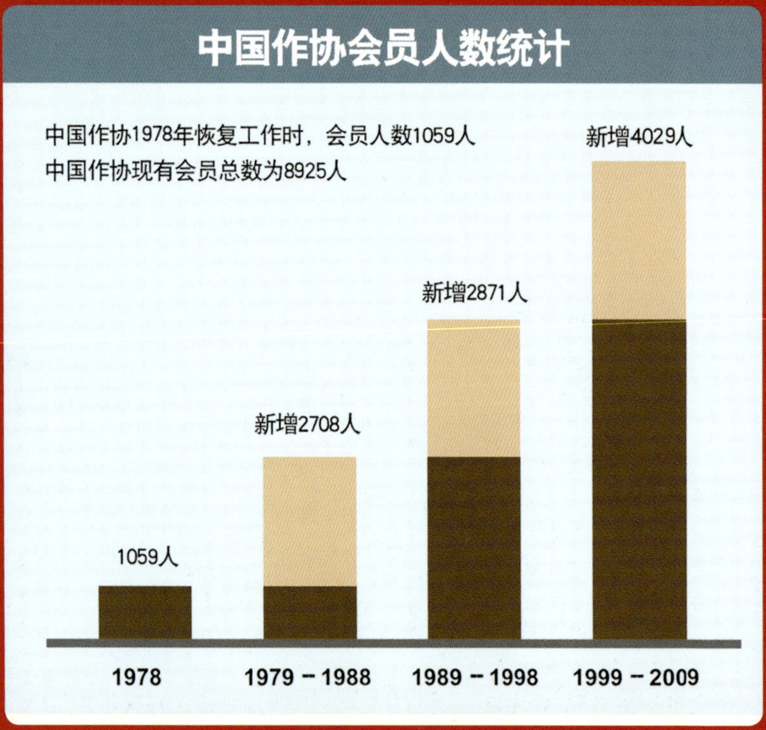

会员发展工作是中国作协实现“联络、协调、服务”职能的一项重要工作，也是团结作家、培养壮大队伍的有效途径。自改革开放以来，申请入会者以及新发展的会员逐年上升，平均每年申请入会者约800人，现有会员总数已达8925人。

中国作协加强对当代文学思潮和文学现象的分析研究，对有代表性的文学作品、作家创作现象进行研讨，广泛开展文学理论的学术研究和文学作品研讨活动，把新的、优秀作家作品推荐给广大读者。

1980年，作家雷加（左一）到云南采风体验生活。

980年，作家菡子在云南西
Ⅹ版纳采风。

（上图）

1981年，作家浩然（左一）在京郊农村体验生活。

（下图）

1983年，作家草明（右二）到北京石景山钢铁厂体验生活。

1984年，作家丁玲（前排中）、马烽（右一）等在厦门参观访问。

1984年，作家艾芜（左二）、艾青（右二）等在深圳参观访问。

1983年，作家贺敬之（前左三）、马加（前左一）在辽宁参观访问。

983年，作家刘白羽（中）在肃酒泉坦克兵部队参观访问。

2003年，中国作协向抗击“非典”的中日友好医院赠送书、款。

2005年5月，中国作协组织中国作家采风团，重访长征路，讴歌新时代。

2008年初，中国作协书记处书记高洪波（后排中）率团赴贵州省凝冻重灾区福泉县采访。

2008年5月12日，四川汶川大地震后，中国作协向奋战在抗震救灾第一线的作家发出慰问信，并向四川灾区捐款，号召文学界及时用笔记录抗震救灾过程中全国人民众志成城的英勇壮举，用文学形式生动反映这场特殊战斗中涌现的感人事迹与伟大精神，与全国人民一起夺取抗震救灾最后的胜利。

2008年5月，在抗震救灾中志愿者给灾区的孩子念抗震诗集。

年来，中国作协精心组织百名作家深入国家重点建设程”和“西部作家东部行”、东部作家西部行”、“百名作家村行”等采访采风活动，引和组织作家深入西部大开发振兴东北老工业基地的基，深入三峡、青藏铁路、西东送、西气东输、南水北调国家重点建设工程第一线，入改革开放的最前沿，使广作家感受时代变化，创作出批优秀作品。这是金炳华三）在江苏江阴与华西村书吴仁宝（左二）交流农村改取得的喜人成就。

中国作协制订《中国作家协会文学奖评奖条例》，进一步规范和改进了鲁迅文学奖、茅盾文学奖、全国优秀儿童文学奖和全国少数民族文学创作“骏马奖”的评奖工作，圆满完成了7届茅盾文学奖、4届鲁迅文学奖、7届全国优秀儿童文学奖和8届全国少数民族文学创作“骏马奖”的评选工作及颁奖活动，把优秀的作家作品推向全社会。

2003年起，中国作协启动重点创作扶持工程，设立专项资金对重点文学作品的创作、出版、研讨和奖励给予经济上的支持，旨在扶持关注时代，关注现实，题旨深刻，艺术构思成熟，能体现先进文化的前进方向和时代主旋律，具有振奋民族精神、丰富民族情感、满足人民日益增长的精神文化需求的文学作品，为更多精品力作的诞生创造条件。

★ 团结作家、关心作家，做好服务工作

1982年10月，在巴金先生的倡议下，中国现代文学馆在北京筹建，胡乔木、周扬、贺敬之、曹禺、孔罗荪等出席了挂牌仪式。1985年3月文学馆正式建馆。

2000年5月，在党和国家领导人的关怀与中国作协的大力支持下，中国现代文学馆新馆建成并向社会开放，它已成为世界上最大的中国现当代文学的宝库。

中国作协坚持把服务作家、服务基层放在各项工作的首位，坚持“三个一制度”，即党组、书记处同志外出调研或参加文学活动时，都要看望一批老作家，召开一次中青年作家座谈会，听取一次当地作家协会对中国作协工作的意见和建议。年终岁末和重要节日，开展慰问走访百名老作家活动。与广大作家广交深交朋友，为多出作品、多出人才办实事。

中国作协下属的中国现代文学馆多年来通过举办作家生平与创作展览和义务讲座等方式，普及文学知识，让更多的人了解我国现当代文学，密切了文学与广大群众的关系，取得了良好的社会效益，为社会主义精神文明建设做出了实绩。

2006年盛夏，北京作协组织作家采访奥运会主场馆鸟巢工地。

1980年春，《收获》举办莫干山笔会。作家和编辑们脸上洋溢着浓浓的春意。前排就座的是主编巴金和副主编吴强，后排站立右起第一人为李小林。

20世纪80年代末，上海作协组织部分作家参观正在建设中的重大工程，这是作家们在南浦大桥模型边听取介绍。

20世纪90年代，天津作协在天津郊区建立了创作基地，为作家们提供写作采风的良好环境。

在天津作协的协助下，198年天津汉沽区群众文学协会成立。这是成立时的合影。

重庆市作协组织作家学习讨论党的十七大精神，增强作家们共建社会主义和谐文学的意识。

河北文学馆是河北省作协打造精品工程的重点项目，1999年落成后，以其浓厚的学术氛围、幽雅的环境成为河北省精神文明建设的重要阵地与对外开放的窗口和名片。

“文学豫军新人工程”是河南作协为了发现、培养、扶植新人实施的一项重要工作，至今已举办了11年。这是1997年举办的首次“河南青年作家小说创作研讨会”，是建设跨世纪的文学豫军队伍的第一阵鼓。

辽宁省作协主办的辽宁文学奖自1999年设立以来，评选出了许多思想性、艺术性俱佳的优秀作品，在省内外产生了较好影响，极大地调动了广大作家的创作积极性。

内蒙古作家一行深入内蒙古西部阿拉善采风。

1992年5月，山西省委、省政府授予马烽、冈夫、西戎、孙谦、束为、胡正、郑笃（自左至右）“人民作家”称号。

陕西作协文学大普查小组的作家与延安大学的文学爱好者在路遥文学纪念馆合影。

1984年，甘肃省作协甘肃文学创作组成立，原省委书记李子奇、省长陈光毅到会祝贺并合影。经过20多年发展，甘肃文学创作组演变为“甘肃省文学院”，并开展甘肃文学论坛、诗歌之夜等一系列在全国产生较大影响的文学活动。

夏作协组织作家到军营深入活。

2007年，青海省作协协助青海省政府承办首届“青海湖国际诗歌节”暨高峰论坛。34个国家和中国内地及港澳台地区的200多名诗人应邀参加了这一世界性的诗歌盛会。

西藏作协组织作家在西藏那曲地区深入生活，了解新农村建设情况。

云南省作协组织作家到佤族山寨进行采风活动。

由贵州省作协和贵州省民委联合主办的贵州省少数民族文学创作改稿班，对提高本省少数民族文学创作水平起到了积极的推动作用。

2007年，四川省作协和《文艺报》在成都共同举办“学习贯彻胡锦涛总书记重要讲话精神，推进新世纪中国文学创新发展”研讨会。

江苏省作协经常组织作家进行“作家看江苏”、“绿色环保太湖行”、“烟花三月扬州行”、“苏中、苏北农村行”等一系列丰富多彩的采风活动。参加采风的作家有数百人次，足迹遍及江苏大地，创作了一批反映江苏改革发展的文学作品，并结集成《作家看江苏作品选》。

浙江省作协举办“世界作家看浙江”文学采风活动，热情接待来自世界各地的作家团，将中国文学推向世界。

西省作协组织青年作家在内古采风。

福建省作协组织福建援藏干部小分队，深入西藏林芝地区采风。

1986年10月，湖北省作协举办首届“长江笔会”，沿江九省市近百名作家与会。图为张光年（左三）、陈荒煤（左四）等参观葛洲坝水利枢纽工程。

广东省作协近年来建立了旨在扶持农民工作家的“广东外来青工文学创作培训中心”，并由广东省人大和省劳动与社会保障厅授予“中心”牌匾。图为授匾仪式。

1997年，广西作协举办了首届“百名青年作者创作会”，有力地推动了广西地区文学创作的发展。

海南省作协每年坚持到乡村中学举办文学讲座，并向需要帮助的同学赠送学习用品。

中国石油作协组织作家到西柏坡参观学习。

由中国水利作协主办的《大江文艺》为水利系统培养了大量的文学人才。

中国电力作协经常组织电力作家深入生产一线采风。

中国铁路作协与铁路文联等单位经常联合举行丰富多彩的征文和文学活动，这是他们举办的“春天送你一首诗——和谐铁路诗歌大赛”颁奖座谈会。

中国化工作协经常组织作家参观采访，感受时代的气息。这是他们组织作家参观展览馆。

新疆生产建设兵团作协积极开展多种文学活动，这是兵团作协召开的作家作品研讨会。

中国国土资源作协会员窦贤（右）在青藏高原采访地质工作者。

中国国土资源作协举办的“中华宝石文学奖杰出新人奖”，培养了许多文学新人，图为部分获奖者在颁奖典礼上。

［贰］

百花齐放的文坛

改革开放和四次文代会的春风吹暖了整个文坛。三十年来，中国作家们以强烈的社会责任感辛勤耕耘，文学创作如同怒放的花朵，姹紫嫣红，争奇斗艳，开遍了祖国大地。

1

小说

（一）乡土小说

当代中国作家中，有许多是在乡村生长起来的，即便是生长在城市，也因干部下放劳动和下乡工作，“右派”发配到农村劳动改造，知识青年上山下乡等机遇有过乡村生活的体验，这些生活的积累给予了他们创作的动力，进而带来了当代乡土小说的空前繁荣。

李 準

刘绍棠

浩 然

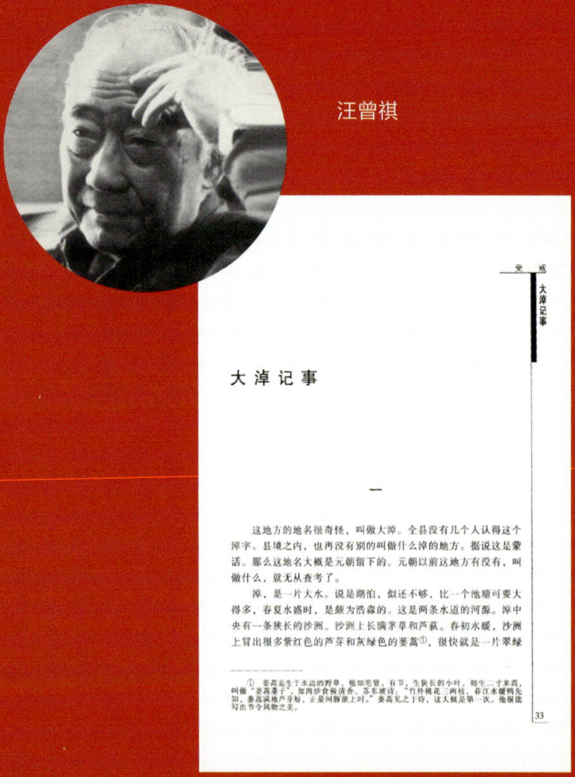

大淖记事

一

这地方的地名很奇怪，叫做大淖。全县没有几个人认得这个淖字。县境之内，也再没有别的叫做什么淖的地方。据说这是蒙话。那么这地名大概是元朝留下的。元朝以前这地方有没有，叫做什么，就无从查考了。

淖，是一片大水。说是湖泊，似还不够，比一个池塘可要大得多，春夏水盛时，是颇为浩森的。这是两条水道的河源。淖中央有一条狭长的沙洲。沙洲上长满茅草和芦荻。春初水暖，沙洲上冒出很多紫红色的芦芽和灰绿色的蒌蒿①，很快就是一片翠绿

① 蒌蒿是生于水边的野草，粗如笔管，有节，生狭长的小叶，初生二寸来高，叫做“蒌蒿薹子”，加肉炒食极清香。苏东坡诗：“竹外桃花三两枝，春江水暖鸭先知，蒌蒿满地芦芽短，正是河豚欲上时。”蒌蒿见之于诗，这大概是第一次。他很能写出节令风物之美。

33

汪曾祺

林斤澜

莫应丰

叶蔚林

谭谈

彭见明

张一弓

段荃法

张 宇

陈忠实

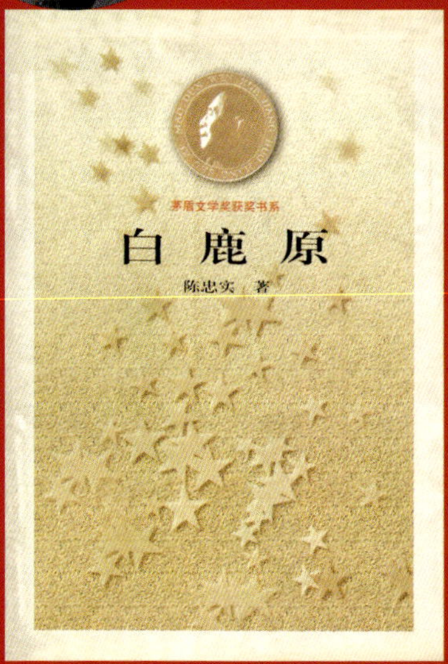

何士光

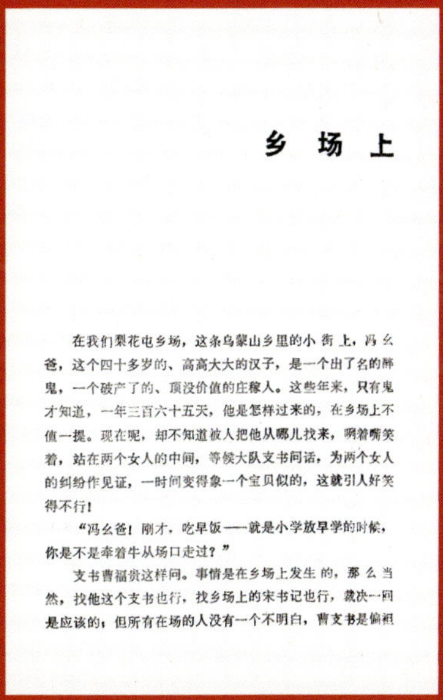

乡 场 上

在我们梨花屯乡场，这条乌蒙山乡里的小街上，冯幺爸，这个四十多岁的、高高大大的汉子，是一个出了名的醉鬼，一个破产了的、顶没价值的庄稼人。这些年来，只有鬼才知道，一年三百六十五天，他是怎样过来的，在乡场上不值一提。现在呢，却不知道被人把他从哪儿找来，咧着嘴笑着，站在两个女人的中间，等候大队支书问话，为两个女人的纠纷作见证，一时间变得象一个宝贝似的，这就引人好笑得不行！

“冯幺爸！刚才，吃早饭——就是小学放早学的时候，你是不是牵着牛从场口走过？”

支书曹福贵这样问。事情是在乡场上发生的，那么当然，找他这个支书也行，找乡场上的宋书记也行，裁决一回是应该的；但所有在场的人没有一个不明白，曹支书是偏袒

李宽定

张 炜

刘玉民

邓 刚

王家斌

鲁彦周

陈世旭

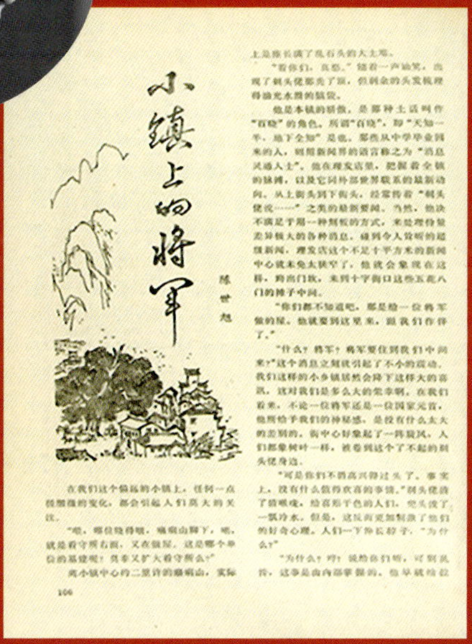

刘醒龙

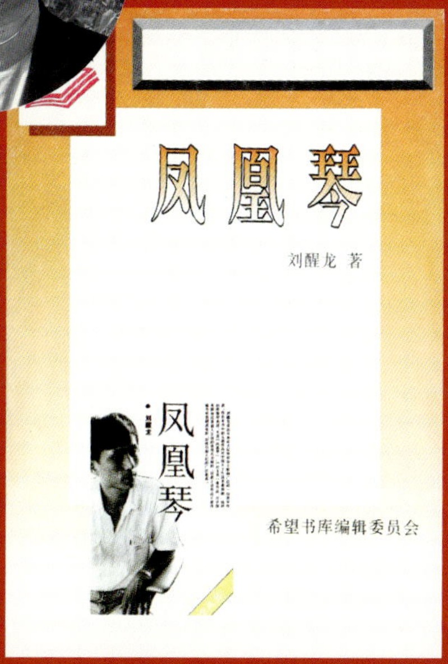

何 申

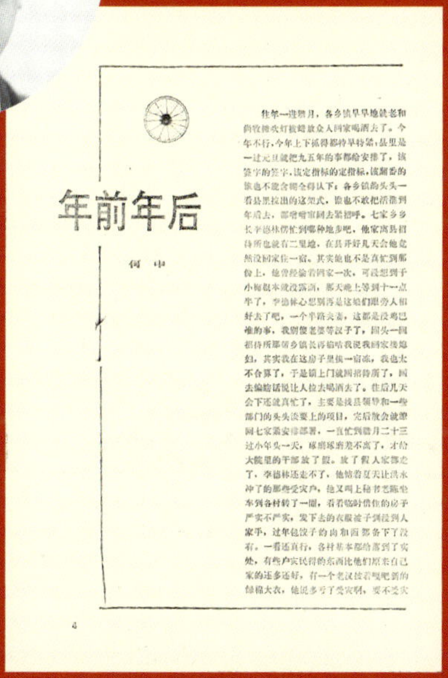

何立伟

（二）知青小说

20世纪70年代末到80年代中，一批亲身经历了知识青年上山下乡运动的年轻人，冲破种种禁区，以强烈的现实主义文学精神震动了文坛，形成了当时格外引人注目的知青文学。

卢新华

伤痕

叶辛

张抗抗

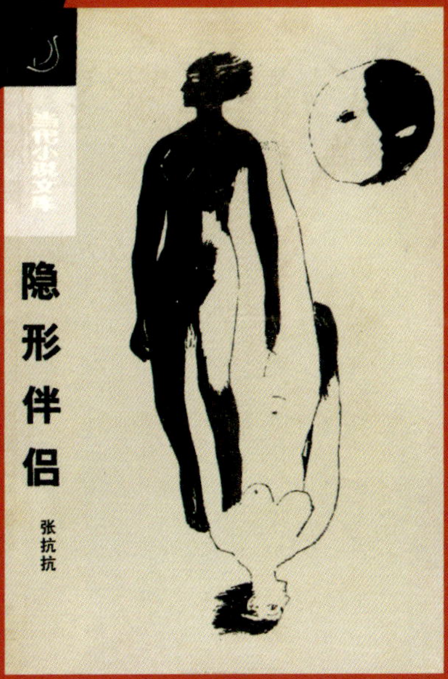

竹林

张承志

梁晓声

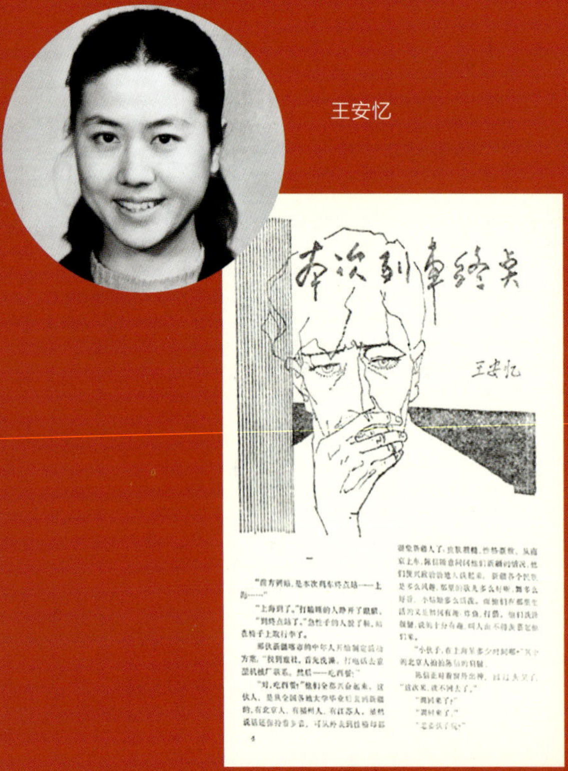

王安忆

史铁生

朱晓平

陆星儿

陈 村

（三）都市与改革题材小说

20世纪80年代，我国的经济建设进入了一个新阶段，城市人口急剧增加，反映都市生活与社会改革的文学作品也应运而生。当代都市作家敏锐的都市意识，将小说创作升华至一个全新境界。

刘心武

冯骥才

蒋子龙

贾平凹

柯云路

程树榛

焦祖尧
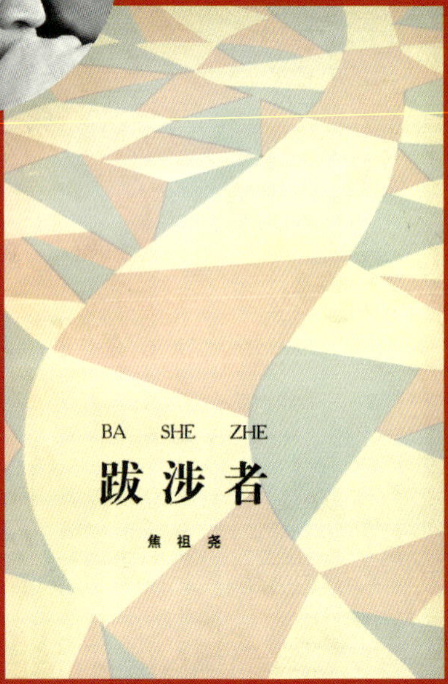

陈国凯
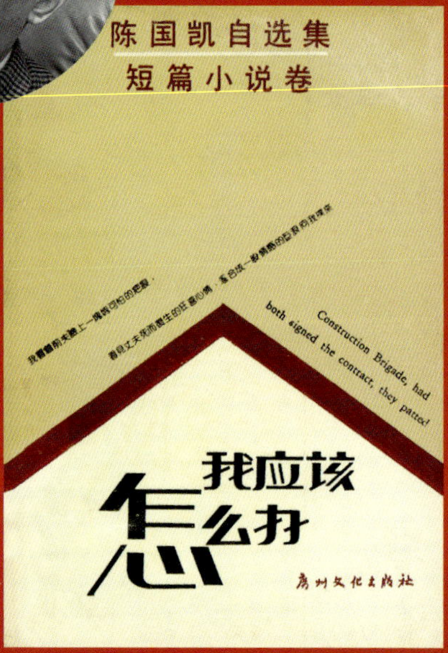

俞天白

航 鹰

程乃珊

陆天明

周梅森

人间
正道
周梅森著
人民文学出版社

张 欣

HUAYI • SHISHI WENKU
总策划•王 朔
主 编•陈晓明
张欣•著
城市
风头正健才女书

王 朔

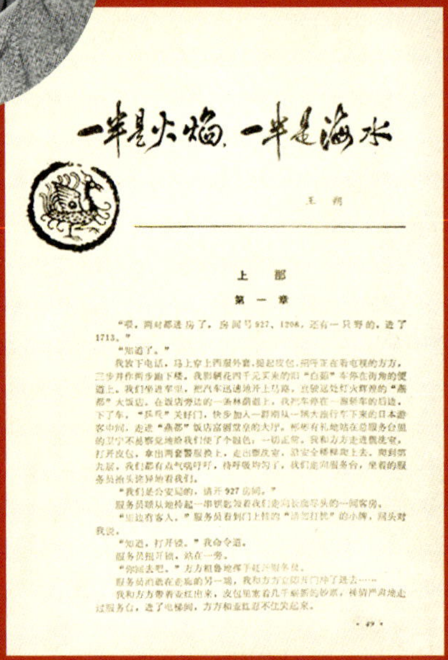
一半是火焰 一半是海水
王朔
上 部
第 一 章
"喂，两对都进房了。房间号927、1208，还有一只野的，进了1713。"
"知道了。"
"我们是公安局的，请开927房间。"
"知道，打开锁。"我命令道。

（四）文化寻根小说

1985年前后，在“文学寻根”的旗帜下汇集了一批有创作实力的作家，他们向外关注西方和世界文化潮流，对内省视自己民族文化之根，探索与反思民族大悲剧的历史原因，寻求一条有中国特色的发展道路。

钟阿城

韩少功

李杭育

郑万隆

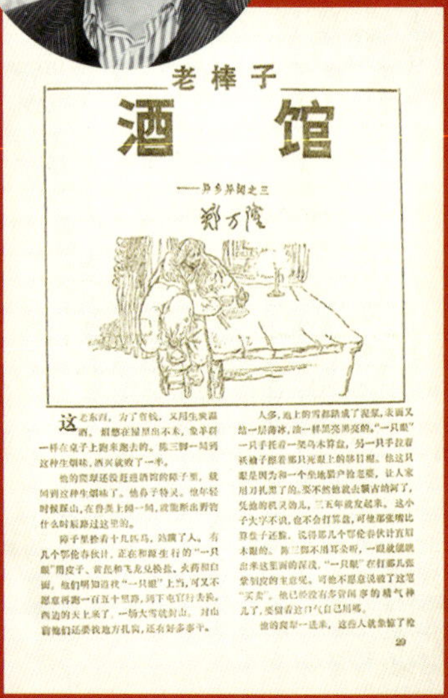

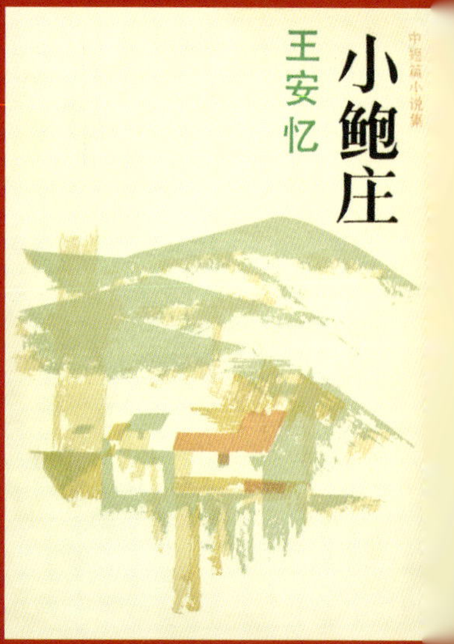

（五）先锋小说

20世纪80年代后期，一部分小说家吸纳了西方现代主义的观念和技巧，试图通过新的价值取向与传统的伦理道德决裂，以崭新的叙事风格为文学的发展提供了新的启迪。

莫言

洪峰

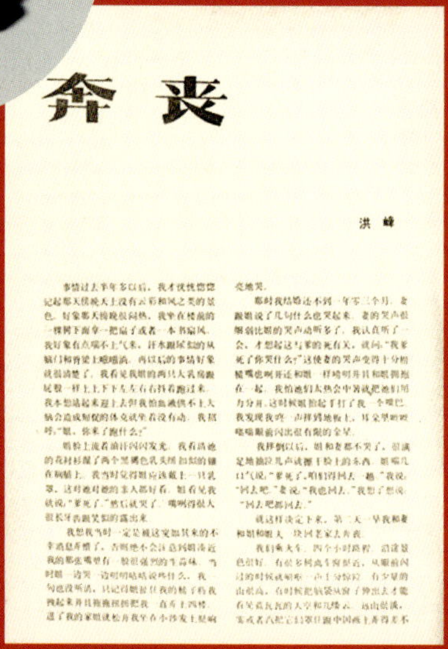

奔丧

洪峰

马原

残雪

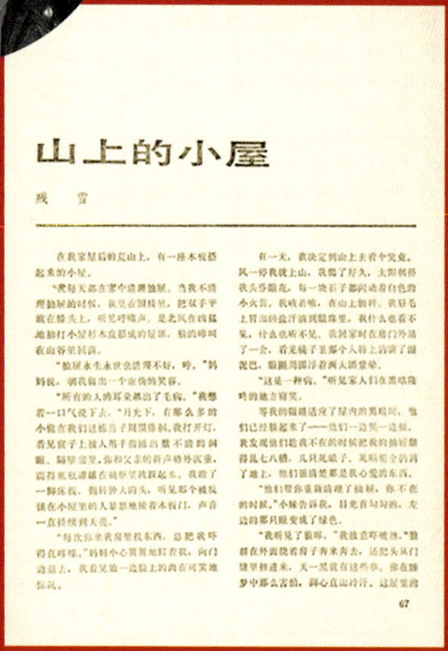

山上的小屋

残雪

苏童

余华

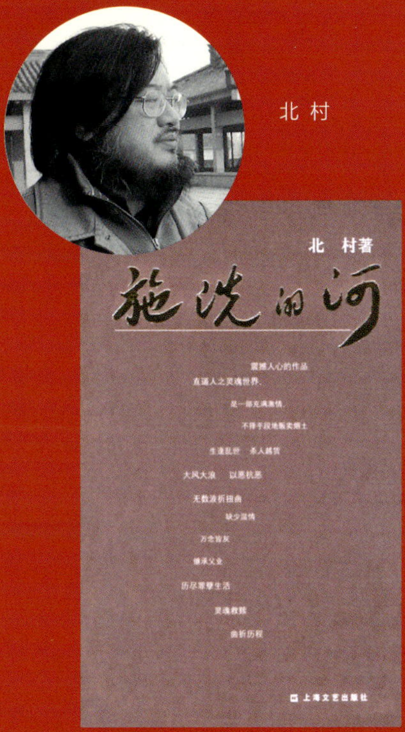

北村

格非

叶兆言

孙甘露

（六）新写实小说

20世纪80年代中后期与90年代初期，“新写实”小说兴起。它较多地以客观冷静的笔触书写普通人的生存状态，并采用了荒诞、变形、意识流等现代主义技法，在当时的文学诸流派中影响突出。

方 方

池 莉

刘 恒

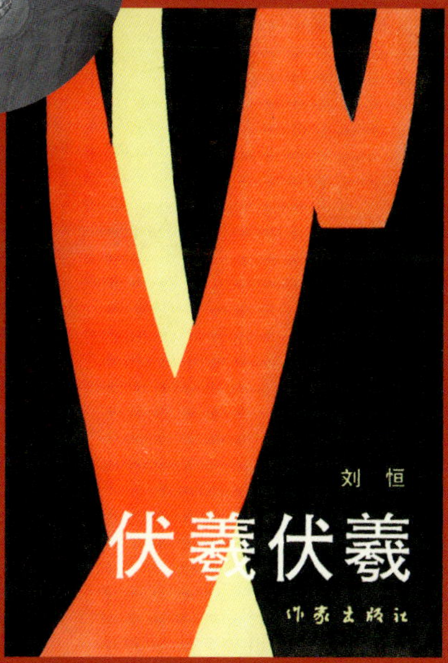

刘震云

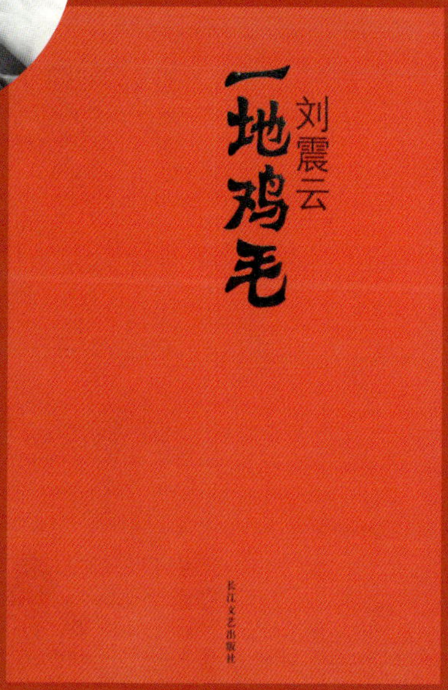

范小青

李 锐

赵本夫

（七）女性小说

新时期文坛迎来了女作家群的活跃和女性小说的繁荣，女性作家以敏锐的感受力和独特的审美视角，描绘社会大变革时期的生活景象，使小说获得了前所未有的丰厚人性内容，出现了“五四”以来女性写作的第二个辉煌期。

柯 岩

茹志鹃

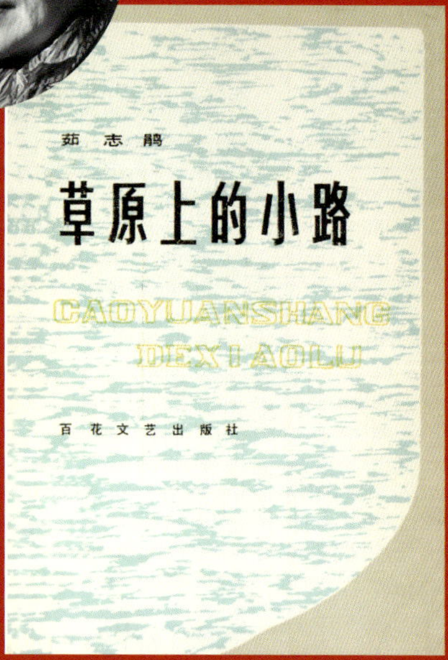

宗 璞

谌 容

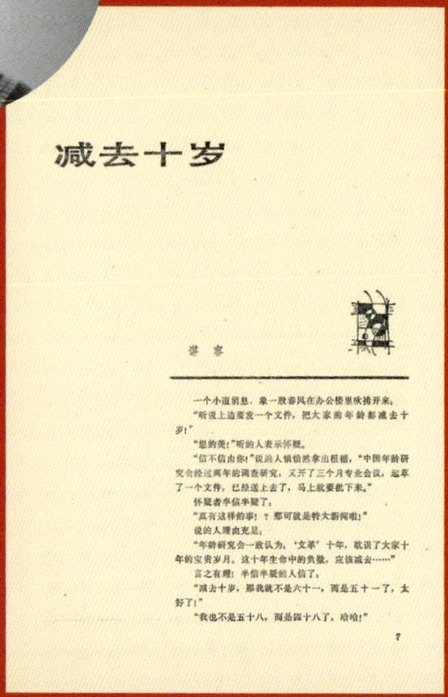

减去十岁

谌 容

一个小道消息，象一股春风在办公楼里吹拂开来。

“听说上边要发一个文件，把大家的年龄都减去十岁！”

“想的美！”听的人表示怀疑。

“信不信由你！”说话人愤愤然拿出根据，“中国年龄研究会经过两年的调查研究，又开了三个月专业会议，起草了一个文件，已经送上去了，马上就要批下来。”

怀疑者半信半疑了：

“真有这样的事！？那可就是特大新闻啦！”

说的人理由充足：

“年龄研究会一致认为：‘文革’十年，耽误了大家十年的宝贵岁月，这十年生命中的负数，应该减去……”

言之有理！半信半疑的人信了。

“减去十岁，那我就不是六十一，而是五十一了，太好了！”

“我也不是五十八，而是四十八了，哈哈！”

7

张 洁

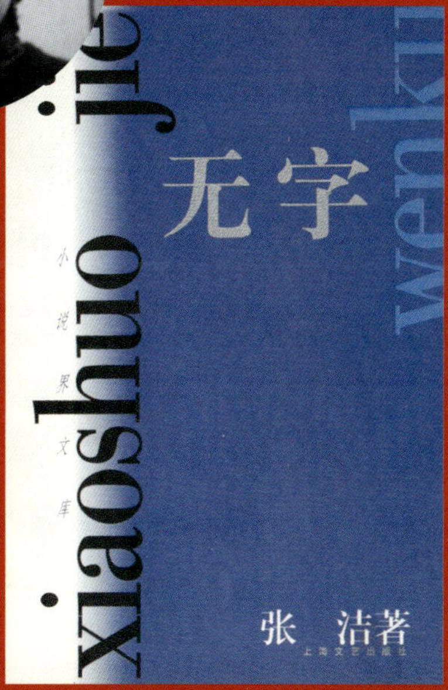

戴厚英

王安忆

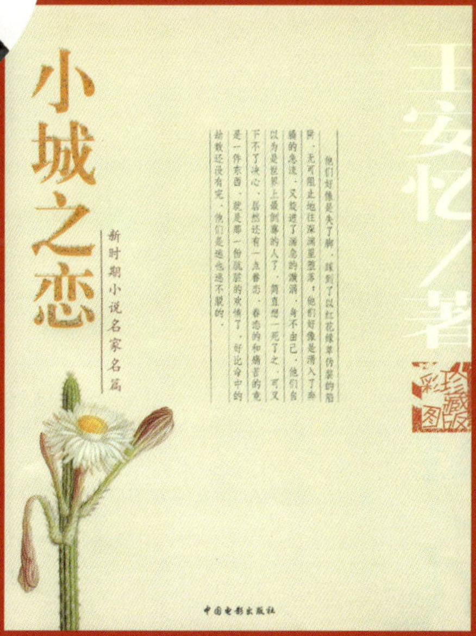

迟子建

叶文玲

温小钰

张辛欣

铁 凝

woman
on the
edge
丛书·名家经典系列
长篇小说
作 女
张抗抗 著
华 艺 出 版 社

赵 玫

赵
玫
著
我们家族的女人
长篇小说
春风文艺出版社

陈 染

陈
染
著
私人生活

林 白

一个人的战争
林 白 著

张海迪

张海迪 著
轮椅上的梦

（八）新生代小说

新生代作家，是指20世纪六七十年代出生、90年代走上文坛的一批作家。他们自觉居于社会边缘，对现存的文学传统、文学秩序、文学批评有着独立的见解，形成了他们这一代人新型的叙事话语特点。

毕飞宇

青
衣

东 西

后悔录
东西

鬼 子

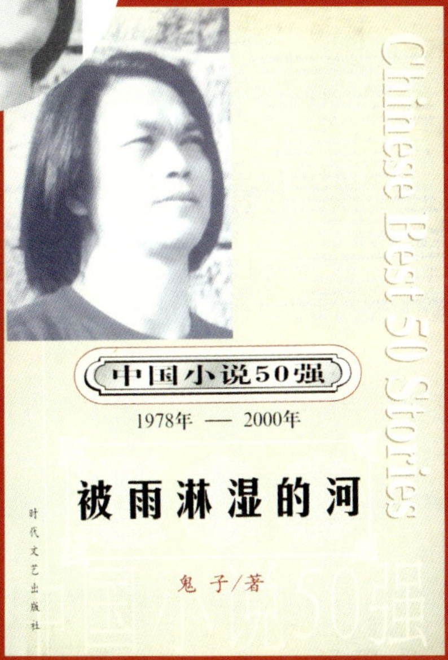

中国小说50强
1978年 — 2000年
被雨淋湿的河
鬼 子/著
时代文艺出版社
Chinese Best 50 Stories

朱 文

城市斑马丛书
刘心武主编
弯腰吃草
华艺出版社

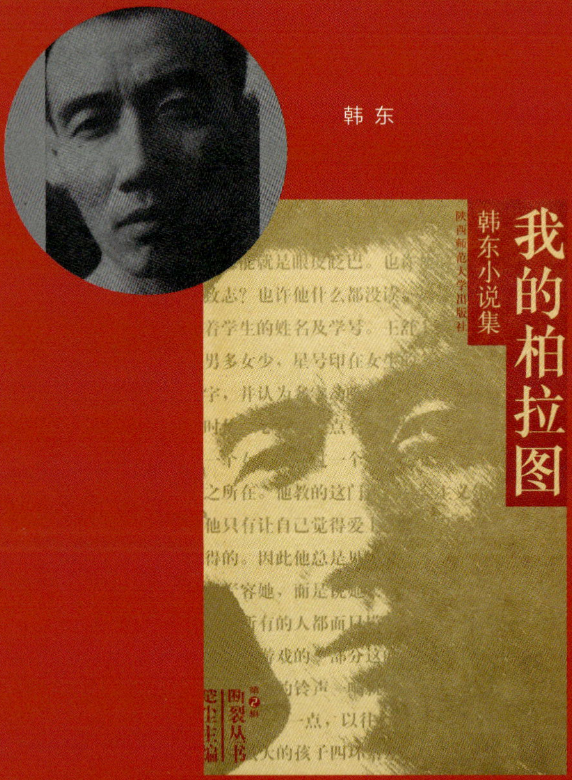

韩东

何顿

荆歌

邱华栋

李洱

李洱●著
破镜而出

艾伟

《当代》书丛
艾伟 著
爱人同志

张敏

悬念乾陵
让美国总统悬心的神秘土地
坟头捡回一千万
国宝成了喂鸡盆
一个花盆也值三百万
举世之宝失之瞬间
顶尖级国宝《兰亭序》在哪里?
惊风雨泣鬼神的《璇玑图》
无字碑上的斑斑血迹
张敏 著
新世界出版社

张旻

自己的故事
张旻 著
自己的故事
作家出版社
自己的故事

（九）军旅小说

新时期的军旅小说较以往实现了更加全面与深入的发展与繁荣。新老作家紧随时代的步伐，创作出一大批脍炙人口的名篇，开创了军旅文学的新境界，为新时期文学的进步做出了独特的贡献。

刘白羽

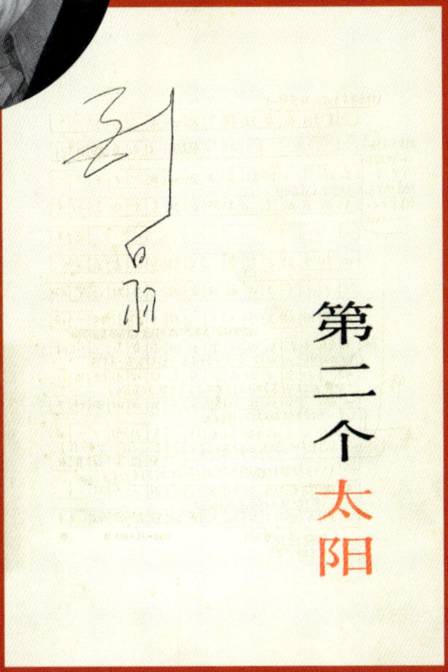

魏巍

徐怀中

黎汝清

李存葆

朱春雨

韩静霆

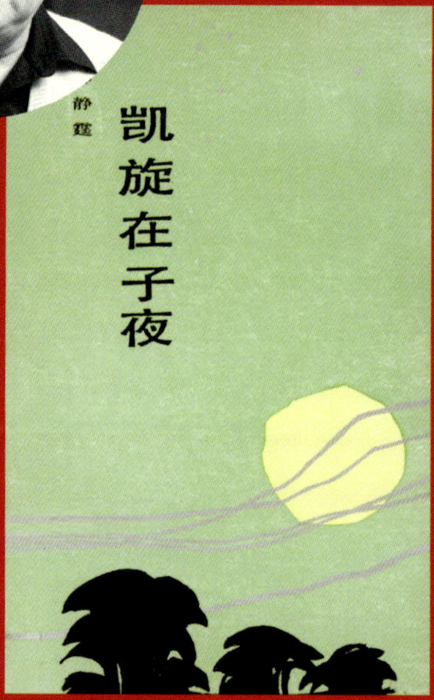

周大新

朱苏进

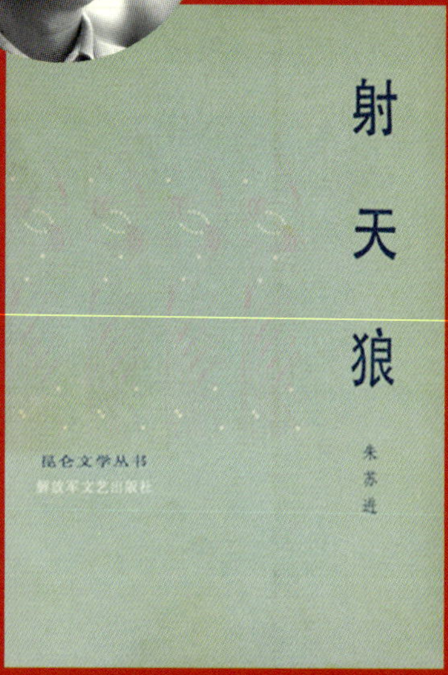

刘亚洲

乔 良

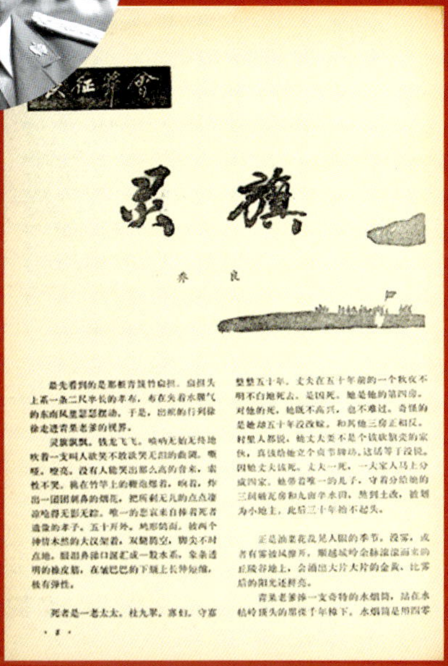

阎连科

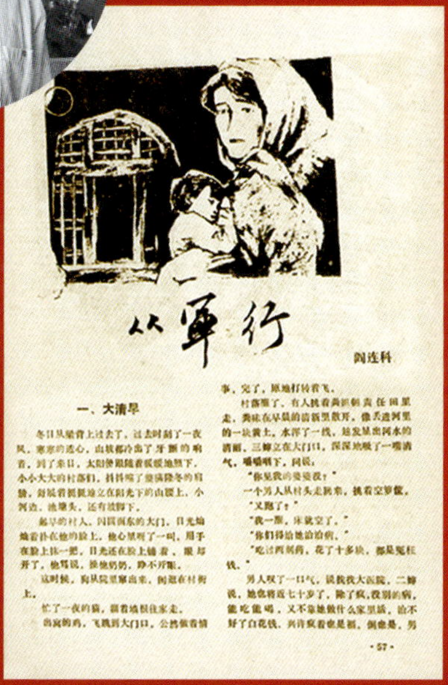

徐贵祥

柳建伟

石钟山

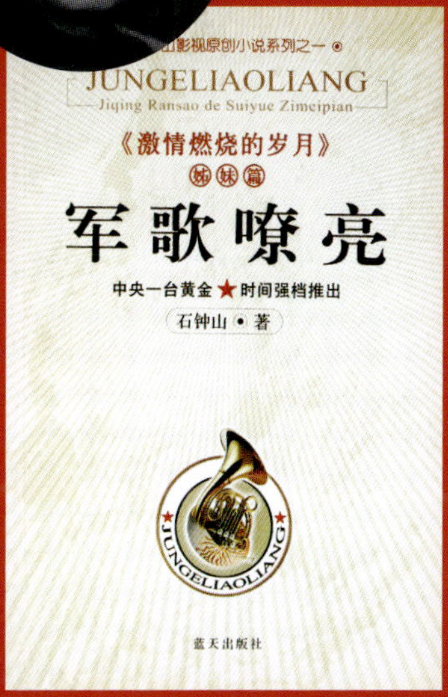

（十）历史小说

新时期的历史小说，一方面追求从文化层面还原历史氛围与历史人物的真实性，另一方面也体现了作家强烈的主体意识和对现实的思考。

徐兴业

凌 力

吴因易

二月河

颜廷瑞

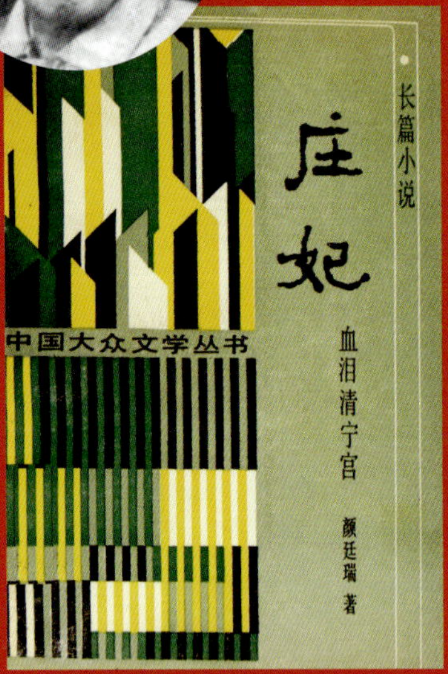

刘斯奋

唐浩明

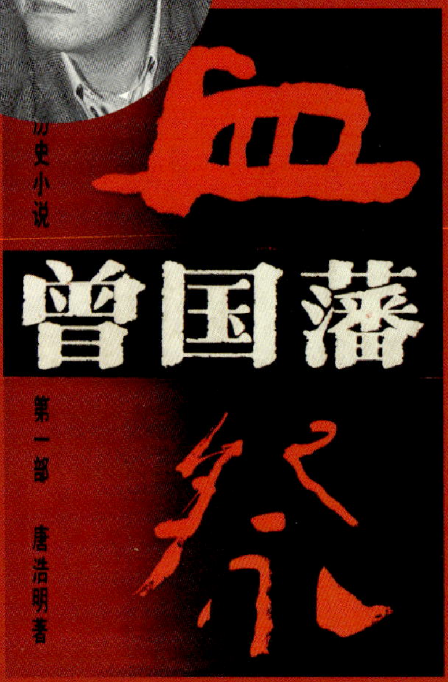

杨书案

王火

战争和人
王火
战争和人
王火
战争和
王火
战争和

任光椿

任光椿 著
戊戌喋血記

张笑天

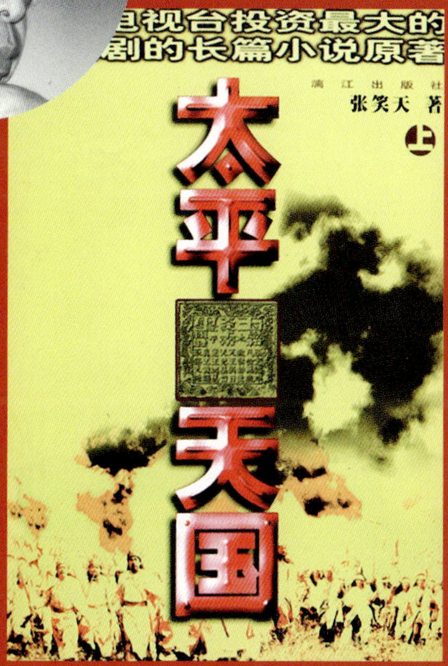
视台投资最大的
剧的长篇小说原著
漓江出版社
张笑天 著
上
太平天国

（十一）青春文学

20世纪七八十年代出生的一批年轻作家，其作品表现当下青年一代的思想与生活，充满了青春气息，创造出新的风格样式，其特有的文学品质拓展了青春阅读的空间，在当前图书市场占有相当的份额。

韩 寒

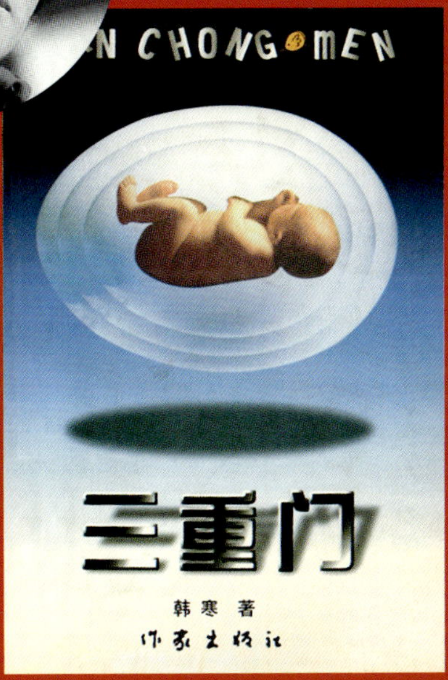
N CHONG MEN
三重门
韩寒 著
作家出版社

郭敬明

幻城
HUAN CHENG
郭敬明 著
春风文艺出版社

李傻傻

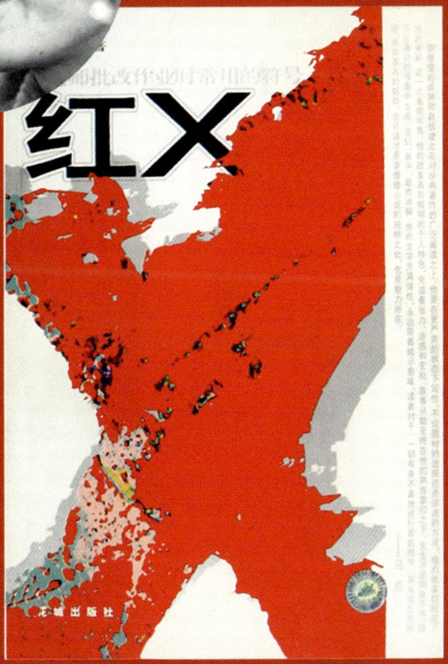
红X

春 树

北京娃娃
春树 著
远方出版社

小饭

张悦然

蔡骏

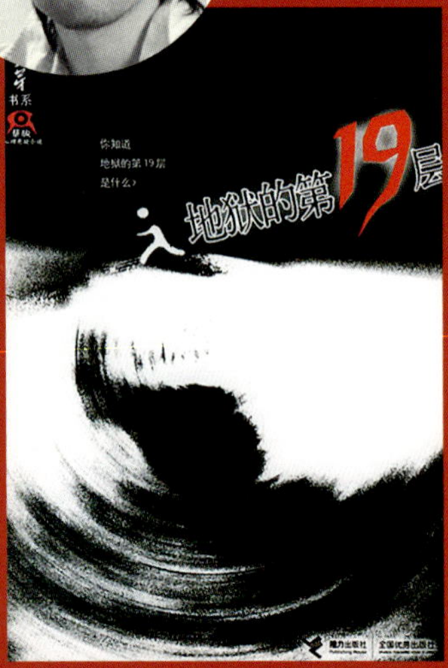

孙睿

郁秀

那多

苏德

颜歌

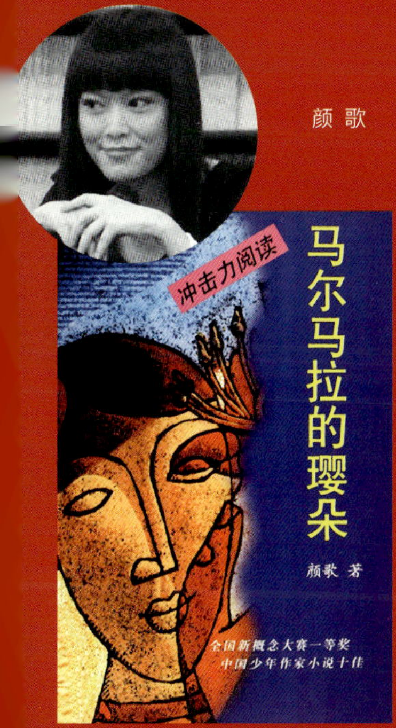

曾炜

蒋方舟

（十二）网络文学

20世纪末，随着互联网发展出现的网络文学，主要是指以传统方法专为网络创作的文学作品。它是一种新生的文学样式，是对传统文学的一种补充，其特点是“表达的无门槛”、强烈的“个性化”和互动性。它是现代科技飞速发展的产物，是人们抒发感情、表达感受、阐述观点的另一条途径，是反映人们生活状态的另一种载体。尽管处在发轫期，思想性良莠不齐，艺术表现水平不一，但生机勃发，已经成为具有鲜明时代特色的文学样式。

2007年12月1日，由中国作家协会等单位举办的首届中国网络文学发展研讨峰会在京召开。中国作协副主席陈建功在致辞中对网络文学的发展给予了肯定，并鼓励网络文学为繁荣中国特色的社会主义和谐文学做出应有的贡献。

安妮宝贝

宁财神

李寻欢

张佳玮

蒋 峰

辛夷坞

金子

成刚

周德东

慕容雪村

2

诗歌

新时期诗歌侧重思想精神的解放，将中国古典与现代、西方现代与后现代以及各种诗歌艺术和诗潮融汇，实践着各类风格诗歌的尝试，呈现出题材、形式和表现手法多样化的发展趋势，老一辈诗人重新握笔奋力创作，一大批青年诗人则以他们对生活的新鲜感受和创新精神成为诗坛的重要力量。

邵燕祥

昌耀

梁南

赵恺

林希

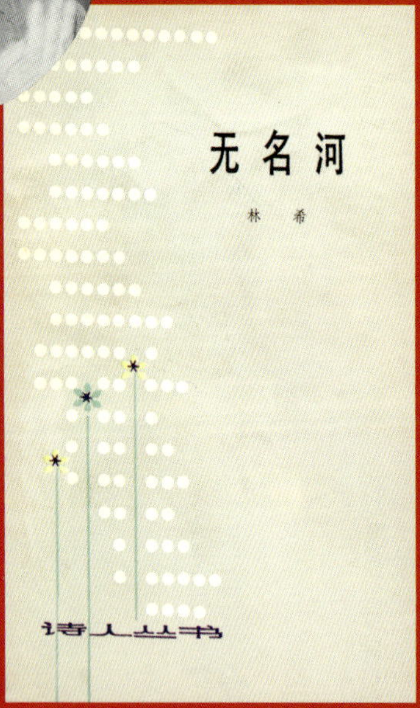

杨牧

周涛

章德益

舒婷

会唱歌的鸢尾花
在你的胸前
我已变成会唱歌的鸢尾花
你呼吸的轻风吹动我
在一片丁当响的月光下
四川文艺出版社 · 一九八六年·成都

杨炼

荒魂
HUANGHUN●HUANGHUN
杨炼
诺日朗
一 日潮
二 黄金树
我是瀑布的神，我是雪山的神
高大、雄健、主宰新月
成为所有江河的唯一首领
雀鸟在我胸前安家
浓郁的丛林遮盖着
那通往秘密池塘的小径
我的奔放象大群刚刚成年的牡鹿
114
115

曲有源

爱的变奏曲
曲有源

叶延滨

叶延滨诗选
明天出版社

韩作荣

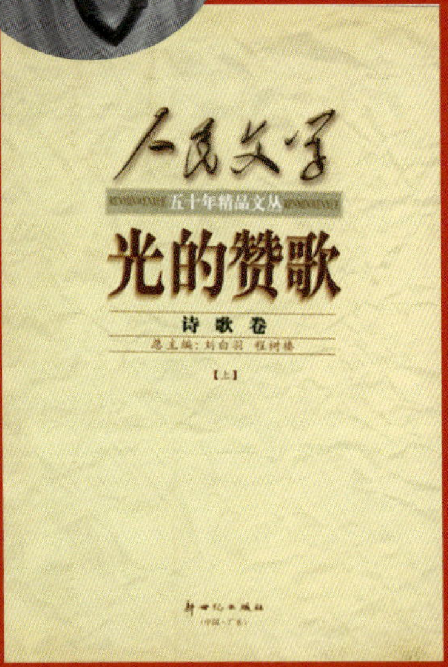

骆耕野

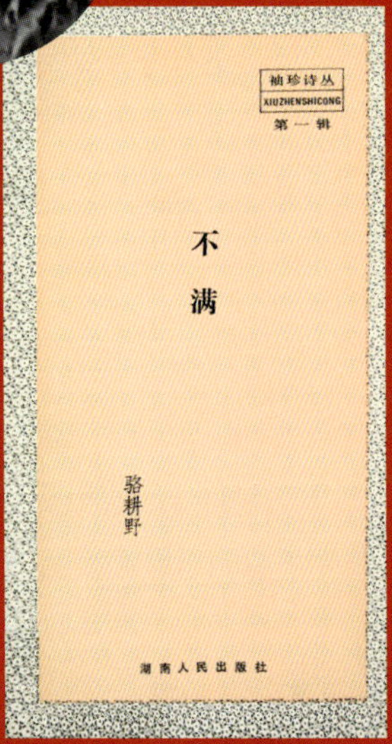

西川

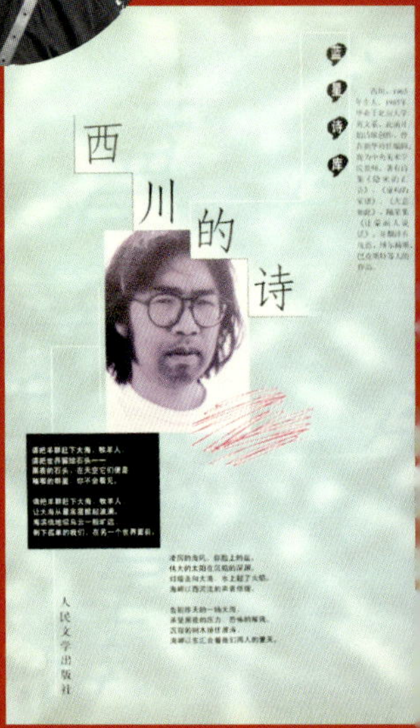

海子

骆一禾

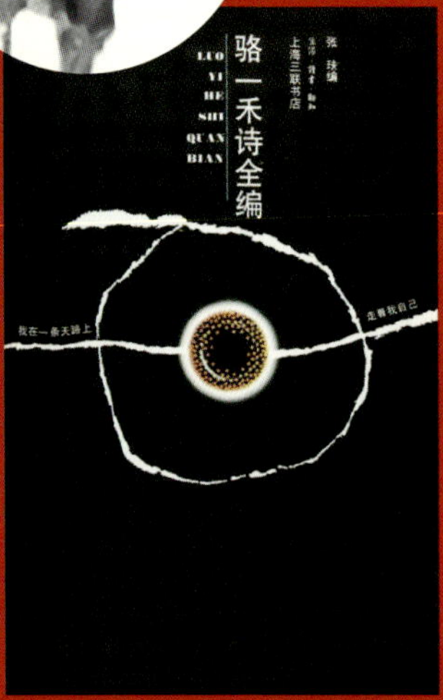

吉狄马加（彝族

3

散文和杂文

进入新时期以来，在思想解放和拨乱反正的影响下，散文和杂文创作升温很快，散文以抒情开篇，具有强烈的主体意识和鲜明的个性色彩；杂文情文并茂，内容深刻，为社会树新风、扬正气、活跃思想起到了极大的推动作用。广大作家遵循现实主义的道路，创作了许多让人难以忘怀的精品。

★ 散文

百年百种优秀中国文学图书
随想录
（1—5集）
巴金 著
人民文学出版社

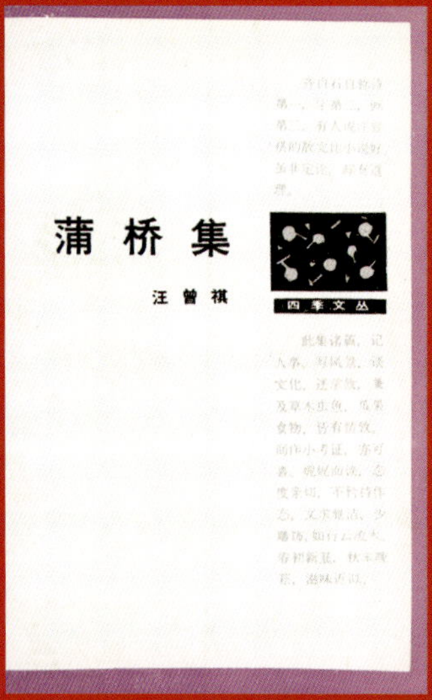
蒲桥集
汪曾祺
四季文丛

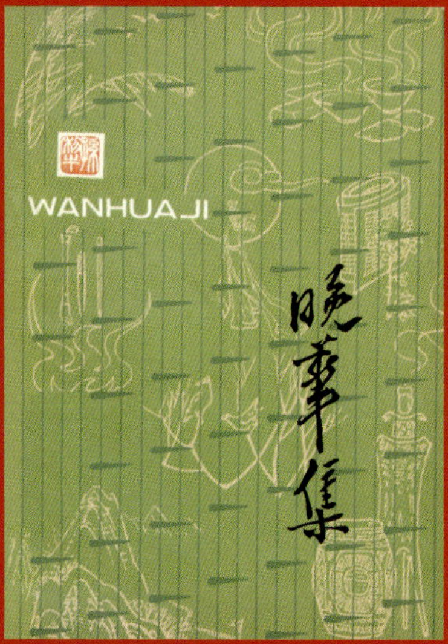
WANHUAJI
晚華集

柯 灵

文心雕虫
柯灵

金克木

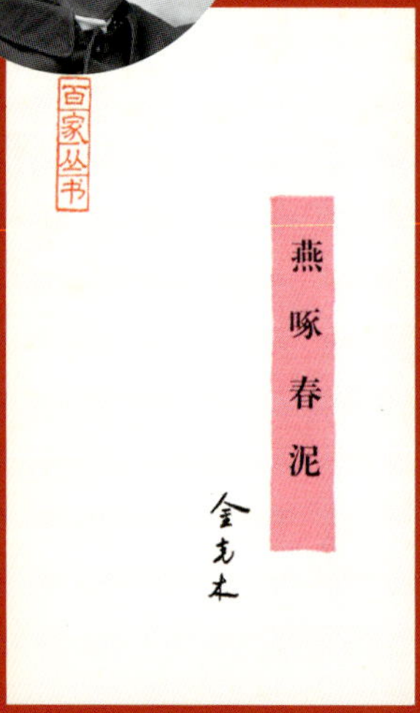
百家丛书
燕啄春泥
金克木

张中行

张中行
卷
当代散文名家精品文库
四川人民出版社

杨绛

丁宁

黄裳

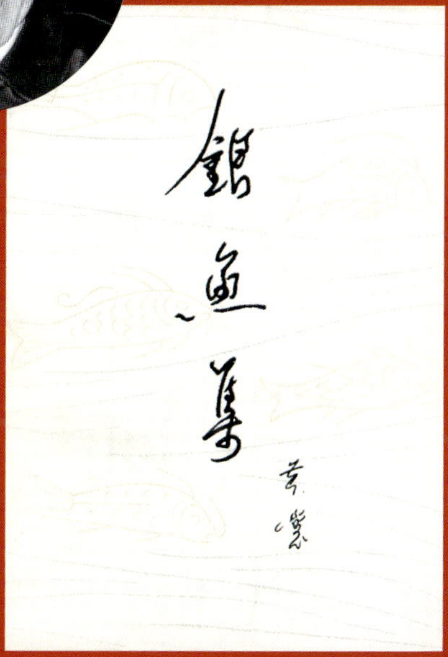

黄秋耘

林 非

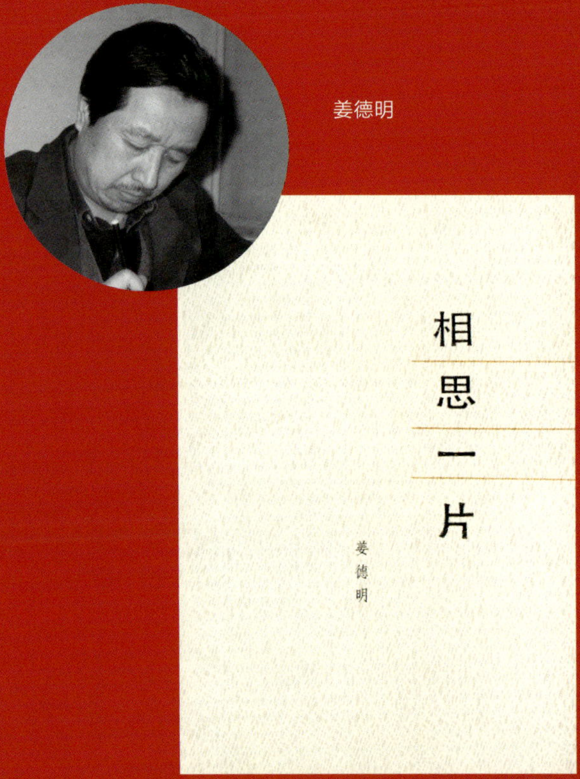

姜德明

吴泰昌

余秋雨

王英琦

叶 梦

苏 叶

刘成章

赵丽宏

林 放

严 秀

蓝 翎

余心言

牧 惠

舒 展

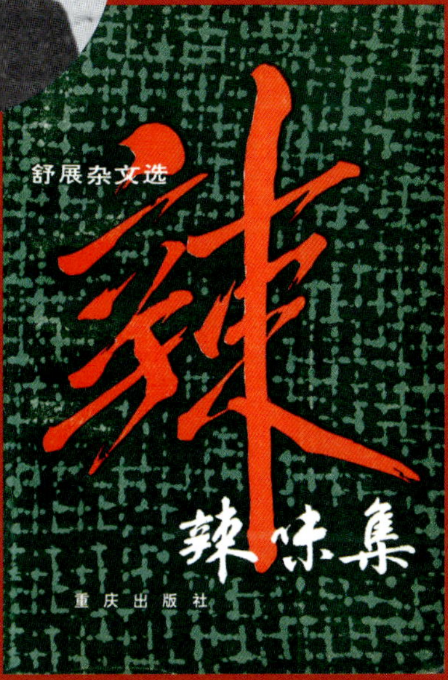

康凯（康式昭、李世凯）

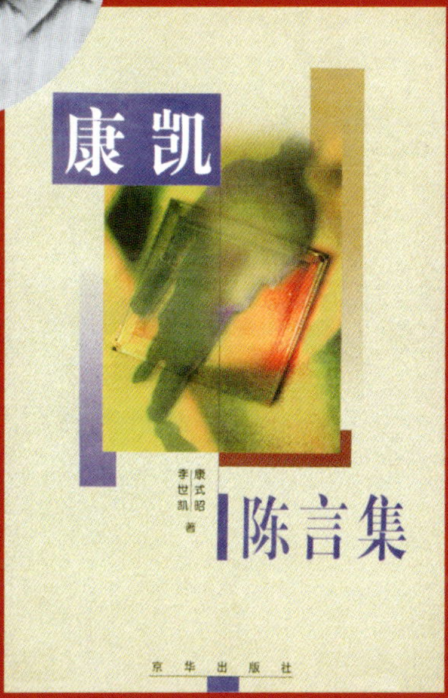

冯英子

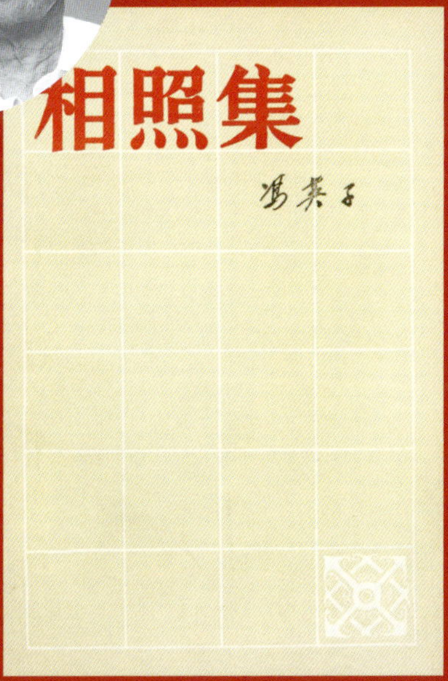

章 明

吴有恒

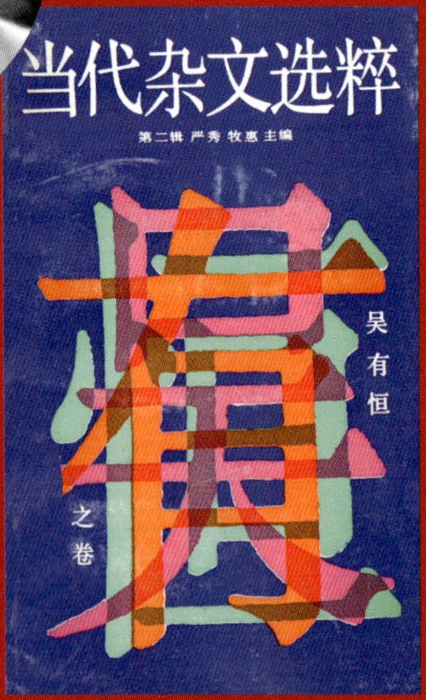

宋振庭

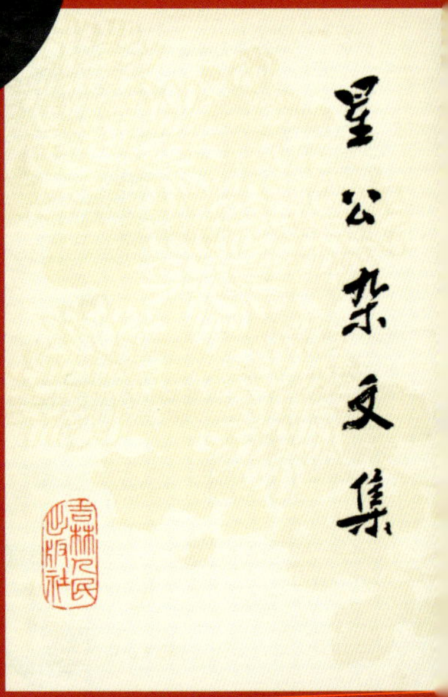

老 烈

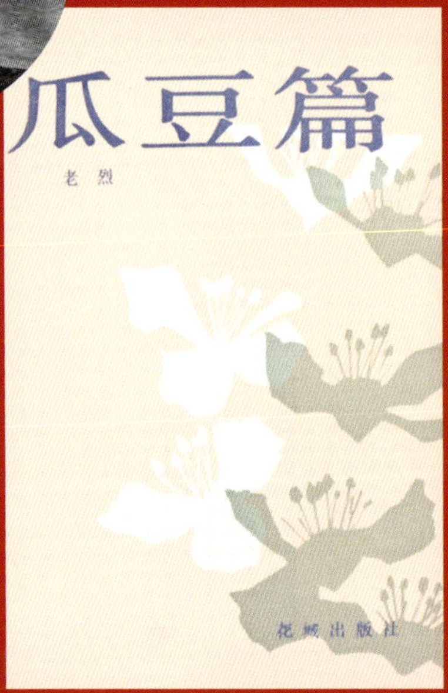

李庚辰

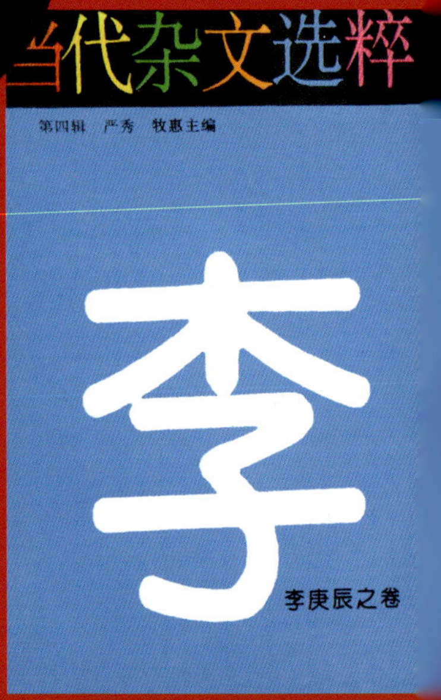

4

报告文学

新时期报告文学迅猛发展，在创作上有了质的飞跃，取得了巨大成就，所产生的重大影响，使报告文学以独立的文体样式立足于当代文学殿堂。

徐迟

哥德巴赫猜想
徐迟

黄宗英

小木屋
黄宗英著
福建人民出版社

理由

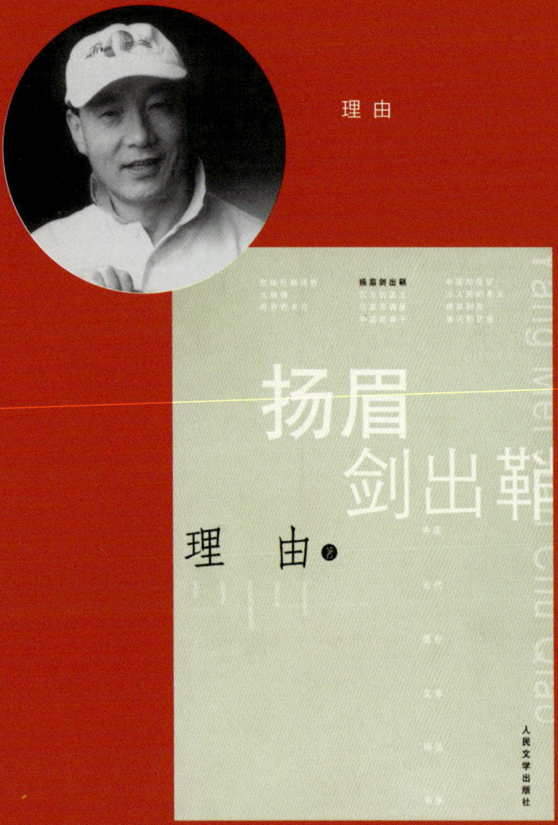
扬眉剑出鞘
理由著
人民文学出版社

陈祖芬

祖国之恋
ZU GUO ZHI LIAN

李延国

麦天枢

陈冠柏

胡平、张胜友

何建明

李鸣生

黄传会

徐 剑

赵 瑜

革命百里洲
胡世全 著
长篇报告文学

王树增

远东
朝鲜战争
王树增 著
解放军文艺出版社

王朝柱

旷世风流丛书
王朝柱 著
毛泽东
周恩来
与长征

乔 迈

5

少数民族文学

小说创作的崛起和繁荣，是新时期少数民族文学发展最引人瞩目的现象之一，几乎所有的少数民族都出现了本民族的小说家。他们立足于本民族的历史文化和现实生活，带着日益强化的民族意识、民族使命感投入文学创作，把思想立足点、文化价值取向深入地指向本民族传统文化所蕴含的美德，向世界展示本民族文化中的美好品质。

李乔（彝族）

陆地（壮族）

敖德斯尔（蒙古族）

孙健忠（土家族）

蔡测海（土家族）

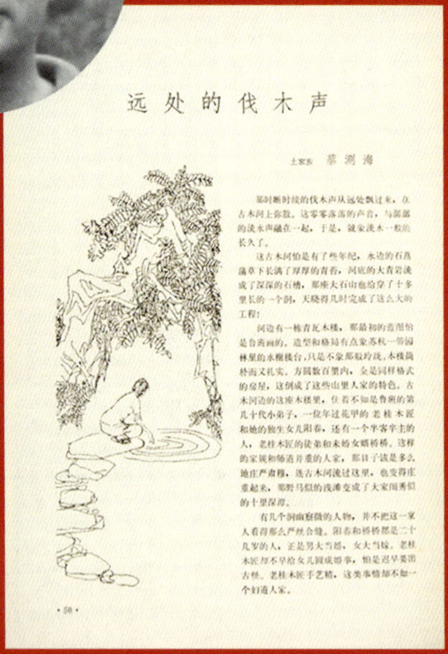

远处的伐木声

土家族 蔡测海

那时断时续的伐木声从远处飘过来，在古木河上弥散。这零零落落的声音，与潺潺的流水声融在一起，于是，就象流水一般的长久了。

这古木河怕是有了些年纪，水边的石蕊蕴草下长满了厚厚的青苔，河底的大青岩淘成了深深的石槽，那座大石山也给穿了十多里长的一个洞，天晓得几时完成了这么大的工程！

河边有一栋青瓦木楼，那最初的蓝图怕是鲁班画的，造型和格局有点象苏杭一带园林里的水榭楼台，只是不象那般玲珑，木楼简朴而又扎实。方圆数百里内，全是同样格式的房屋，这倒成了这些山里人家的特色。古木河边的这座木楼里，住着不知是鲁班的第几十代小弟子，一位年过花甲的老桂木匠和她的独生女儿阳春，还有一个半客半主的人，老桂木匠的徒弟和未婚女婿桥桥。这样的家境和畅适开泰的人家，那日子该是多么地庄严肃穆。连古木河流过这里，也变得庄重起来，那野马似的浅滩变成了大家闺秀似的十里深潭。

有几个洞幽察微的人物，并不把这一家人看得那么严丝合缝。阳春和桥桥都是二十几岁的人，正是男大当婚，女大当嫁，老桂木匠却不早给女儿圆成婚事，怕是迟早要出古怪。老桂木匠手艺精，这类事情却不如一个妇道人家。

· 58 ·

益希单增（藏族）

扎西达娃（藏族）

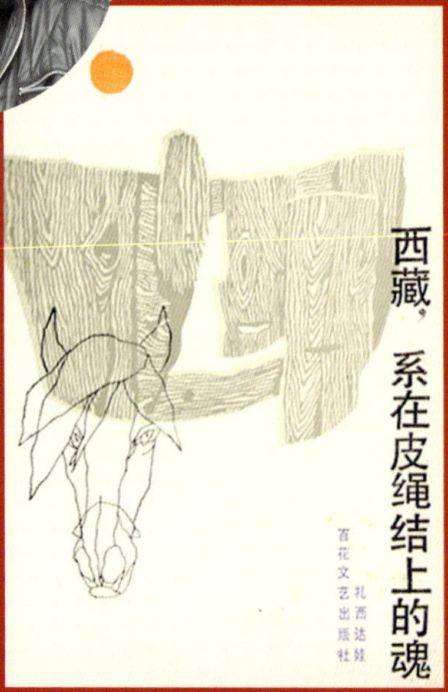

降边嘉措（藏族）

赵大年（满族）

霍达（回族）

乌热尔图（鄂温克族）

包玉堂（仫佬族）

韦其麟（壮族）

石太瑞（苗族）

木斧（回族）

汪承栋（土家族）

阿来（藏族）

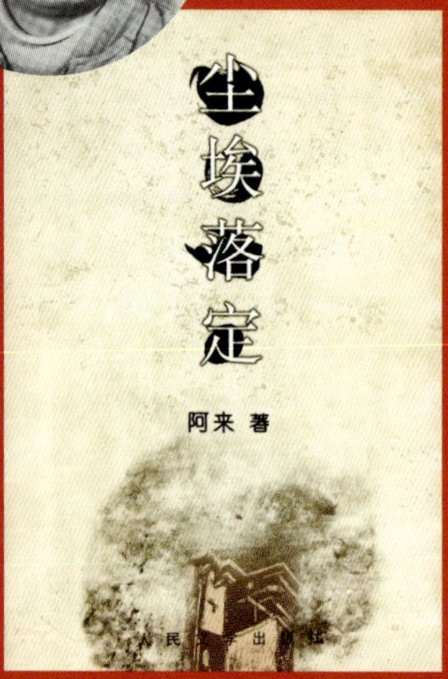

胡昭（满族）

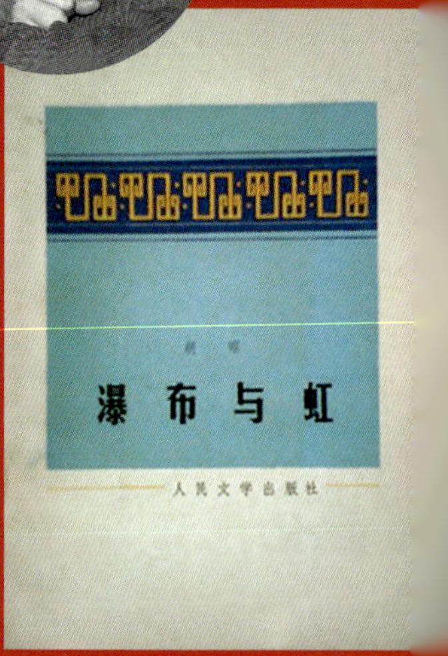

6

戏剧文学

新时期的戏剧创作经历了由恢复到振兴的发展之路，在题材上不断突破禁区，广泛开拓，表现出前所未有的真实性和多样性，走向了多元化的发展格局。

魏明伦

郭启宏

苏叔阳

李龙云

宗福先

《于无声处》剧照

《绝对信号》剧照

刘树纲

《一个死者对生者的访问》剧照

锦云

《狗儿爷涅槃》剧照

7

文学理论批评

20世纪80年代以来，文坛上出现了一批思想新锐的文学理论批评家群体，他们以新潮思想推动变革，形成了一股强大的冲击波，给刚刚复苏的文学理论批评界带来了新风。

谢冕

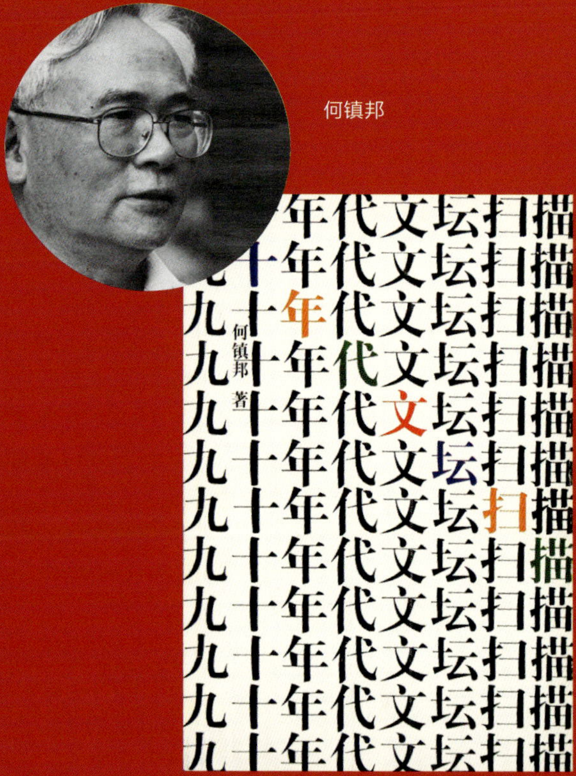

何镇邦

王富仁

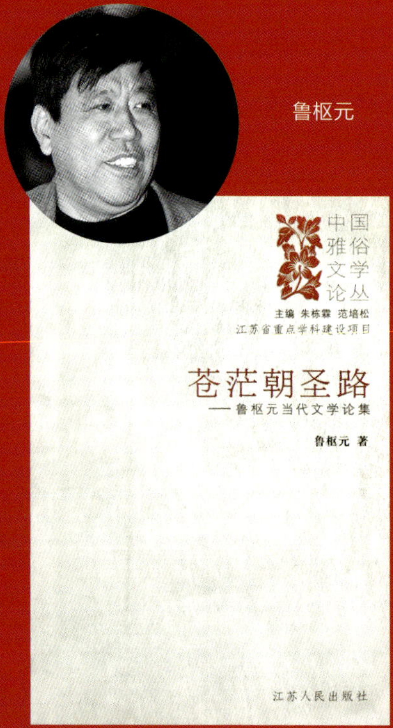

鲁枢元

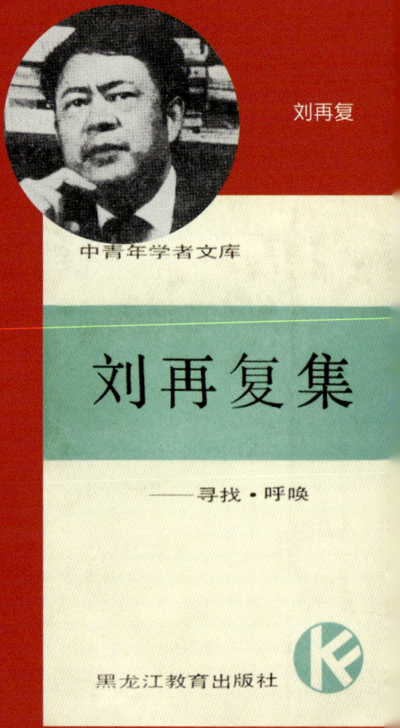

刘再复

书话丛书
人间书话
李庆西著
新疆人民出版社

李庆西

诗美的奥秘
杨匡汉 著
战士与诗人郭小川
杨匡汉 杨匡满著
上海文艺出版社

杨匡汉

白烨 · 主编
文学新书评
Review of the New literary Books (2004~2005)
(2004~2005)

白 烨

中国乡土小说史
丁帆
北京大学出版社

丁 帆

陈思和

贺绍俊

王晓明

吴 亮

季红真

女学人文化随笔 谭湘 主编
叛逆女神的不归之路
PANNINUSHEN DE BUGUIZHILU
季红真 著
河北教育出版社

南帆

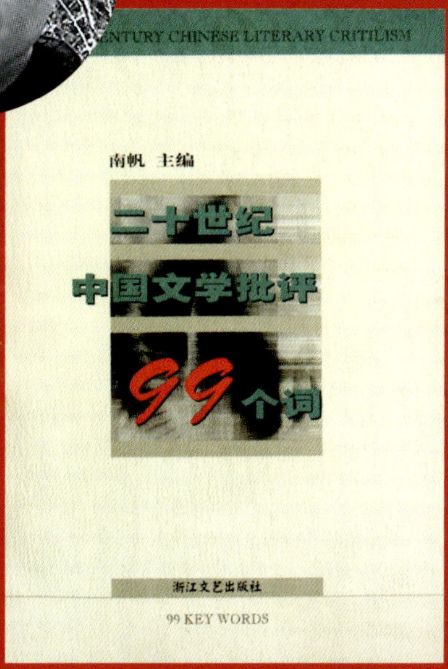
NTURY CHINESE LITERARY CRITILISM
南帆 主编
二十世纪中国文学批评99个词
浙江文艺出版社
99 KEY WORDS

蔡翔

当代著名批评家随笔
蔡翔 著
写在边缘
DANG DAI ZHU MING PI PING JIA SUI BI
四川人民出版社

张志忠

九十年代的文学地图
主编·杨匡汉
张志忠 著
山西教育出版社

朱向前

戴锦华

陈晓明

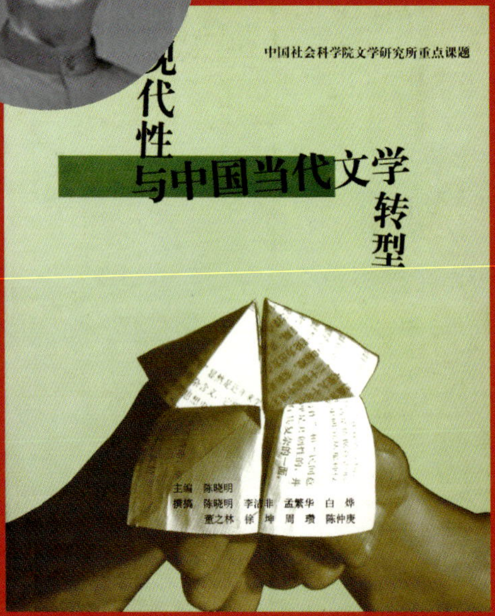

王一川

孟繁华

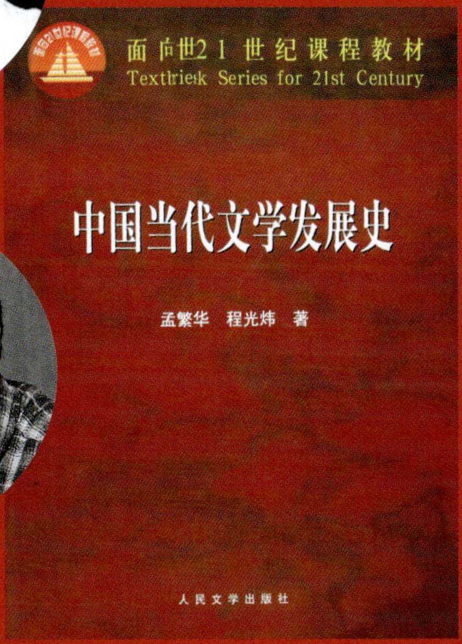

程光炜

汪 晖

童庆炳

李洁非

李敬泽

何向阳

洪治纲

阎晶明

郜元宝

施战军

汪 政

吴义勤

8

儿童文学

新时期以来，儿童文学的创作更加关注当代青少年发展的现实状况，一批抒写青少年成长心理的作品颇受各界好评，儿童文学作家队伍不断发展壮大，形成了当代儿童文学的第二次创作高潮。

百年百部中国儿童文学经典书系
Hundred Books of the Chinese Children Literary Classics in the 20th Century
任溶溶
给巨人的书
湖北少年儿童出版社

·中外儿童文学名著评介丛书
严文井童话集
明天出版社

飞虎队与野猪队

·中外儿童文学名著评介丛书
金近童话集
明天出版社

葛翠琳童话选

冰小鸭的春天
孙幼军 著
童话故事
中国儿童文学丛书
WEN XUE CONG SHU

金波
儿童诗选

束沛德

樊发稼

曹文轩

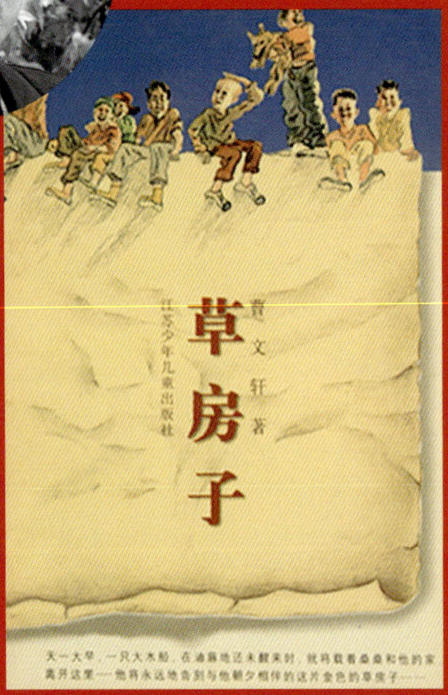

罗辰生

庄之明

黄蓓佳

常新港

刘健屏

秦文君

秦文君小说系列
男生贾里
孤女俱乐部

女生贾梅
全传
秦文君力作

陈丹燕

梯形教室的
六个下午
TIXING JIAOSHI
DE LIU GE XIAWU
陈丹燕 著

董宏猷

A Hundred Books of the Chinese Children Literary Classics in the 20th Century
一百个
中国孩子的梦

郑开慧

高洪波

沈石溪

周 锐

郑渊洁

白 冰

刘丙钧

孙云晓

杨红樱

［叁］

丰硕的果实

在改革开放的30年中，文学生产力大解放，形成了自“五四”以来文学发展的一个新的繁荣期。我国文学事业坚持社会主义先进文化方向，贯彻“双百”方针，以长期持续稳定的繁荣，以层出不穷的优秀作品，振奋亿万人民的精神，满足了人们日益增长的精神文化需求，对社会主义精神文明建设和核心价值体系的构建，发挥了巨大作用。

1

文学书刊

30年来，我国图书期刊出版事业不断发展，文学书刊的出版也成倍增长，从1980年的3372种增至2008年的19585种，极大提高了国家的文化软实力。文学市场的图书出版种类丰富，文学书籍在出版业排行中长期保持前三甲地位。

★ 文学图书

我国目前有30多家文艺出版社，主要有：人民文学出版社、解放军文艺出版社、作家出版社、文化艺术出版社、上海文艺出版社、江苏文艺出版社、春风文艺出版社、长江文艺出版社、百花文艺出版社、湖南文艺出版社、花山文艺出版社、四川文艺出版社、浙江文艺出版社、北京十月文艺出版社、译林出版社、漓江出版社、花城出版社，每年出版文学类图书从改革开放初期的三、四千种增至现在近两万种。

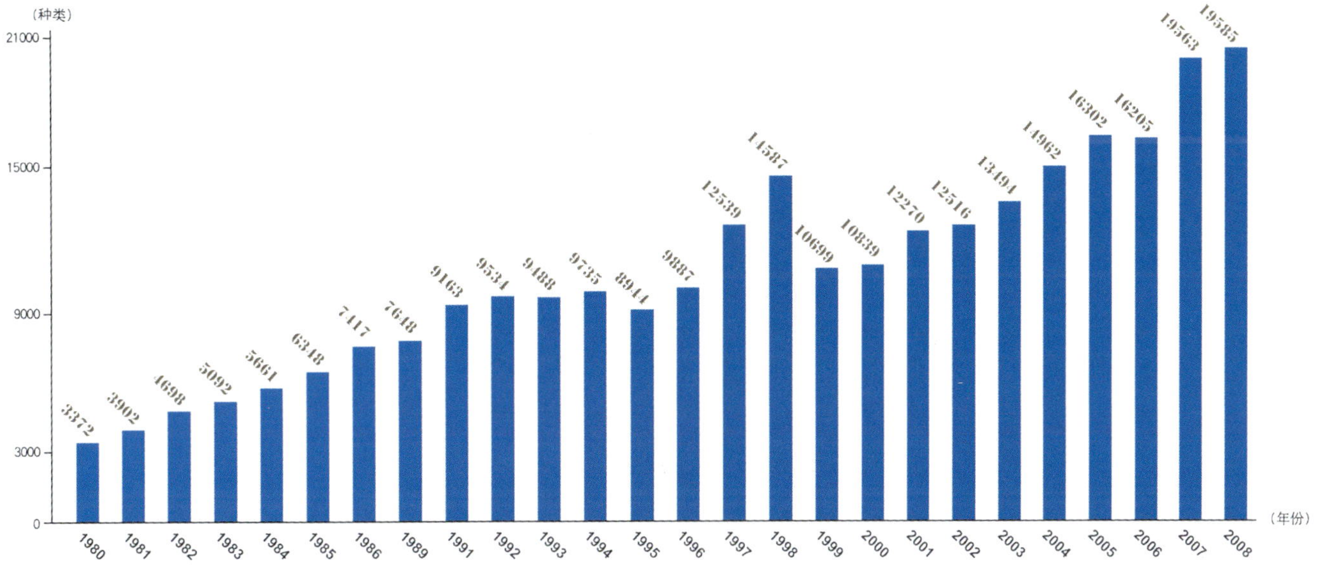

1978年至2008年全国文学图书增长一览表

★ 文学报刊

全国的文艺报刊从改革开放初期的百余家发展到现在的600余家，还有近2000家报纸都有发表文学作品的副刊，为众多的文学写作者提供了极其广阔的文学创作园地。

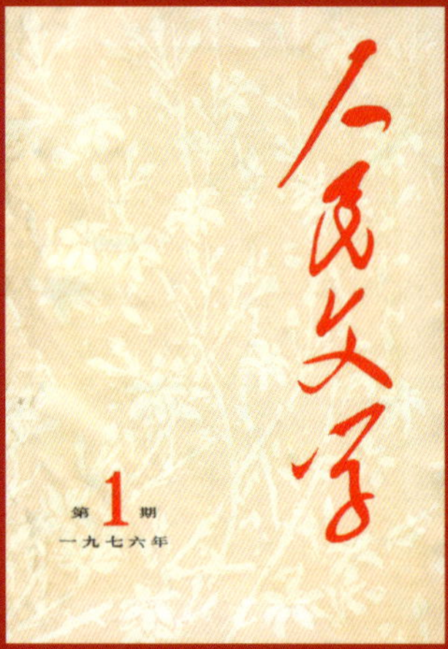

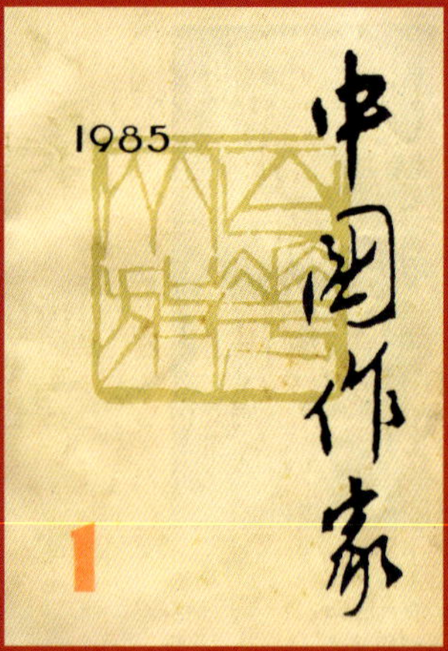

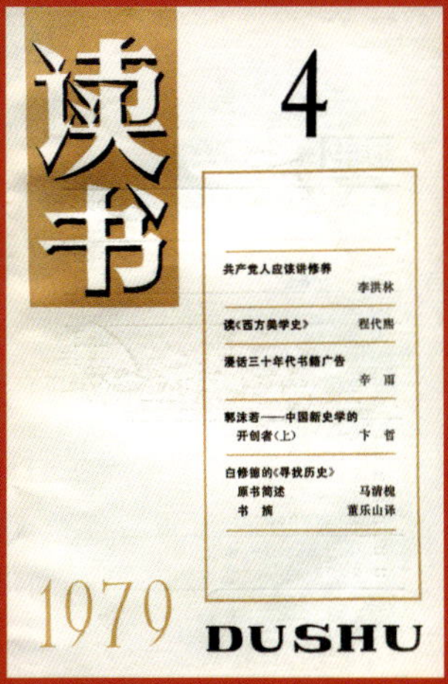
读书
4
1979
DUSHU

当代
1
1979

1980 1
北京文艺
BEIJINGWENYI

SHANGHAI
WENXUE
上海文学
1
1979

大家
大型文学双月刊
GREAT MASTER

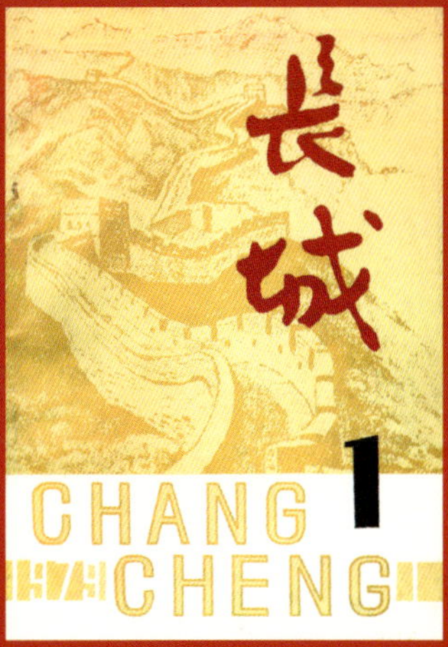
长城
1
CHANG
CHENG

花城

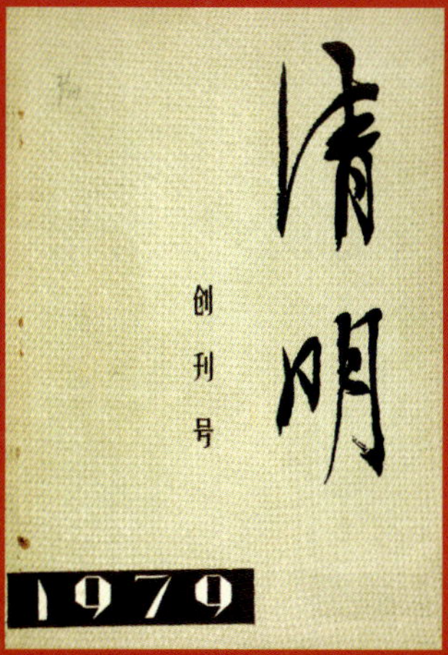
清明
创刊号
1979

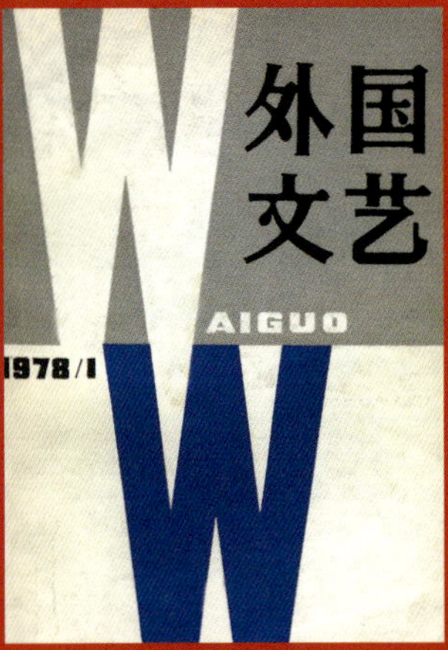
外国
文艺
WAIGUO
1978/1

文学
自由
谈
1985创刊号 总1期

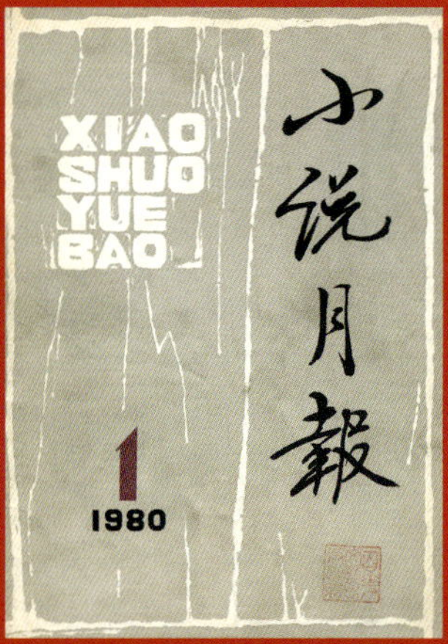
XIAO
SHUO
YUE
BAO
小说月報
1
1980

SHAN HUA 1
山花
一九七九

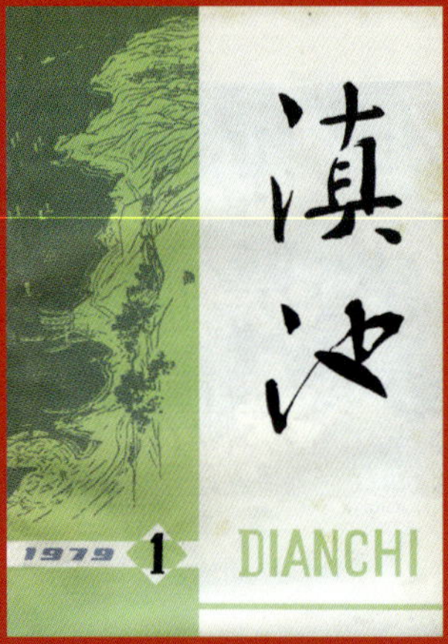
滇池
1979 1
DIANCHI

芙蓉
FURONG
文学丛刊
1980 1

1982
第1期
QINGNIANWENXUE
青年
文学

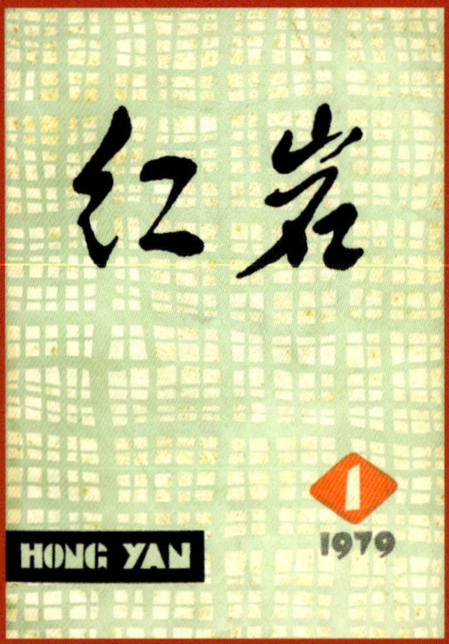
红岩
1
1979
HONG YAN

长江文藝
CHANGJIANGWENYI
1979 1

2

精神文明建设『五个一工程奖』

“五个一工程奖”评选活动是由党中央倡导、中宣部组织实施的，包括戏剧、电视剧、电影、图书、文章、歌曲和广播剧。其宗旨是发展文学艺术、新闻出版、哲学社会科学等文化事业，紧紧把握时代的脉搏，把最丰富、最精美的精神食粮奉献给人民，不断提高整个民族的精神文化素质。

2007年，在第10届“五个一工程奖”颁奖会上，中央政治局常委李长春同志向获奖者颁奖。

《OK，股票》

《大桥》

《海边有个男儿国》

《虎踞钟山》

《凌河影人》

《梅家小院》

《桃花谣》

《同船过渡》

《我在天堂等你》

《移民金大花》

★历届“五个一工程奖”部分获奖电影

《大进军》

《弹道无痕》

《东归英雄传》

《花木兰传奇》

《黄河绝恋》

《鸦片战争》

《九香》

《首席执行官》

《烈火金钢》

《张思德》

★历届“五个一工程奖”部分获奖电视剧

《古船、女人和网》

《决战之后》

《家有儿女》

★改篇自梁晓声著名小说《年轮》
年轮
本片荣膺"金鹰奖"等多个著名奖项
一部划时代的经典作品
★★★
打开尘封的记忆 沿承一代人成长的足印
岁月的年轮下 吟唱最动人的诗篇
主题曲 插曲——
著名歌手 甘萍 韩磊 谢东 主唱

《年轮》

《刘老根》

《贫嘴张大民的幸福生活》

《上将许世友》

《外来妹》

《乡村爱情》

《英雄无悔》

《山城棒棒军》

★历届“五个一工程奖”部分获奖图书

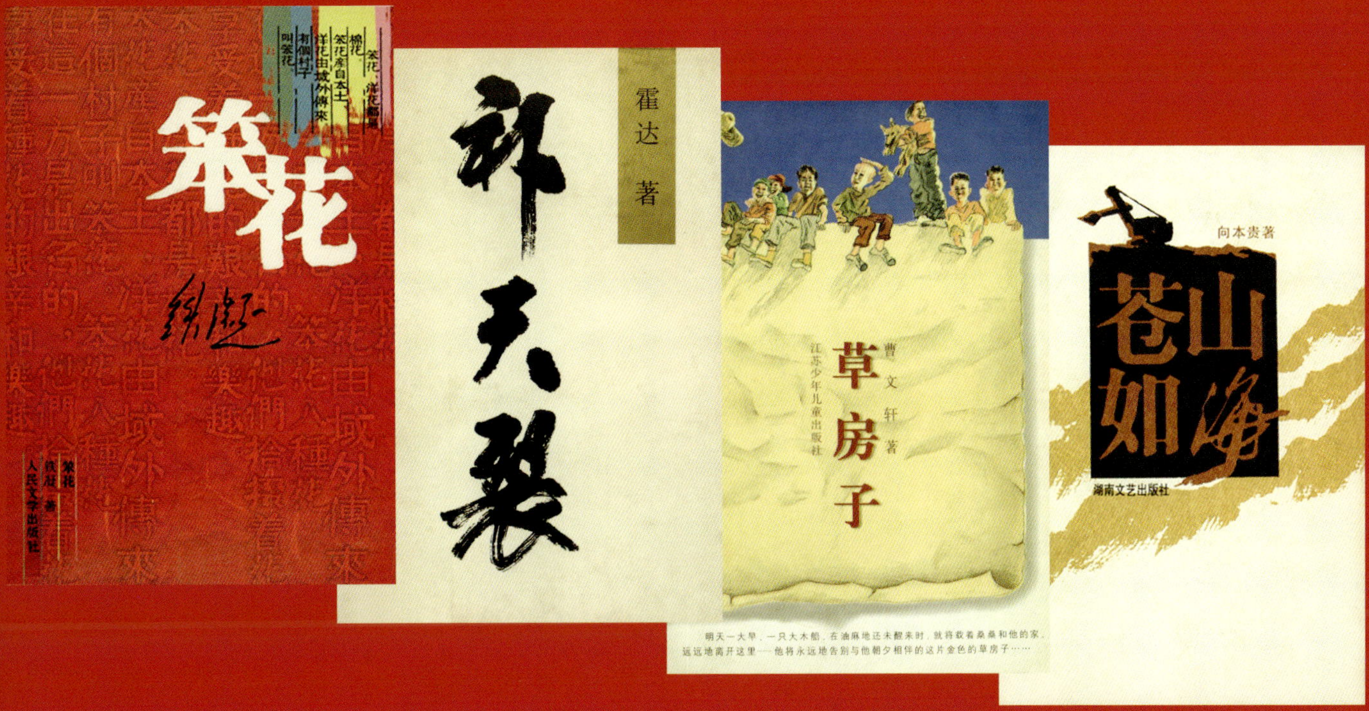

国家行动
GUOJIAXINGDONG
张平文集
孤儿泪
GUERLEI
中国当代文坛最具实力的写实派作家
群众出版社
省委书记
杨文彬 著
护士长日记
保护好病人 就是保护好社会
我们的希冀是 一个都不能倒!
张积慧 著

长篇纪实文学
你是一座桥
田天 著
长江文艺出版社
世纪木鼓
2000 中国报告文学学会特别推荐
TIANDINANER
南岭村纪事 长篇报告文学
林雨纯 郭洪义/著
天地男儿
三百年沧桑 二十年巨变
一部新时期的创业史
往昔穷困地 今日第一村
一部中国乡土的传奇
人民日报出版社
生命的追问

中国当代名家长篇小说代表作
ZHONGGUO DANGDAIMINGJIA CHANGPIANXIAOSHUO DAIBIAOZUO
我是太阳
◎邓一光

我亲爱的祖国
MY BELOVED MOTH

解放军文艺出版社精品书系
我在天堂等你
裘山山 著
解放军文艺出版社

一百个中国孩子的梦
21世纪出版社

九头鸟长篇小说文库
远去的驿站
张一弓 著
长江文艺出版社

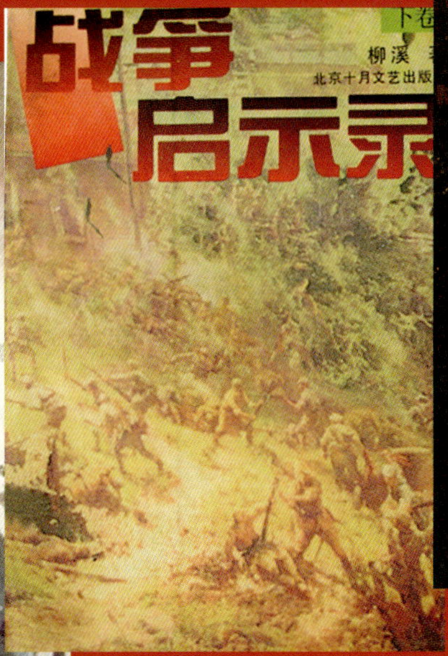
下卷
战争启示录
柳溪
北京十月文艺出版

MADE IN
MADE IN CHINA
周梅森
中国制造
MADE IN CHINA

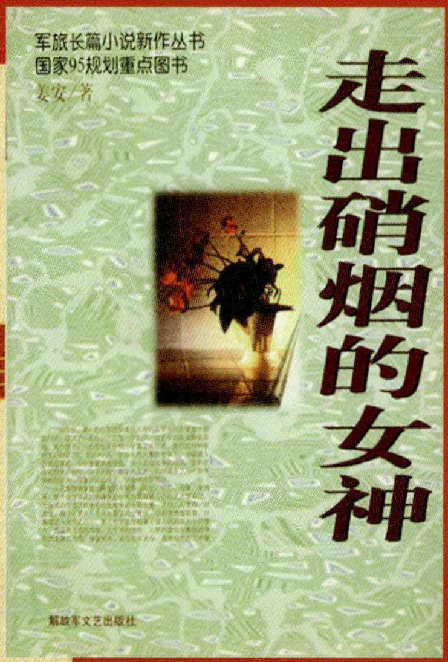
军旅长篇小说新作丛书
国家95规划重点图书
姜安/著
走出硝烟的女神
解放军文艺出版社

3

茅盾文学奖

茅盾文学奖是中国作家协会主办的长篇小说奖，是根据茅盾先生生前的遗愿，为鼓励优秀长篇小说的创作，推动我国社会主义文学的发展而设立的，每四年评一次，从1982年到2008年已评选出七届，是我国具有最高荣誉的文学大奖之一。

茅盾文学奖纪念

茅盾文学奖
获奖证书
中国作家协会茅盾文学奖金委员会

国作家协会第三届茅盾文学奖颁奖大

第六届茅盾文学奖颁奖典礼
Ceremony of the Sixth Circuit of Mao Dun Literature Award China

迟子建
贾平凹
周大新
麦家
第七届茅盾文学奖颁奖典礼

第一届茅盾文学奖获奖作品

第二届茅盾文学奖获奖作品

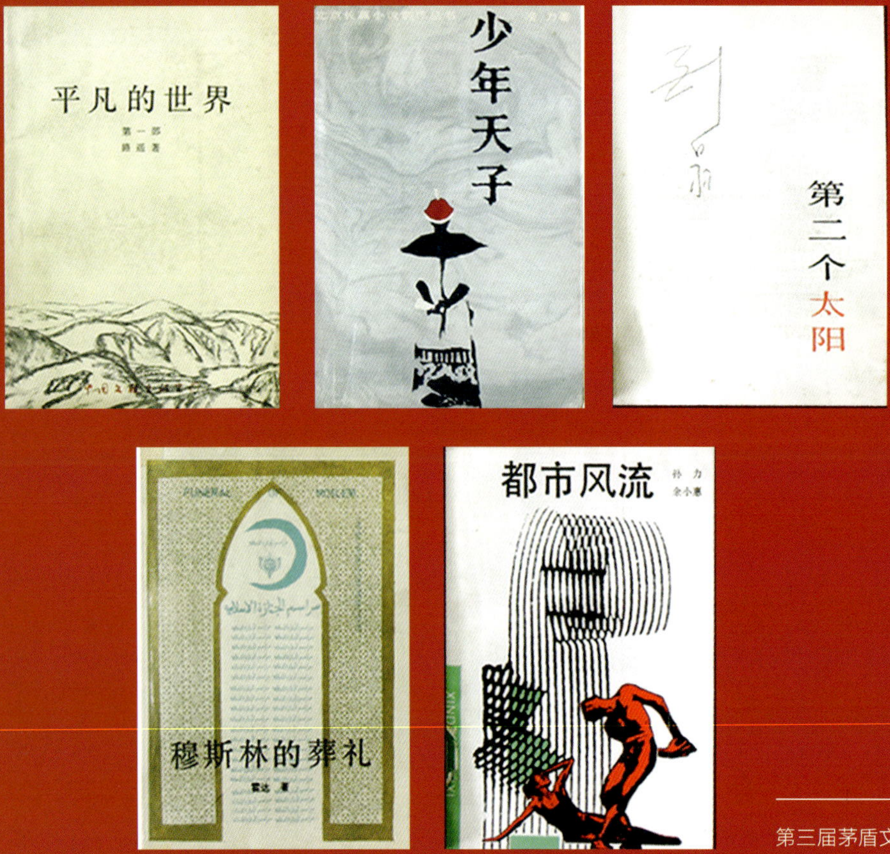

第三届茅盾文学奖获奖作品

第四届茅盾文学奖获奖作品

第五届茅盾文学奖获奖作品

第六届茅盾文学奖获奖作品

第七届茅盾文学奖获奖作品

4

鲁迅文学奖

鲁迅文学奖由中国作家协会主办，是为鼓励优秀中篇小说、短篇小说、报告文学、诗歌、散文、杂文、文学理论和评论作品的创作，鼓励优秀外国文学作品的翻译，推动社会主义文学事业的繁荣与发展而设立的，每三年评一次，从1998年到2007年已评选出四届，是我国具有最高荣誉的文学大奖之一。

鲁迅文学奖
1995—1996
全国优秀报告文学奖

鲁迅文学奖
朱向前著
《朱向前文学理论批评选》荣获第三届
(2001—2003)鲁迅文学奖理论、评论奖。
2005.6

第二届鲁迅文学奖
颁奖典礼
主办
中国作家协会
绍兴市人民政府

第三届鲁迅文学奖

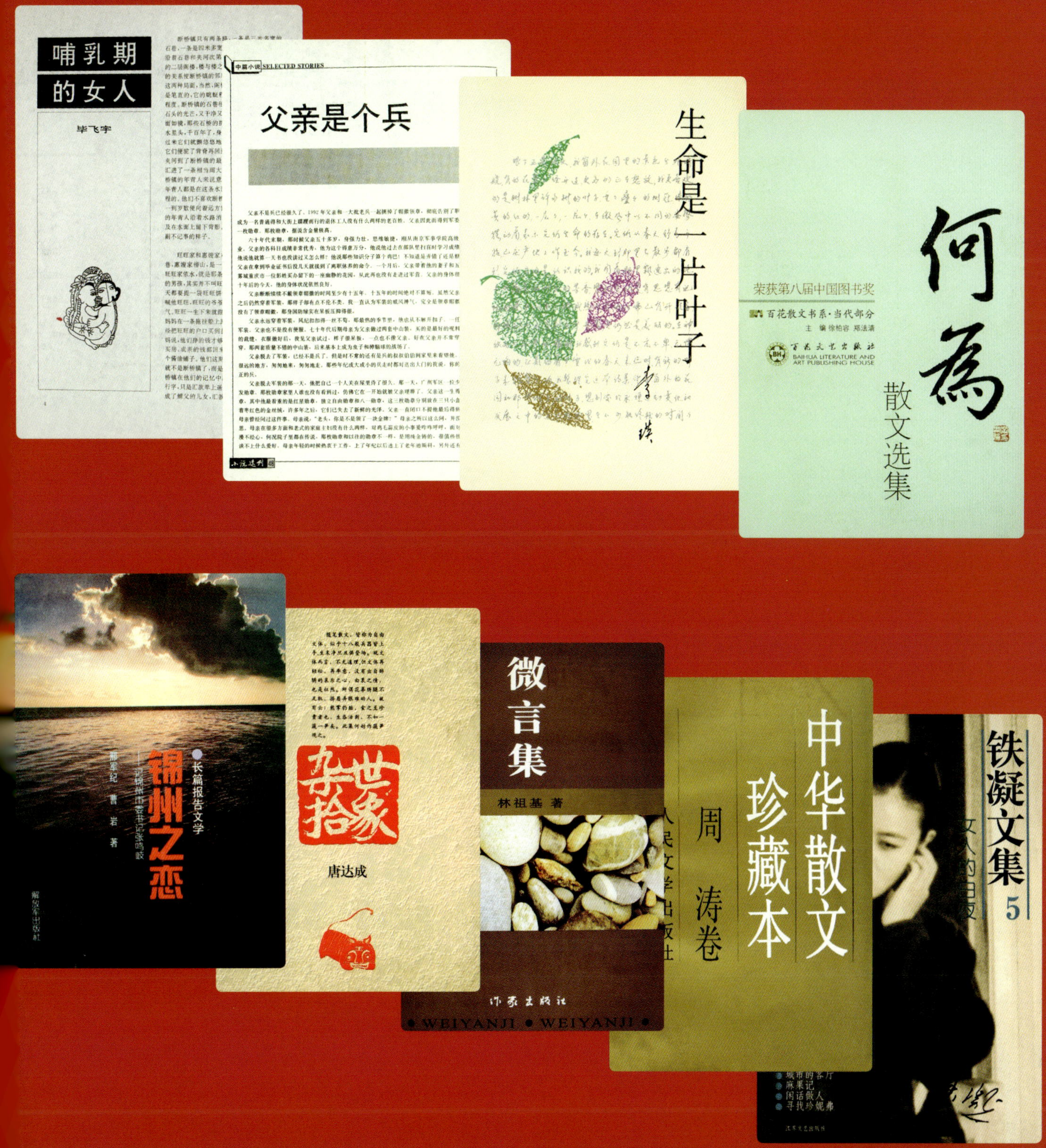

第一届鲁迅文学奖部分获奖作品

第二届鲁迅文学奖部分获奖作品

第三届鲁迅文学奖部分获奖作品

第四届鲁迅文学奖部分获奖作品

5

全国优秀儿童文学奖

全国优秀儿童文学奖是由中国作家协会主办的文学奖项，是为鼓励优秀儿童文学创作，推动我国儿童文学的发展、繁荣，以提供更多更好的精神食粮，促进新一代精神素质的提高而设立的，自1986年开始，每三年评选一次，至今已举办了7届，是我国具有最高荣誉的文学大奖之一。

第七届全国优秀儿童文学奖
颁奖典礼

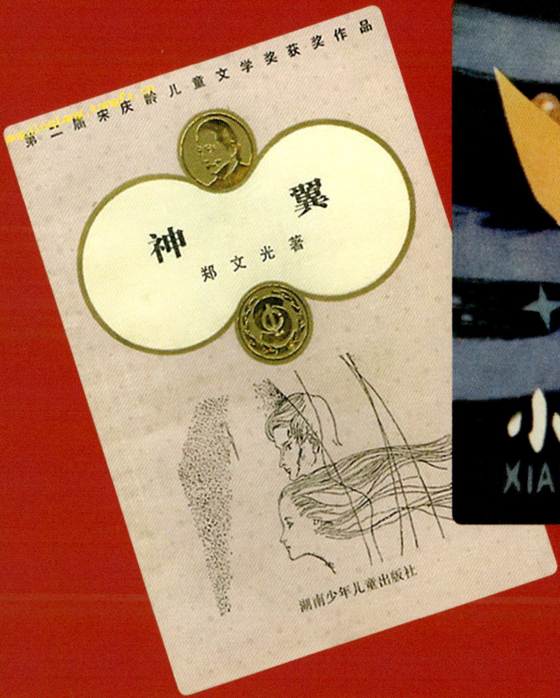

历届全国优秀儿童文学奖部分获奖作品

我要做好孩子
陈土的
我和我的影子
张之路 著
郑春华 著
沈苑苑 画
少年儿童出版社
大头儿子和小头爸爸
全集

极限幻觉
中国兔子德国草
生日恶作剧
Abenmao Quanzhuan
阿笨猫全
不是我太笨，
这世界太复杂！
叶子是树的羽毛
太白文艺出版社

历届全国优秀儿童文学奖部分获奖作品

6

全国少数民族文学创作『骏马奖』

全国少数民族文学创作奖，是由中国作家协会、国家民族事务委员会共同主办的少数民族文学的国家级文学奖。设立于1981年，每三年评选一次，至今已举办了9届。这一奖项的设立，给少数民族母语文学作品的创作提供了一个平台，在一定程度上对少数民族语言翻译工作起到了鼓励和促进作用，同时体现了党的民族政策，体现了各民族文学交流互补、共同繁荣的盛世气象，对推动我国少数民族文学创作和鼓励优秀民族作家成长产生了良好的效果。

文学创作"骏马奖"颁奖
学节开幕式文艺晚会

凤凰歌
全国少数民族获奖短篇小说选
希望的绿叶
米拉尕黑
北方的河流

夜莺
和
春天的对话
秋夫诗选
青海人民出版社
小镇无街灯
赵剑平 著
(哈萨克族)艾克拜尔·米吉提
哦，十五岁的哈丽黛哟……

历届全国少数民族文学创作“骏马奖”部分获奖作品

7

文学为优秀的影视创作提供了最为坚实的基础

新时期以来，影视文学事业得到了复苏，艺术家们在艺术上不断探索与创新，创造了当代电影电视新的辉煌。许多获奖的影视作品都是根据文学母本改编而成。据统计，在已往的262部获奖影视作品中，由文学原著改编的作品或由文学家创作的作品就有217部之多，占获奖作品总量的83%。实践证明，文学繁荣是各种艺术形式创新发展的坚固基石。

★中国电影金鸡奖

中国电影金鸡奖是由中国电影家协会主办的电影奖项，以奖励优秀影片和表彰成绩卓著的电影工作者。以金鸡啼鸣象征百家争鸣并激励电影工作者闻鸡起舞。该奖每年评选一次，自2005年起逢单数年评选，从1981年到2007年已评出了26届，是中国电影界专业性评选的最高奖。

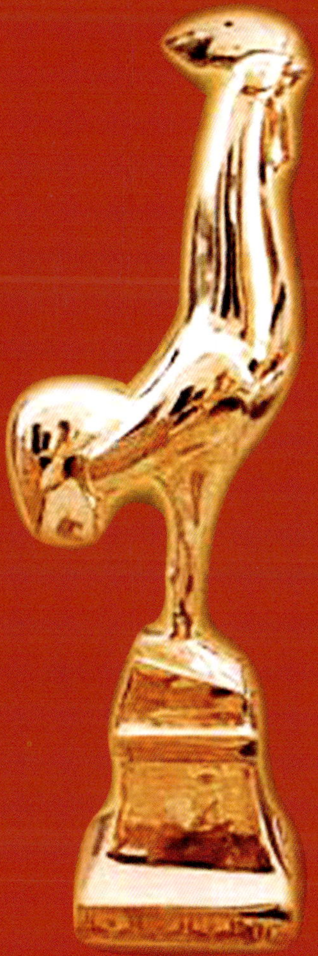

《天云山传奇》
根据鲁彦周同名中篇小说改编

《人到中年》
根据谌容同名小说改编

《骆驼祥子》
根据老舍同名小说改编

《红衣少女》
根据铁凝小说《没有纽扣的红衬衫》改编

《野山》
根据贾平凹小说《鸡窝洼人家》改编

《红高粱》
根据莫言同名中篇小说改编

《秋菊打官司》

根据陈源斌小说《万家诉讼》改编

《凤凰琴》

根据刘醒龙同名小说改编

《被告山杠爷》

根据李一清的小说《山杠爷》改编

《那山那人那狗》
根据彭见明同名小说改编

《生死抉择》
根据张平长篇小说《抉择》改编

《云水谣》
根据张克辉电影文学剧本《寻找》改编

★大众电影百花奖

大众电影百花奖是中国群众性的电影奖，由中国发行量最大的电影刊物《大众电影》杂志编辑部主办，由读者（群众）投票评奖，各项奖均以得票最多者当选。百花奖创办于1962年，之后中断了17年，直到1980 年举办第三届。自2005年起，金鸡奖与百花奖隔年评选一次，百花奖逢偶数年评选，到2008年已评选出了29届。

《小花》
根据钱涉小说《桐柏英雄》改编

《牧马人》
根据张贤亮小说《灵与肉》改编

《咱们的牛百岁》

根据袁学强小说《庄稼人的脚步》改编

《高山下的花环》

根据李存葆同名小说改编

《人生》

根据路遥同名小说改编

《咱们的退伍兵》

根据马烽、孙谦同名电影文学剧本改编

《日出》

根据曹禺同名话剧剧本改编

《春桃》

根据许地山同名小说改编

《原野》
根据曹禺同名话剧剧本改编

《本命年》
根据刘恒小说《黑的雪》改编

《我的父亲母亲》
根据鲍十小说《纪念》改编

《大红灯笼高高挂》
根据苏童小说《妻妾成群》改编

《集结号》
根据杨金远小说《官司》改编

★中国金鹰电视奖

中国金鹰电视奖是由中国文学艺术界联合会和中国电视艺术家协会主办的一年一度的全国性电视艺术综合奖，从1983年到2008年已评选出了24届，是国家级唯一以观众投票为主评选产生的电视艺术大奖。

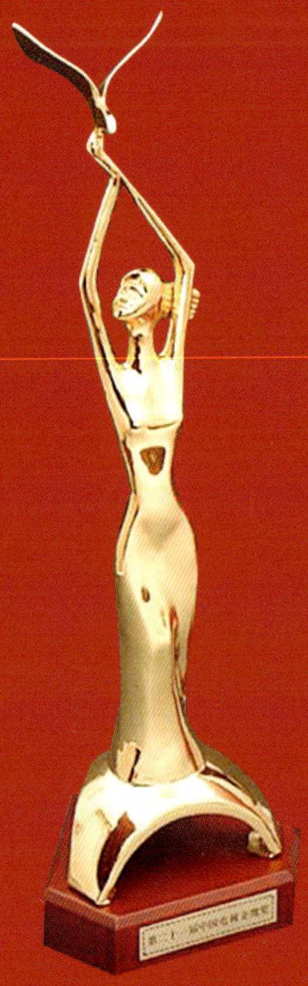

《蹉跎岁月》
根据叶辛同名小说改编

《赤橙黄绿青蓝紫》
根据蒋子龙同名小说改编

《今夜有暴风雪》
根据梁晓声同名小说改编

《新星》
根据柯云路同名小说改编

《寻找回来的世界》
根据柯岩同名小说改编

《篱笆 · 女人和狗》
根据韩志君长篇小说《命运四重奏》改编

《凯旋在子夜》
根据韩静霆同名小说改编

《四世同堂》
根据老舍同名小说改编

《围城》
根据钱锺书同名小说改编

《雪城》
根据梁晓声同名小说改编

《上海的早晨》
根据周而复同名小说改编

《北京人在纽约》
根据曹桂林同名小说改编

《牵手》
根据海岩同名小说改编

《贫嘴张大民的幸福生活》
根据刘恒同名小说改编

《突出重围》
根据柳建伟同名小说改编

《激情燃烧的岁月》

根据石钟山小说《父亲进城》改编

《大雪无痕》

根据陆天明同名小说改编

《尘埃落定》

根据阿来同名小说改编

《玉观音》

根据海岩同名小说改编

《亮剑》

根据都梁同名小说改编

《乔家大院》
根据朱秀海同名小说改编

《吕梁英雄传》
根据马烽、西戎同名小说改编

《历史的天空》
根据徐贵祥同名小说改编

《金婚》
根据王宛平电视文学剧本拍摄

《闯关东》

根据高满堂、孙建业文学剧本拍摄

《戈壁母亲》

根据韩天航小说《母亲和我们》改编

《奋斗》

根据石康文学剧本拍摄

［肆］

开放的时代 开放的文学

大陆作家和台港澳海外华文作家、中国作家和外国作家，交流沟通日益频繁。中国文学开始放眼看世界，世界文学开始注视中国。文学成为促进世界人民的友好往来与文化交流的重要纽带。

1

随着改革开放的深入，对外来文化的译介如春潮涌动，极大地拓展了中国作家和广大读者的视野。

二十世纪外国文学丛书

法国廿世纪文学丛书

获诺贝尔文学奖作家丛书

美学译文丛书

外国文学名著丛书

外国文艺丛书

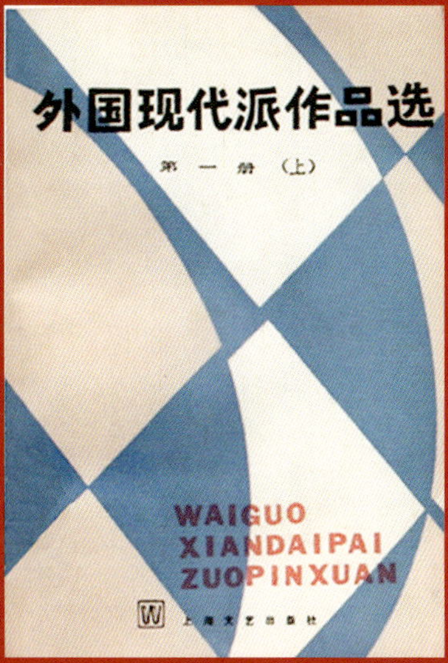

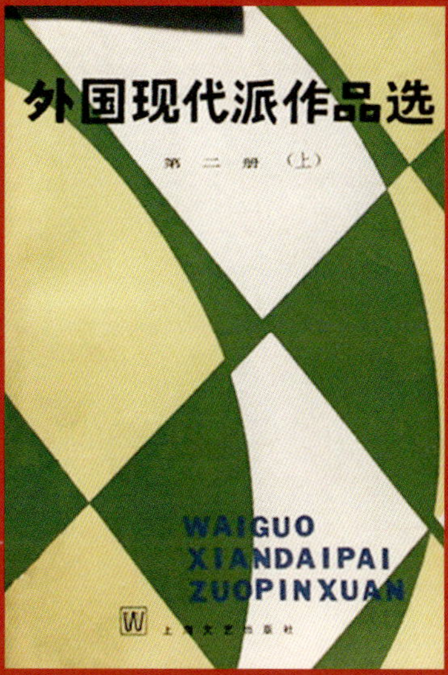

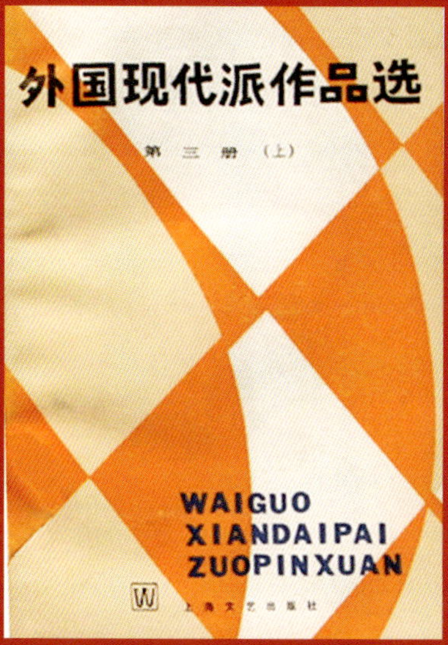

外国现代派作品选

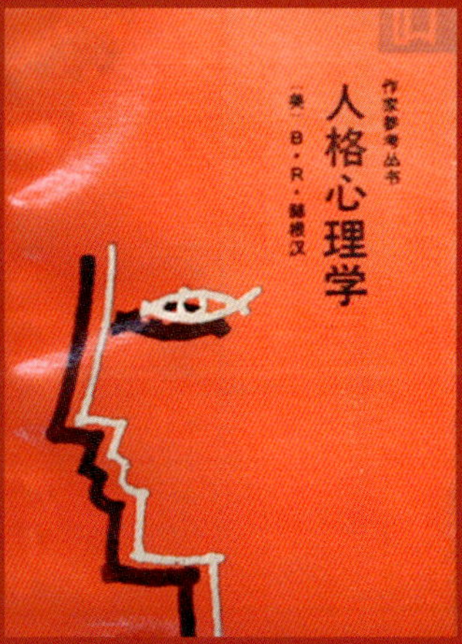

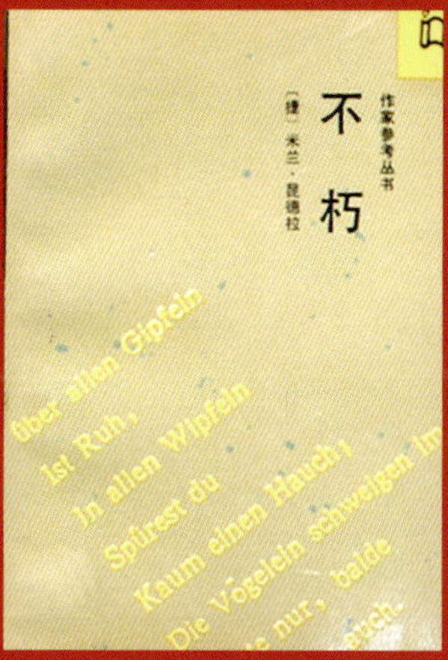

作家参考丛书

2

20世纪80年代以来，港台通俗文学在大陆风行，时空距离产生的差异性和同文同种的共同性，使得港台文学吸引了内地的读者，满足了市民休闲阅读的需求，也弥补了内地文学的不足之处。

琼瑶、三毛、席绢、岑凯伦、亦舒、梁凤仪等港台作家的言情小说是80年代以来大陆文坛的热点之一。

梁羽生、金庸、古龙、卧龙生、倪匡等港台作家的武侠小说和科幻推理小说风靡大陆，直到今天热度依然不减，是80年代以来最令人瞩目的热点之一。

3

对大陆读者而言，港台纯文学作品既有新鲜感，也有陌生感，但其表现的中国人的情感是相通的。

文化新聞 A18
陳映真創作50年 兩岸熱烈注目

以陈映真为代表的台湾当代作家，为中国文学的多样性和丰富性发展做出了重要的、不可缺少的贡献。

4

20世纪80年代以后，随着对外开放政策的实施，越来越多的中国人走出国门，由此产生了留学生文学热，海外华人或留学生在异国他乡的奋斗故事，吸引了广泛的读者，产生了强烈的社会影响，成为90年代我国文学创作中的一个突出现象。

小说界文库
长篇小说系列
旅外作家
情感签证
薛海翔 著
xiaoshuojie wenku

小说界文库
长篇小说系列
旅外作家
人寰
renhuan
严歌苓 著
xiaoshuojie wenku

小说界文库
长篇小说系列
旅外作家
第三种欲望
戴舫 著
xiaoshuojie wenku

远行人
苏炜

丛林下的冰河

Manhattan's China Lady
曼哈顿的中国女人
〔美〕周励

查建英 著
留美故事
Liumei Gushi

如果你爱他，
就把他送到纽约，
因为那里是天堂；
如果你恨他，
就把他送到纽约，
因为那里是地狱。
北京人在纽约
曹桂林 著

小説界文庫● 長篇系列 XIAOSHUOJIE WENKU
我的财富在澳洲
CAIFUZAIAOZHOU 劉觀德 著
上海文藝出版社

严歌苓 著
扶桑
中国华侨出版社

严歌苓 著
洞房
少女小渔
中短篇小说集
春风文艺出版社

行人系列
东京有个绿太阳
蒋濮 著

东京
没有爱情
蒋濮 著
北京出版社

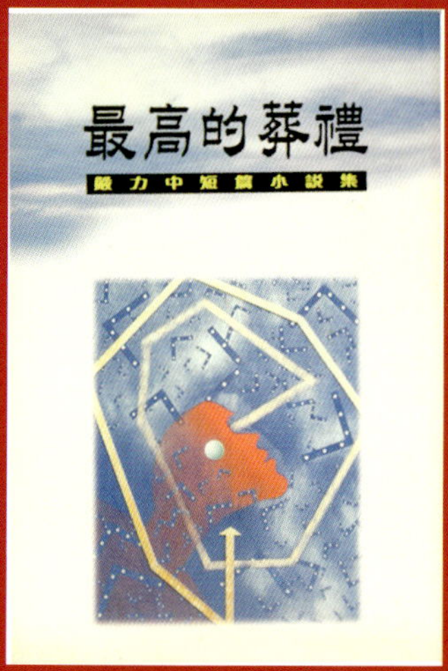
最高的葬禮
戴力中短篇小說集

曾在天涯

绿卡
—北京姑娘在纽约
(美)曹桂林 著

望月
blue moon
——一个关于
上海和多伦多的故事

小說界文庫●長篇系列 XIAOSHUOJIE WENKU
陪讀夫人
PEIDUFUREN 王周生 著 上海文藝出版社

小説界文庫●長篇系列 XIAOSHUOJIE WENKU
早安,美利坚
ZAOAN MEILIJIAN 薛海翔 著 上海文艺出版社
上海文艺出版社

戴舫 于濛 等著
旅外文丛
牛皮303

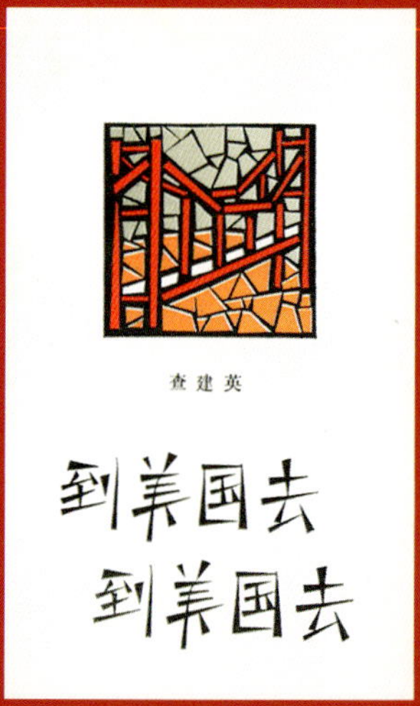
查建英
到美国去
到美国去

5

中国作家协会确定了对外文学交流实现区域、对象、途径『三个拓展』的工作思路，积极开展对外文学交流活动，促进了中国作家对世界文学的了解，也使世界更真切地了解了中国当代作家和文学，扩大了中国文学和中国作家在国外的影响。同时加强了与香港、澳门特别行政区和台湾地区的文学交流与沟通。

★中国作家出访国外

1980年4月，巴金、冰心率中国作家代表团前往日本访问。

1980年4月，曹禺（前右二）访问美国，印第安那大学国际研究院院长赠送给曹禺一把导演座椅。

1981年，冯牧（左一）访问美国时与著名戏剧家阿瑟·米勒合影。

1982年，吴强、李瑛、陈白尘、冯牧、蒋子龙、张洁、李凖等访美时在爱荷华与聂华苓等人合影。

1983年，丁玲（左一）访法时与密特朗总统亲切会面。

2006年8月24日，中国作协党组成员、中国作家出版集团党委书记张胜友（右二）率团访问奥地利。

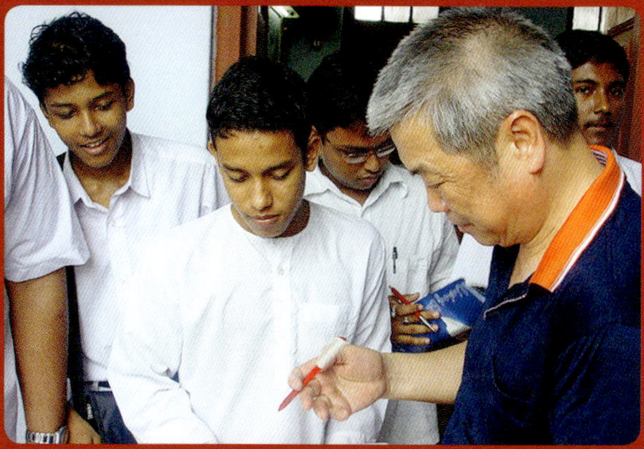

2006年，中国作协副主席陈建功访问印度时为印度的文学爱好者签名留念。

2007年7月12日，中国作协党组副书记、书记处书记张健（右二）率团访问保加利亚。

2007年9月，王蒙（中）应邀访问捷克时与捷克作家合影。

2008年4月，中国作协副主席、上海作协主席王安忆率上海女作家代表团访问澳大利亚和新西兰期间向悉尼大学校长赠书。

2008年，中国作协主席铁凝（右一）出席中、日、韩三国文学论坛。

★外国作家来华访问

1984年10月，胡乔木（前排左五）在北京会见中美作家第二届会议成员。

2002年9月24日，中国作协名誉副主席邓友梅与来华访问的日本作家在一起。

2004年5月14日，中国作协副主席陈忠实会见爱尔兰作家并互赠纪念品。

2006年，日本著名作家大江健三郎（左）访华时中国作协党组书记金炳华赠予他《鲁迅墨迹精选》。

2007年11月，中国作协副主席丹增（右）会见来访的蒙古作家代表团。

2007年12月，韩国作家代表团访华时在上海参加“黄埔江之夜——中韩诗歌朗读会”。

2008年4月，中国作协党组书记李冰（右）在香港与金庸先生合影。

2008年5月，中国作协主席铁凝（右）会见诺贝尔文学奖得主帕慕克（立者）。

1979年12月，萧乾（左五）与香港作家合影。

1992年5月12日，台湾作家林海音访问中国现代文学馆时参观冰心文库。

台湾著名作家柏杨的夫人张香华（左二）将11745件文献文物捐赠给中国现代文学馆。

2002年11月，中国作协党组书记金炳华（前左二）会见台湾著名作家陈映真夫妇。

2006年11月，中国作协主席铁凝与澳门作家李鹏翥在第七次作代会上。

第七次全国作家代表大会期间香港诗人犁青（右二）和台湾作家施善继在北京参观。

★中国当代作家作品的外文译本

改革开放以来，当代中国作家的作品越来越多地被翻译介绍到国外，许多作家作品更有多种译本，他们的作品因真实反映了中国社会生活而得到世界各国读者的关注与喜爱。

2006年11月，中国作协为推动中国文学走向世界、树立中华民族崭新形象，启动“中国当代文学百部精品译介工程”，力求通过5年时间，向世界译介100部代表中国当代文学创作成就的优秀文学作品。

★中国作家获外国荣誉奖项

1982年4月，巴金荣获意大利“但丁国际奖”，此奖是为了表彰他在文坛上取得的巨大成就。

1983年5月，法国总统弗朗索瓦·密特朗访华期间，在上海亲自授予巴金法国最高荣誉勋章——“法国荣誉军团勋章”，称巴金为“不朽作家”和“著述不倦的创作者”。

1985年5月，巴金荣获美国文学艺术研究院授予的名誉外国院士称号。

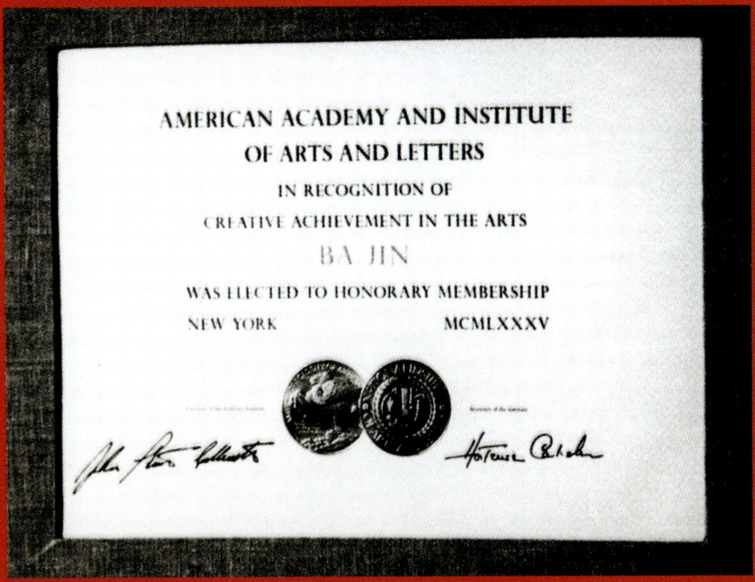
AMERICAN ACADEMY AND INSTITUTE
OF ARTS AND LETTERS
IN RECOGNITION OF
CREATIVE ACHIEVEMENT IN THE ARTS
BA JIN
WAS ELECTED TO HONORARY MEMBERSHIP
NEW YORK MCMLXXXV

1990年，巴金荣获苏联人民友谊勋章。

1990年9月，巴金获日本福冈亚洲文化奖特别奖。

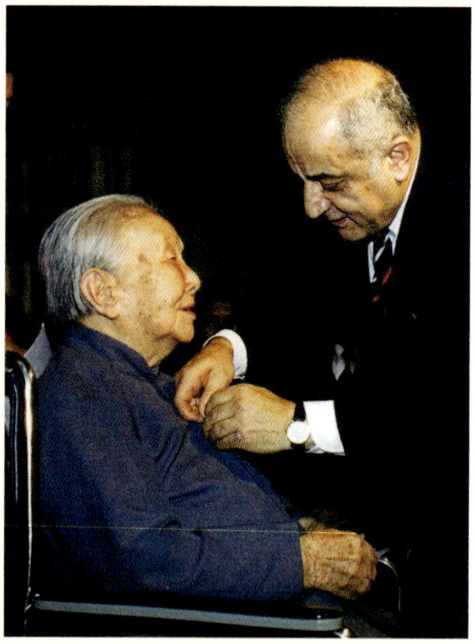

1995年3月7日，冰心荣获由黎巴嫩总统艾利亚斯·赫拉维颁发的国家雪松勋章。

1983年，冯至荣获德国慕尼黑歌德剧院颁发的歌德奖章；1987年又获德国国际交流中心艺术奖。

1987年，著名翻译家草婴在莫斯科国际翻译会议上荣获“高尔基文学奖”。

1988年，叶君健荣获丹麦女王玛珈丽特二世颁赠的“丹麦国旗勋章”。

1987年，著名翻译家戈宝权荣获苏联文学基金会授予的“普希金文学奖”。1989年4月，再获苏联最高苏维埃主席团授予的“各国人民友谊”勋章。这是他获奖后将自己的新译作赠送给苏联作家协会。

2002年6月，翻译家吕同六荣获由意大利总统颁发的爵士勋章，之前他还荣获过意大利蒙德罗国际文学奖特别奖和意大利总统授予的共和国骑士勋章。

1986年12月，挪威王国政府授予萧乾（左）国家勋章，以表彰他翻译易卜生名剧《培尔·金特》的成功和对挪中文化交流所做的贡献。

柳鸣九是我国法国文学研究专家，被誉为“萨特研究第一人”，2000年在法国巴黎大学被正式选定为博士论文专题对象。其专著《法国文学史》1993年获第一届国家图书奖提名奖。

1988年2月，罗念生（中）在希腊驻华使馆接受雅典科学院授予的“最高文学艺术奖”荣誉证书。

2000年，我国著名翻译家杨武能获德国最高荣誉的“国家功勋奖章”，2002年再获德国洪堡学术资金。

张洁1989年荣获意大利“玛拉帕尔帝”国际文学奖，1992年被选为美国文学艺术院荣誉院士。

2002年4月，韩少功荣获法国文化部颁发的“法兰西文艺骑士勋章”。

2004年3月莫言荣获法兰西文化艺术骑士勋章；2005年1月荣获第三世界意大利诺尼诺国际文学奖；2006年7月荣获日本“第7届福冈亚洲文化奖”；2008年9月荣获美国纽曼华语文学奖。

贾平凹《浮躁》1988年荣获美国飞马文学奖，《废都》1997年荣获法国女评委外国文学奖。

王安忆2001年荣获马来西亚《星洲日报》“最杰出的华文作家”称号。

WORLD INTELLECTUAL PROPERTY ORGANIZATION

WIPO CREATIVITY AWARD

On the occasion of the
2008 International Copyright Forum

(Beijing, October 27 to 28, 2008)

organized by

the National Copyright Administration
of the People's Republic of China (NCAC)

The WIPO Creativity Award
is hereby awarded to

Mr. ZHENG Yuanjie

in recognition of his outstanding achievements as an author.

Geneva and Beijing
October 2008

Francis Gurry
Director General
WIPO

郑渊洁2008年荣获联合国颁发的“国际版权创意金奖”。

钟阿城1992年荣获意大利诺尼诺国际文学成就奖。

余华1998年荣获意大利“格林扎纳·卡佛”文学奖；2002年荣获澳大利亚悬念句子文学奖；2004年荣获法国文学和艺术骑士勋章。

结束语

回顾60年中国文学的发展变化，我们清晰地看到，广大作家一直与祖国、与人民同呼吸共命运，贴近生活、贴近群众，用文学的形式从不同角度、不同侧面真实记录了新中国成立以来我们党带领人民群众的创业史、奋斗史、改革开放史以及一个东方大国发展崛起的伟大进程。创作的作品涉及到政治、经济、文化、军事等各个领域，其中许多作品构思宏大，内容丰富，情节感人，它们激励人，温暖人，警醒人，引领着时代风气，是无愧于时代的佳作。60年来的中国文学，是与时代同行的文学，是社会主义的文学，是改革开放的文学，是不断走向辉煌的文学，它必将在世界文学园地里开出芬芳的奇葩。

图书在版编目（CIP）数据

歌唱祖国：新中国60年文学成就展/陈建功主编
.—北京：文化艺术出版社，2011.5
（中国现代文学馆展览丛书）
ISBN 978-7-5039-5042-1

Ⅰ.①歌… Ⅱ.①陈… Ⅲ.①中国文学：当代文学—
文学史—史料 Ⅳ.①I209.7

中国版本图书馆CIP数据核字(2011)第053609号

歌唱祖国
——新中国60年文学成就展

主　　编　陈建功
副 主 编　吴义勤
执行主编　唐文一
责任编辑　斯　日
装帧设计　朱倩倩
出版发行　文化艺术出版社
地　　址　北京市东城区东四八条52号（100700）
网　　址　www.whyscbs.com
电子邮箱　whysbooks@263.net
电　　话　（010）84057666（总编室）　84057667（办公室）
　　　　　84057691—84057699（发行部）
传　　真　（010）84057660（总编室）　84057670（办公室）
　　　　　84057690（发行部）
经　　销　全国新华书店
印　　刷　北京圣彩虹制版印刷技术有限公司
版　　次　2011年12月第1版
印　　次　2011年12月第1次印刷
开　　本　787×1092毫米　1/16
印　　张　26.75
字　　数　50千字　图片2000余幅
书　　号　ISBN 978-7-5039-5042-1
定　　价　568.00元